KB042021

지금
두 가지 길을
다 갈 수만
있다면

BOTH WAYS IS THE ONLY WAY I WANT IT
by Maile Meloy

지금
두 가지 길을
다 갈 수만
있다면

Both Ways is the Only Way I Want It

마일리 멜로이 소설
강정우 옮김

누구도
가질 수 없네

두 개의 길
그리고 그 두 가지

길 모두가
내가 가려는

단 하나의 길

— A. R. 애먼스

/ 차례 /

트래비스 B

어린아이들이 더이상 소아마비에 걸리지 않게 되었을 때 첫 모랜은 몬태나주 로건에서 자랐다. 로건에서는 여전히 아이들이 소아마비에 걸렸고 그도 두 살이 되기 전에 그렇게 됐다. 회복은 되었지만 오른쪽 고관절이 탈구되었고, 어머니는 늘 아들이 어려서 죽을 거라고 생각했다.

열네 살이 되자 그는 어머니에게 자신이 천하무적임을 보여주기 위해 길들여지지 않았거나 잘못 길들여진 말들을 타기 시작했다. 말에서 떨어지고 차이고 깔리고, 또 떨어지고 또 차였다. 그는 말이 야성적 습성이 강해서 발길질을 해대고 겁을 먹는 게 아니라는 자기만의 이론을 만들어냈다. 재빨리 움직이지 않으면 사자 밥이 될지도 모른다는, 몇백만 년 동안의 본능 때문이라는 것이었다.

"그게 야성적이라는 뜻이지." 쳇이 자신의 이론을 피력하자 아버지가 한 말이었다.

설명할 순 없었지만 그는 아버지가 틀렸다고 생각했다. 차이가 있었다. 야생마의 특성은 사람들이 '야성'이라고 부르는 것과는 전혀 달랐다.

그는 작고 삐쩍 마른 체구였지만 고관절 때문에 말 아래에서 기어나오기 힘들었고, 열여덟 살이 되기 전에 이미 오른쪽 무릎과 오른발, 그리고 왼쪽 대퇴골이 부러졌다. 아버지는 그를 그레이트 폴스로 데려갔고 의사는 멀쩡한 다리에 엉덩이부터 무릎까지 철심을 박아넣었다. 그때부터 그는 마치 자기 자신에게 뭔가를 묻기 위해 몸을 트는 사람처럼 걸었다.

작은 체구는 샤이엔 인디언의 피가 섞인 어머니에게서 물려받은 것이었다. 아버지는 황소고집의 아일랜드 사람이었다. 부모님은 막연히 아들들이 더 나은 삶을 살기를 바랐지만 어떻게 해주어야 할지는 몰랐다. 형은 군에 입대했다. 동쪽으로 향하는 기차에 오르는 형—멀쩡한 사지에 군복을 입은 잘생긴 형—을 보면서 그는 어째서 신은, 또는 운명은 형만 편애한 것일까 생각했다. 왜 카드 패는 항상 불공평하게 나뉘는 것일까?

그는 스무 살 때 집을 나와 하이라인을 따라 북쪽으로 옮겨갔다. 목장 주인의 가족이 도시에서 지내며 아이들이 학교에 다니는 겨울 동안 해버 외곽에서 소 먹이는 일을 구했다. 도로 사정이 좋으면 가까운 이웃에 피너클 게임을 하러 차를 몰고 가기도 했지만 대개는 눈에 갇혀 혼자 지냈다. 먹을 것은 충분

했고 티브이 수신 상태도 양호했다. 실제 여자들보다 훨씬 더 친근한 여자들이 나오는 누드 잡지도 몇 권 있었다. 스물한 번째 생일은 코트와 두 겹의 플란넬 셔츠 안에 전신 내복을 입은 채 난로에 수프를 데우며 보냈다. 그해 겨울 그는 자기 자신이 두려워졌다. 이렇게 오랫동안 혼자 지내다가는 자기 안의 어떤 끔찍한 것이 풀려 튀어나올 것만 같았다.

봄에는 빌링스 지역의 사무실에서 일을 구했다. 친절한 비서들이 있었고, 휴식시간에 커피를 마시며 로데오나 스포츠에 대해 잡담을 할 수 있는 곳이었다. 그를 마음에 들어한 그곳 사람들은 시카고 본사에서 일해보지 않겠냐고 제안했다. 월세방으로 돌아와 뻣뻣한 고관절로 방 안을 걸어다니며 그는 생각해보았다. 사무실에서 계속 앉아 일을 하면 삼 년 뒤에는 휠체어 신세가 될 것이다. 그 일을 그만두고 그는 여름 내내 거의 돈벌이가 안되는 건초 더미 나르는 일을 했다. 발을 헛디딜 때를 제외하고 고관절의 통증은 점점 사그라졌다.

그해 겨울, 노스다코타주 경계에 있는 글렌다이브 외곽 지역에서 또 소 먹이는 일을 구했다. 북쪽 대신 동쪽으로 가면 눈이 그렇게 심하게 내리진 않을 것 같았다. 티브이와 소파, 풍로와 아이스박스를 갖춘, 단열 처리된 헛간 방에서 지내면서 말들이 끄는 썰매로 건초를 날라 소들을 먹였다. 못 보던 여자들이 나오는 새 잡지를 몇 권 샀고, 〈스타스키와 허치〉와 지역 뉴스를 봤다. 밤에는 마구간에서 말들이 움직이는 소리가 들려왔다. 하지만 눈에 대한 그의 판단은 틀렸다. 10월부터 벌써 눈이 내리기 시작했다. 크리스마스까지는 어머니가 보내준 편지와 꾸러미들로 버틸 수 있었지만 1월이 되자 그는 다시 자신이 두려워졌다. 구체적인 공포는 아니었다. 등줄기를 타고 '웅웅'거리며 올라오는, 특별한 이유도 없는 불안이었다.

농장 주인은 헤드볼트 히터*가 달린 트럭을 남겨두고 갔는데, 어느 날 밤 그는 트럭 엔진을 덥히고는 눈 덮인 길을 운전해 시내까지 나갔다. 문을 연 카페가 보였지만 배가 고프지 않았다. 푸르스름한 섬처럼 빛나는 불빛 속에 주유펌프기들이 서 있었지만 트럭 탱크는 꽉 차 있었다. 이곳에는 시간을 때우기 위해 함께 피너클 게임을 할 만한 사람들이 없다는 것을 그는 알았다. 번화가를 벗어나 시내를 한 바퀴 돌다가 학교 옆을 지나갔다. 옆문에 불이 켜져 있었고, 주차장에 차를 세운 사람들이 안으로 들어가고 있었다. 그는 속도를 늦춰 길에 차를 세우고는 그들을 지켜보았다. 운전대를 손으로 쓸어내리다가 가죽 커버에서 삐져나온 실오라기들을 잡아당겼다. 결국 그는 트럭에서 내려 추위에 옷깃을 세우고는 사람들을 따라 안으로 들어갔다.

교실 한 곳에 불이 켜져 있었고, 그가 따라간 사람들은 다들 서로 아는 사이인지 지나치게 작은 책상에 앉으며 인사를 나누고 있었다. 벽은 판지로 만든 표지판과 그림들로 뒤덮여 있

---

* 추운 날씨에 자동차 엔진 냉각수와 엔진 오일을 데우는 역할을 하며 블록 히터라고도 불린다.

었고, 칠판 위쪽을 따라 필기체로 알파벳이 쓰여 있었다. 대부분의 사람들은 그의 부모 연배였지만 표정이 한결 부드러웠고, 밑창이 얇은 신발과 밝은색의 깨끗한 재킷 차림으로 보아 도시 사람들 같았다. 그는 교실 뒷자리로 가서 앉았다. 양털가죽으로 안감을 댄 크고 낡은 데님코트를 입은 채였고, 뭘 묻혀 들어오지 않았는지 부츠를 살펴봤지만 눈 속을 걸어와서 신발은 깨끗했다.

"고등학교 교실을 구할걸 그랬어요." 한 남자가 말했다.

여자, 아니 여자아이 한 명이 교실 앞쪽 교탁에 서서 서류가방에서 종이를 꺼내고 있었다. 옅은 색 곱슬머리였고, 회색 모직 스커트에 푸른색 스웨터를 입고 금속테 안경을 쓰고 있었다. 빼빼 마른 그녀는 피곤하고 신경이 날카로워 보였다. 모두가 조용해졌고 그녀가 말하기를 기다렸다.

"수업을 해본 적이 없어서요." 그녀가 말했다. "어떻게 시작하면 좋을지 모르겠네요. 서로 인사들 하고 싶으신가요?"

"다 잘 아는 사이예요." 회색 머리의 여자가 말했다.

"글쎄요, 선생님은 모르잖아요." 다른 여자가 반박했다.

"학교법에 관해 어떤 것들을 알고 있는지 말해주시겠어요?" 어린 선생이 물었다.

작은 책상에 앉은 어른들이 서로 마주 보았다. "아는 게 없을걸요." 누군가 말했다.

"그러니까 수업을 들으러 온 거죠."

여자아이는 잠시 어쩔 줄 몰라하더니 칠판으로 몸을 돌렸다. 모직 스커트에 감싸인 둔부가 부드러운 곡선을 그리고 있었다. 그녀는 '성인 교육 302'와 자신의 이름을 썼다. 베스 트래비스가 그녀의 이름이었는데 h와 r을 쓸 때는 끼이익 소리가 났다. 책상에 앉아 있는 남자와 여자들이 움찔거렸다.

"분필을 똑바로 잡으면," 나이 든 여자가 연필로 시범을 보이면서 말했다. "엄지로 옆을 누르면서요, 소리가 안 날 거예요."

베스 트래비스는 얼굴을 붉히며 분필을 고쳐 잡았고, 공립학교제도에 적용되는 주법과 연방법에 대해 말하기 시작했다. 책상에 놓인 연필을 본 첫은 분필 잡는 법을 알려준 여자가 말한 대로 연필을 잡아보았다. 그가 학교에 다닐 때는 왜 아무도 이런 걸 가르쳐주지 않았는지 궁금했다.

사람들은 필기를 했고, 그는 뒤쪽에 앉아 듣고만 있었다. 베스 트래비스는 변호사였다. 그런 것 같았다. 아버지가 변호사들에 대한 농담을 하는 걸 들은 적이 있었지만, 그때 말한 변호사들은 이런 여자아이가 아니었다. 교실은 선생들로 가득했다. 그들은 그가 생각도 못 해본 질문들, 학생의 권리와 학부모의 권리에 대한 질문들을 했다. 학생이 권리를 가질 수 있다는 건 한 번도 상상해본 적이 없는 일이었다. 어머니는 세인트재비어의 기독교 학교에서 자랐다. 거기에서는 영어를 못한다는 이유로, 또는 아무 이유도 없이 인디언 아이들이 두들겨 맞았다. 그는 좀더 운이 좋았다. 한번은 영어 선생님이 사전으로 머리를 내리쳤고, 수학 선생님은 긴 자로 부서져라 책상을 때렸다. 하지만 대체로 별다른 문제는 없었다.

한번은 베스 트래비스가 그에게 질문을 하려는 듯했지만 선생들 중 한 명이 손을 든 덕분에 그는 한숨 돌렸다.

아홉 시에 수업이 끝났고 선생들은 트래비스에게 감사 인사를 하며 잘했다고 칭찬해줬다. 그들은 맥주를 마시러 어디로 가자며 이야기했다. 자신에 대해 설명을 해야 할 것 같아서 그는 자리에 남았다. 너무 오래 앉아 있어서 고관절이 뻣뻣해지기 시작하고 있었다.

트래비스 선생은 서류가방을 챙기고는 풍선처럼 벙벙한 빨간 코트를 입었다. "여기 있을 건가요?" 그녀가 물었다.

"아뇨, 선생님." 그는 몸을 지탱하면서 책상에서 빠져나왔다.

"수업에 등록하셨나요?"

"아뇨, 선생님. 그냥 사람들이 들어오는 걸 봤어요."

"학교법에 관심이 있으신가요?"

그는 어떻게 대답할지 생각했다. "오늘 밤에 관심이 생겼는데요."

그녀는 얇은 금색 손목시계를 보았다. "뭐 먹을 만한 데가 있을까요?" 그녀가 물었다. "미줄라까지 운전을 해 가야 해서요."

주간고속도로는 그들이 있는 노스다코타의 경계에서 서쪽으로 빌링스와 보즈먼을 통과하고, 그가 자란 로건을 지나 산을 넘어 아이다호주 경계 근처인 미줄라까지 몬태나주를 곧장 가로지르며 나 있었다. "엄청나게 먼 거리인데요." 그가 말했다.

부정이 아니라 놀랍다는 의미로 그녀가 고개를 저었다. "법대를 졸업하기 전에 이 일을 수락했거든요." 그녀가 말했다. "어떤 일이든 가릴 처지가 아니었어요. 학자금 대출기한을 못 맞출까봐 너무 겁이 났거든요. 글렌다이브가 어디 있는지도 몰랐어요. 미줄라에 더 가까운 벨그레이드인 줄 알았어요. 분명 헷갈린 거죠. 그러고서 제대로 된 직장을 구했는데, 회사가 봐도 웃기니까 이 일을 그냥 하게 해줬어요. 그렇지만 여기까지 운전해 오는 데 아홉 시간 반이 걸린다고요. 그리고 이제 다시 아홉 시간 반을 운전해서 돌아가야 하고요. 내일 아침 출근해야 하거든요. 살면서 이렇게 멍청한 짓은 처음 해봐요."

"카페가 어디 있는지 안내해드릴게요." 그가 말했다.

그를 믿어도 좋을지 잠깐 생각해보는 듯하더니 그녀가 고개를 끄덕였다. "좋아요." 그녀가 말했다.

주차장에서 그는 자신의 걸음걸이가 신경 쓰였지만, 그녀는 전혀 알아채지 못한 듯했다. 그녀는 노란 닷선Datsun을 타고 번화가에 있는 카페까지 그의 트럭을 따라왔다. 그녀 혼자서도 카페를 찾을 수 있겠지만 그녀와 좀더 시간을 보내고 싶었다. 그는 카페로 들어가 그녀 맞은편에 앉았다. 그녀는 커피와 칠면조 샌드위치, 브라우니 아이스크림을 주문하며 웨이트리스에게 한꺼번에 가져다달라고 말했다. 그는 아무것도 먹고 싶지 않았다. 웨이트리스가 가버리자 베스 트래비스는 안경을 벗어 테이블에 놓았다. 그녀는 빨개지도록 눈을 문질렀다.

"여기서 자랐나요?" 그녀가 물었다. "그 선생님들 다 알아요?"

"아뇨, 선생님."

그녀가 안경을 다시 썼다. "나 겨우 스물다섯 살이에요." 그녀가 말했다. "그렇게 부르지 마요."

그는 아무 말도 하지 않았다. 그녀는 그보다 세 살이 많았다. 천장 조명을 받아 그녀의 머리가 벌꿀색으로 보였다. 반지는 끼고 있지 않았다.

"어쩌다 이 수업을 듣게 됐는지 얘기했던가요?" 그녀가 물었다.

"그냥 사람들이 들어가는 걸 봤어요."

그녀는 찬찬히 그를 살펴보며 이 상황을 위험하다고 느껴야 하는지 다시 생각해보는 듯했다. 하지만 실내는 밝았고 그는 위협적으로 보이지 않으려고 애썼다. 위협적이지 않다, 그는 꽤 자신했다. 자기에게 도움을 받은 사람과 함께 있는 것—그는 그렇게 긴장되거나 불안하지 않았다.

"내가 좀 바보 같아 보이죠?" 그녀가 물었다.

"아니요."

"또 수업에 올 건가요?"

"다음 수업은 언제죠?"

"목요일이요." 그녀가 말했다. "매주 화요일과 목요일, 아홉 주 동안이요. 오, 세상에." 그녀가 다시 눈으로 손을 가져갔다. "내가 어쩌자고……"

어떻게 하면 도움이 될 수 있을지 그는 생각해보려 애썼다.

소들을 지켜야 하니 미줄라까지 그녀를 데리러 운전해 가는 건 말도 안 됐다. 너무 멀고, 다시 운전해서 돌아와야 했다.

"등록 안 했는데요." 결국 그는 말했다.

그녀가 어깨를 으쓱했다. "확인하지도 않을 텐데요."

주문한 음식이 나왔고 그녀는 샌드위치를 먹기 시작했다.

"학교법에 대해서는 알지도 못해요." 그녀가 말했다. "매번 가르치기 위해 공부해야 하는 거죠." 그녀는 턱에 조금 묻은 겨자를 닦아냈다. "어디서 일해요?"

"헤이든 목장에서 소들을 먹여요. 겨울 동안만 하는 일이에요."

"이 샌드위치 반쪽 먹을래요?"

그는 고개를 저었고, 그녀는 접시를 한쪽으로 밀어놓고는 녹고 있는 아이스크림을 한입 먹었다.

"좀더 있어도 되면 보여줄 수도 있는데요." 그가 말했다.

"뭘요?"

"목장이요." 그가 말했다. "소들."

"돌아가봐야 해서요." 그녀가 말했다. "내일 아침에 출근해야 해요."

"그렇죠." 그가 말했다.

그녀가 손목시계를 확인했다. "이런, 아홉 시 사십오 분이에요." 그녀는 급하게 아이스크림 몇 입을 먹고는 커피를 다 마셨다. "가봐야겠어요."

닷선의 희미한 라이트 불빛이 시내 밖으로 사라지는 것을 본 그는 집이 있는 반대 방향으로 차를 몰았다. 목요일까지는 그리 멀지 않았고 벌써 거의 수요일이나 다름없었다. 그녀 맞은편에 앉아 있을 때는 괜찮았는데 갑자기 허기가 졌다. 샌드위치 반쪽을 먹을걸 후회가 됐지만 그러기에는 너무 수줍었었다.

목요일 밤, 그는 누구보다도 먼저 학교에 도착했다. 그리고 트럭 안에서 밖을 내다보며 기다렸다. 선생들 중 한 명이 열쇠를 들고 나타나 옆문을 열고 불을 켰다. 사람들이 더 도착하자 쳇은 교실 뒤편 그의 자리로 갔다. 베스 트래비스가 피곤한 모습으로 들어와 코트를 벗고 서류가방에서 종이 뭉치를 꺼냈다. 초록색 터틀넥스웨터와 청바지를 입고 검정 스노부츠를 신고 있었다. 그녀는 인쇄물을 나눠주면서 그를 향해 고개를 끄덕였다. 청바지가 잘 어울렸다. 인쇄물 위쪽에 '학교법에 영향을 미치는 주요 대법원 판결'이라고 쓰여 있었다.

수업이 시작되었고 질문하려는 손들이 위로 올라왔다. 뒤에 앉아 지켜보던 그는 자신의 예전 선생들이 여기 있는 모습을 상상해보려고 했지만 잘 되지 않았다. 쳇보다 별로 나이 들어 보이지 않는 남자가 연봉 인상에 대해 질문하자 베스 트래비스는 자기는 노동 운동가가 아니니 노조에 물어봐야 할 거라고 대답했다. 나이 든 여자들이 웃으면서 선동가라고 남자를 놀렸다. 아홉 시가 되자 학생들은 맥주를 마시러 떠났고, 그는 다시 베스 트래비스와 남았다.

"교실 문을 잠가야 해요." 그녀가 말했다.

그는 상상했었다, 마흔여덟 시간 동안. 그녀와 함께 저녁을 먹는 모습을. 하지만 지금 그는 어떻게 해야 할지 알 수가 없었다. 지금껏 여자에게 같이 식사하자고 청해본 적이 한 번도 없었다. 고등학교 때 그를 안쓰럽게 여기는 여자애들이 몇몇 있었지만, 너무 수줍어서, 아니면 너무 자존심이 세서 그 기회를 활용해보지 못했다. 그는 어색하게 그 자리에 서 있었다.

"카페에 갈 건가요?" 그가 겨우 물었다.

"오 분 정도는 괜찮아요." 그녀가 대답했다.

카페에서 그녀는 가장 빨리 나올 수 있는 메뉴로 달라고 부탁했다. 웨이트리스는 빵과 수프, 테이크아웃 커피와 계산서를 가져왔다.

웨이트리스가 가버리자 그녀가 말했다. "그러고 보니 이름도 모르네요."

"쳇 모랜이에요."

마치 정답이라는 듯, 그녀가 고개를 끄덕였다. "이곳에 이 수업을 맡을 만한 사람이 있을까요?"

"여기 사람은 아무도 모르는데요."

"다리는 왜 그렇게 된 건지 물어봐도 돼요?"

질문을 받고 놀랐지만 그녀라면 자신에 대해 뭐든 물어봐도 된다고 생각했다. 그는 제일 간단한 버전으로 말해주었다. 소아마비, 말, 부러진 뼈들.

"그리고 여전히 말을 탄다고요?"

말을 타지 않았더라면 아마 휠체어나 정신병원 신세, 아니 어쩌면 정신병원에서 휠체어를 타는 신세가 됐을 거라고 말했다.

다시 정답이라는 듯이 그녀는 고개를 끄덕이고 어두운 창밖 거리를 내다봤다. "난 법대를 졸업하고 신발이나 팔게 될까봐 정말 두려웠어요." 그녀가 말했다. "계속 같은 얘기만 해서 미안한데, 정말 운전할 걱정밖에는 안 드네요."

그의 평생 가장 긴 주말이었다. 그는 소들을 먹이고 마구를 닦았다. 광이 나도록 빗질을 해서 말들이 도대체 왜 이러나 하는 의심스러운 눈빛으로 그를 유심히 볼 정도였다.

방에서는 소파에 앉아 티브이 채널을 이리저리 바꾸다가 결국 꺼버렸다. 자기보다 나이가 많고 변호사인 여자, 게다가 주州 반대편에 사는 여자를 어떻게 상대해야 할지 고민했지만 계속 거리가 멀다는 문제만 떠올랐다. 가슴에서 이상한 두근거림이 느껴졌다. 그러나 전에 느꼈던 불안함은 아니었다.

화요일, 그는 트럭은 내버려두고 말에 안장을 얹어 시내로 나갔다. 로키산맥에서 건조하고 따뜻한 치누크 바람이 불어와 1월치고는 따뜻한 밤이었고 하늘은 맑았다. 시내 쪽의 불빛을 빼고는 사방으로 어둡고 평평한 평지가 펼쳐져 있었다. 그는 말을 타고 오면서 별을 보았다.

학교에 도착해서 선생들이 차를 세우는 주차장과 옆문에서는 보이지 않는 자전거보관대에 말을 묶어두었다. 재킷 주머니에서 귀리가 든 두툼한 비닐봉지를 꺼내 열었다. 말은 킁킁대다가 입술을 움찔거리며 귀리를 꺼내 먹었다.

"이것밖에 없어." 빈 비닐봉지를 주머니에 넣으며 그가 말했다.

말은 고개를 들어 시내의 낯선 공기를 킁킁거렸다.

"누가 널 훔쳐가는데도 가만있으면 안 돼." 쳇이 말했다.

선생들이 반쯤 도착했을 때, 그는 교실에 들어가 자리에 앉았다. 모두가 지난주와 같은 자리에 앉았다. 사람들은 치누크 바람과 이번 바람에 눈이 녹을지에 대해 얘기하고 있었다. 드디어 벙벙한 코트를 입고 서류가방을 든 베스 트래비스가 들어왔다. 그녀를 보자 생각했던 것보다 훨씬 더 반가웠고, 다시 청바지를 입고 온 그녀의 모습은 근사했다. 통이 좁은 모직 스커트를 입고 오면 어떡하나 걱정했었다. 이곳에 와 있는 그녀의 모습은 너무 지치고 불행해 보였다. 선생들의 수다는 계속되고 있었다.

수업이 끝나고 선생들이 빠져나가자 그가 물었다. "카페까지 태워드릴까요?"

"아……" 그녀가 말하더니 눈을 피했다.

"트럭 말고요." 재빨리 그렇게 말한 그는 왜 여자들은 트럭이 더 위험하다고 생각하는 건지 궁금해졌다. 아마도 방 안처럼 느껴지기 때문일 것이었다. "밖에 나와봐요." 그가 말했다.

그가 줄을 풀고 말에 올라타는 동안 그녀는 주차장에서 기다렸다. 자전거보관대에서 말을 타고 서류가방을 안고 있는 베스 트래비스에게로 갔다. 자신이 멍청이처럼 보일 거라는 걸 알았지만, 그래도 누구나 말을 타면 그러하듯 그도 의기양양해졌다.

"세상에." 그녀가 말했다.

"괜찮아요." 그가 말했다. "서류가방 줘요. 이제 내 손을 잡고요. 왼발로 등자를 딛고, 다른 다리를 넘겨요." 그녀는 시키는 대로 했다, 어색하게. 그리고 그는 그녀를 자기 뒤쪽으로 끌어당겼다. 그는 안장 앞쪽으로 서류가방을 잡았고, 뒤에선 그녀가 그의 재킷을 바짝 잡으면서 둘의 다리가 닿았다. 꼬리뼈를 지긋이 기대면서 그녀가 얼마나 따뜻한가라는 생각 말고는 머릿속에 아무것도 떠오르지 않았다. 그는 어두운 거리를 말을 타고 갔고, 번화가에 바로 못 미쳐 카페 뒤에서 멈춰 섰다. 그녀가 말에서 내리는 것을 도와주고는 그 역시 바람처럼 말에서 내려 서류가방을 건네주고 말을 묶었다. 그녀는 그를 바라보다가 웃었고, 그는 그녀가 웃는 모습을 본 적이 없다는 걸 깨달았다. 웃을 때 그녀는 눈썹이 위로 올라갔고 대부분의 사람들처럼 눈가에 잔주름이 생기는 게 아니라 눈이 커졌다. 꼭 깜짝 놀란 것처럼 보였다.

카페 안에서 웨이트리스가 햄버거와 감자튀김을 베스 트래비스 앞으로 밀어주며 말했다. "밖에 있는 말이 당신 거냐고 주방장이 묻는데요."

챗이 그렇다고 대답했다.

"물을 좀 줘도 될까요?"

그럼 고맙겠다고 그가 말했다.

"트럭이 고장났나봐요?" 웨이트리스가 물었다.

그는 아니라고, 트럭은 멀쩡하다고 대답했고 웨이트리스는 가버렸다.

베스 트래비스는 타원형 접시의 넓은 부분을 그의 쪽으로 돌려놓고 햄버거를 집어 들었다. "감자튀김 좀 먹어요." 그녀가 말했다. "왜 아무것도 안 먹어요?"

그녀 옆에 있으면 배고프지 않다고 말하고 싶었지만, 그렇게 말했을 때 그녀의 표정, 시선을 피하는 모습을 보게 될까 두려웠다.

"신발 파는 게 왜 두려웠어요?" 그가 물었다.

"신발 팔아본 적 있어요? 정말 거지같아요."

"내 말은, 왜 다른 일을 못 구할 거라고 걱정했냐는 거예요."

햄버거 안에 답이 있기라도 한 듯 그녀는 그것을 들여다보았다. 그녀의 눈은 머리카락과 거의 같은 색이었고 속눈썹이 듬성듬성 나 있었다. 어머니를 닮은 어두운 머리색 때문에 그를 인디언으로 생각할지도 모르겠다고 그는 생각했다. "잘 모르겠어요." 그녀가 말했다. "아니, 잘 알고 있죠. 왜냐하면 우리 어머니는 학교 식당에서 일하고, 여동생은 병원 세탁실에서 일하고, 신발 판매원은 우리 집안에서 나올 수 있는 가장 좋은 직업이니까요."

"아버지는요?"

"아버지가 어떤 사람이지 몰라요."

"슬픈 이야기군요."

"아니요, 그렇지 않아요." 그녀가 말했다. "행복한 이야기죠. 봐요, 난 변호사예요. 십오 분마다 한 번씩 미치기 일보 직전이 되면서 망할 놈의 글렌다이브까지 운전해 와야 하는 멋진 직업이 있다고요." 그녀가 햄버거를 내려놓고 손등으로 눈을 눌렀다. 손가락은 기름으로 번들거리고 한 손가락에는 케첩이 묻어 있었다. 그녀는 얼굴에서 손을 떼고는 손목시계를 보았다. "열 시네요." 그녀가 말했다. "아침 일곱 시 반이나 되어야 집에 들어가겠군요. 길에는 사슴이 나오고, 스리포크스 외곽의 강변에는 검은 빙판길도 있어요. 거기를 무사히 통과하면 샤워를 하고 여덟 시에 출근해서 아무도 하기 싫어하는 거지같은 일을 하는 거죠. 그리고 내일 밤에는 학교법에 대해 더 공부해서 그다음 날 점심 전에 조퇴를 하고 여기까지 눈이 시뻘게져서 운전해 오는 거고요. 이게 병원 세탁실보다는 나은 직업일 거예요, 아마도요. 하지만 씨팔, 그렇게 아주 좋은 건 아니에요."

"난 스리포크스 근처 출신이에요." 그가 말했다.

"그럼 빙판길도 알겠네요."

그가 끄덕였다.

그녀는 냅킨을 물에 적셔 손가락을 닦고 커피를 다 마셨다. "말을 데려오다니 정말 다정하네요." 그녀가 말했다. "차까지 다시 데려다줄래요?"

밖에서 그는 그녀를 다시 말 위로 올려줬고 그녀는 그의 허리에 팔을 둘렀다. 퍼즐조각처럼 그녀는 그의 몸에 딱 들어맞는 듯했다. 학교 주차장으로 천천히 말을 몰고 가면서 그는 그녀가 떠나지 않았으면 좋겠다고 생각했다. 노란색 닷선 옆에서 그녀가 말에서 내리는 동안 손을 꽉 잡아준 다음 그도 내렸다. 그녀가 말에서 내리느라 말려올라간 벙벙한 코트를 당겨 내렸고, 둘은 마주 섰다.

"고마워요." 그녀가 말했다.

그가 고개를 끄덕였다. 그녀에게 키스하고 싶었지만 어떻게 해야 할지 알 길이 없었다. 바로 이 순간을 위해 고등학교 시절의 여자아이들, 아니면 친절했던 비서들과 연습을 해뒀어야 했다.

그녀가 뭐라고 말하려 했지만 긴장한 그가 그녀의 말을 잘라버렸다. "목요일에 봐요." 그가 말했다.

고개를 끄덕이기 전 잠시 주춤하는 그녀를 보며 그는 그것을 더 나아가도 괜찮다는 허락의 뜻으로 받아들였다. 그는 다시 그녀의 손을 잡고 입을 맞췄다. 그러고 싶어서였다. 그녀의 손은 부드럽고 차가웠다. 그리고 몸을 기울여 그녀의 뺨에 키스했다. 역시 그러고 싶어서였다. 그녀는 꼼짝하지 않았다. 1센티미터도. 그리고 그가 진짜로 키스하려고 하자 멍하니 있던 그녀는 화들짝 깨어나 뒷걸음질 쳤다. 그녀가 손을 다시 거두었다. "가야 해요." 그녀가 말하고는 닷선의 운전석 쪽으로 돌아갔다.

그녀가 주차장을 빠져나가는 동안 그는 말을 잡고 있었다. 그는 눈을 걷어찼다. 말이 옆걸음질 쳤다. 흥분과 불안, 괴로움으로 그는 펄쩍펄쩍 뛰고 싶었다. 그녀를 놀래켜 도망가게 하다니. 키스하지 말았어야 했다. 키스를 더 했어야 했다. 그녀가 뭔가 말하려 했을 때 그냥 내버려뒀어야 했다. 그는 말에 올라 집으로 향했다.

목요일 밤, 그는 카우보이 장난감처럼 보이는 건 아무것도 지니지 않은 채 트럭을 몰고 갔다. 그는 중대한 임무를 띠고 있었다. 그녀의 질문, 예를 들면 왜 아무것도 먹지 않느냐는 질문에 성실하게 답할 작정이었다. 사람들이 도착할 때까지 밖에서 기다리지 않고 일찍 교실에 들어가 뒷자리에 앉았다. 교실의 자리가 다 차자 큰 키에 회색 양복을 입은 배불뚝이 남자가 교실로 들어와 교탁에 섰다.

"트래비스 선생은," 그가 말했다. "미줄라에서 운전해 오는 게 너무 고되어서 제가 남은 학기를 대신하게 됐습니다. 저는 이곳에서 변호사 개업 중입니다. 이미 아는 분들도 있고 다른 분들도 곧 알게 되겠지만, 최근에 이혼을 해서 시간이 좀 남아서요. 그래서 제가 이 일을 맡게 됐습니다."

남자가 계속 말을 이어가는 동안 쳇은 자리에서 일어나 복도로 나가 문으로 향했다. 밖에서 그는 찬 공기를 폐 깊숙이 들이마셨다. 그는 시내의 불빛들이 눈 속에서 어지러이 유영하도록 두었다가, 눈을 깜박거려 깨끗이 지워버리고는 목장 트럭에 올라탔다. 기름을 충분히 넣었으니 차가 멈추는 일은 없을 것이다. 트럭은 쿨럭거리다 잠잠해지며 달리기 시작했다.

베스 트래비스가 서쪽으로 970킬로미터 가까이 떨어진, 산 너머 미줄라에 산다는 건 알고 있었다. 하지만 어딘지는 모른다. 어디서 일하는지, 그녀의 번호가 전화번호부에 실려 있는지도 모른다. 그녀가 겁을 먹고 가버린 게 자신 때문인지 아니면 운전 때문인지 알 수 없었다. 트럭이 미줄라까지 버틸 수나 있을지, 아니 그가 없어진 걸 목장 주인이 알게 되면 어떻게 나올지 몰랐다.

하지만 그는 기어를 넣고 노란 닷선이 세 번 사라진 방향으로 트럭을 몰아 시내를 빠져나갔다. 어둡고 적막하고 광활한 눈 덮인 대지를 가로지르는 길은 평평하고 똑발랐고, 트럭이 쭉쭉 나아가기 좋아 보였다. 그는 마일스시티 외곽에서 차를 멈췄고, 다시 빌링스 외곽에 이르러 차를 세웠다. 다시 운전할 수 있을 때까지 뻣뻣해진 다리로 절뚝거리며 걸어야 했다. 빅팀버 근처에서 평지가 끝나고 별빛 아래 솟아오르는 검은 덩어리 같은 산악지대가 시작되었다. 커피와 기름을 보충하기 위해 보즈먼에서 멈췄고, 스리포크스와 로건을 지날 때는 갓길에서부터 넓게 퍼져 있는 검은 빙판에서 멀찍이 떨어져 텅 빈 도로의 흰 중앙선을 따라 달렸다. 칠흑 같은 오른편 어딘가에서 그의 부모님이 잠자고 있을 것이었다.

미줄라에 도착했을 때는 아직 동트기 전이었다. 그는 미니마트에 들러 전화번호부에서 '트래비스'를 찾아보았다. 트래비스 B의 전화번호가 실려 있었지만 주소는 없었다. 그는 전화번호를 베껴적었지만 전화를 걸지 않았다. 계산대의 꼬마에게 동네에 법률사무소가 있냐고 묻자 꼬마는 어깨를 으쓱하면서 "아마 시내에 있겠죠"라고 대답했다.

"어디?"

꼬마가 그를 쳐다보았다. "시내라니까요." 꼬마가 왼쪽을 가리키며 말했다.

오래된 벽돌 건물과 일방통행로, 상점들이 늘어서 있는 시내에는 새벽빛이 밝아오고 있었다. 그는 트럭을 주차하고 고관절을 늘리면서 차에서 내렸다. 산이 바로 눈앞에 있어서 폐소공포증이 느껴졌다. '법률 대리인'이라고 새겨진 나무 간판을 발견한 그는 사무실 문을 열어준 비서에게 베스 트래비스라는 이름의 변호사를 아는지 물었다.

비서는 그의 뒤틀린 다리와 부츠, 코트를 보고는 고개를 저었다.

다음에 찾아간 법률사무소의 비서는 좀더 친절했다. 그녀는 법대에 전화를 걸어 베스 트래비스가 어디서 일하는지 물어보더니 한 손으로 수화기를 막았다. "글렌다이브에서 가르친다는데요."

"다른 직장이 또 있어요. 여기에요."

비서는 전화기에 대고 이 정보를 알려줬고 이내 종이에 뭔가를 써서 그에게 건넸다.

"옛날 철도창고를 따라 내려가보세요." 그녀가 연필로 창문 쪽을 가리키며 말했다.

여덟 시 삼십 분 그는 종이쪽지에 적힌 주소 앞에 차를 세웠고, 그때 베스 트래비스의 노란색 닷선이 같은 주차장으로 막 들어서고 있었다. 그는 초조한 마음으로 트럭에서 내렸다. 그녀는 서류가방을 뒤지고 있어서 바로 그를 보지 못했다. 이윽고 그녀가 고개를 들었다. 그녀는 그의 뒤편에 서 있는 트럭을 보더니, 다시 그를 보았다.

"운전해 왔어요." 그가 말했다.

"내가 잘못 온 줄 알았어요." 그녀가 말했다. 옆에 서류가방을 걸친 채였다. "여기서 뭐 하세요?"

"당신을 보러 왔어요."

그녀가 고개를 끄덕였다, 천천히. 그는 최대한 반듯이 서 있었다. 그녀는 다른 세상에 살고 있었다. 여기까지 운전해 오는 것보다 훨씬 빨리 비행기로 하와이나 프랑스에 갈 수 있을 것이다. 그녀의 세상에는 변호사들과 도심, 그리고 산이 있었다. 그의 세상에는 배고파서 잠이 깨는 말과 눈 속에서 기다리는 소가 있었고, 그것들을 먹이러 돌아가는 데는 열 시간이 걸릴 것이다.

"수업을 그만둬서 너무 아쉬웠어요." 그가 말했다. "기대하고 있었는데요, 화요일이랑 목요일 저녁이요."

"당신 때문이 아니라……" 그녀가 말했다. "화요일에 말하려고 했어요. 이미 대체 교사를 부탁해둔 상태였어요, 운전 때문에요. 어제 구해진 거죠."

"그렇군요." 그가 말했다. "여기까지 운전하는 거 정말 힘드네요."

"그렇죠?"

은색 차에서 내린 검은 양복의 남자가 첫을 훑어보며 그들을 흘낏거렸다. 베스 트래비스가 손을 흔들며 미소 지었다. 남자는 고개를 끄덕이고 다시 첫을 보고는 건물 안으로 들어갔다. 문이 닫혔다. 그녀가 수업을 그만둔 이유가 자기 때문이었으면, 그녀에게 조금의 영향력이라도 끼쳤으면 하는 갑작스러운 바람이 들었다. 그녀가 무게중심을 달리했다. 그녀가 머리칼을 뒤로 넘기자 그는 다가가 그녀의 손을, 머리칼이 짙게 자란 뒷목을 만지고 싶었다. 대신 그는 손을 청바지 주머니에 찔러넣었다. 다시 그를 보기 전에 그녀는 주차장을 둘러보는 것 같았다.

"뭘 어쩌려는 게 아니에요." 그가 말했다.

"그래요."

"가서 먹이를 줘야겠어요." 그가 말했다. "그저 운전을 해 여기에 오지 않으면 다시는 당신을 못 볼 거고, 그게 싫었을 뿐이에요. 그것뿐이에요."

그녀가 고개를 끄덕였다. 그녀가 무언가를 말해줄지도, 어떤 절충안을 제시해줄지도 모른다는 생각에 그는 기다리며 거기에 서 있었다. 그녀의 목소리를 다시 듣고 싶었다. 그녀를,

어느 부위이건, 어쩌면 그녀의 팔만이라도 만지고 싶었다, 허리만이라도. 그의 손이 닿지 않을 만큼 떨어져 서서 그녀는 그가 떠나기를 기다리고 있었다.

결국 그는 트럭에 올라 시동을 걸었다. 그녀는 주차장에서 꼼짝 않고 서서 멀어져가는 그를 지켜보았고, 잠시 후 그는 고속도로를 타고 도시를 떠났다. 처음 삼십 분 동안은 손가락 마디가 하얗게 변하도록 운전대를 꽉 쥐었고, 트럭으로 길을 삼켜버릴 것처럼 도로를 노려보았다. 그러다가 화를 내기에도 너무 피곤해지자 눈이 감기고 입이 벌어지기 시작했다. 그는 간신히 도로에서 벗어나지 않으며 운전했다. 버트에서 블랙커피를 사서 트럭 옆에 서서 마셨다. 주차장에서 바로 그녀를 맞닥뜨리지 않았더라면 하는 생각이 들었다. 일 분이라도 준비할 여유가 있었더라면. 그는 종이컵을 구겨 멀리 던져버렸다.

로건을 지날 때 집에 들러볼까 생각했지만 그럴 필요는 없었다. 부모님이 뭐라고 할지 알고 있었다. 어머니는 그의 건강을 걱정할 것이다, 밤새 운전하는 아픈 아들, 위험한 인생을 사는 아픈 아들의 건강을. "그 백인 여자애를 잘 알지도 못하잖니." 어머니는 말할 것이다. 아버지는 말할 것이다. "젠장, 쳇, 하루 종일 말한테 물도 안 주고 내버려둔 거냐?"

헤이든에 돌아와서 그는 말들에게 먹이와 물을 주었다. 말들은 괜찮아 보였다. 마구간에서 발길질을 해대는 놈은 없었다. 마구를 채우고 썰매에 건초를 실은 다음 녀석들을 헛간에서 몰고 나왔다. 건초 더미의 오렌지색 노끈을 칼로 자르고 소들에게 건초를 던져주었다. 썰매를 끄는 말들은 불평 없이 터벅터벅 걸었고, 그는 잘 놀라던 두 살짜리 말을, 열네 살이던 그를 발길질할 수 있는 곳이라면 어디든 걷어차던 말을 생각했다. 가슴의 통증이 마치 그때 같았다. 하지만 베스 트래비스가 그를 함부로 대한 건 아니었다. 자신이 뭘 원했던 건지 알 수 없었다. 만약 그녀가 머물러달라고 했어도 어쨌든 그는 떠나야 했을 것이다. 그의 마음을 이렇게 쓰리고 아프게 하는 것은 대화의 마지막 부분, 그리고 검은 양복을 입은 남자가 그녀에게 보내던 괜찮냐고 묻던 눈길이었다.

헛간에서 그는 말들에게 이야기했다. 말 뒤에서 움직일 때마다 뒷다리에 바싹 붙었다. 쉽게 놀라지 않게 면역이 되어 있는 분별력 있는 말들이었지만, 그가 하루 종일 물도 안 주고 내버려뒀기 때문이었다. 말 한 마리당 커피 깡통 분량 정도의 노란 곡물을 퍼서 여물통에 밀어넣어줬다.

그는 밖의 어둠 속으로 걸어나가 울타리 밖으로 펼쳐진 들판을 보았다. 달이 떠 있는 검푸른 대지에는 소들이 점점이 흩어져 있었다. 고관절이 쑤시고 뻣뻣했다. 오줌이 마려워 헛간에서 떨어진 곳으로 가 김이 피어오르는 눈 속의 작은 구멍을 바라보았다. 그는 베스 트래비스에게 자신이 얼마나 진지한지 보여주기 위해 씨라도 뿌렸어야 했는지 생각했다. 그녀는 돌아오지 않을 것이다. 어떤 이유에서건 그녀가 다시 그 거리를 운전해 오는 건 있을 수 없는 일이었다. 하지만 그녀는 그가 어디에 사는지 안다. 그녀는 변호사이다. 원한다면 그를 찾을 수 있을 것이다.

하지만 찾지 않을 것이다. 그 사실이 그를 아프게 했다. 그는 청바지 단추를 잠그고는 엉덩이를 추켜세웠다. 여자애들이랑 연습을 했어야 했다. 이제 그 연습을 해본 셈이 되었지만 정말로 연습처럼 느껴졌으면 좋겠다고 생각했다. 점점 추워져서 곧 안으로 들어가야 했다. 그는 주머니에서 종이쪽지를 꺼내 전화번호가 외워질 때까지 달빛 아래 한참을 들여다봤다. 절대 잊어버리지 않을 것이었다. 잠시 후 그는 해야 할 일을 했고, 종이를 둥글게 구겨서 멀리 던져버렸다.

초록에 빨강

열다섯 살이 되던 여름, 샘 터너는 아버지와 함께 강으로 보트 여행을 떠났다. 7월이었고, 덥고, 수위는 낮았다. 그들 말고 강에 사람이라고는 없었다. 프레임을 장착한 공기주입식 에이번 보트 두 대에 각각 샘과 아버지, 해리 삼촌과 삼촌이 새로 취직한 법률사무소의 고객이 탔다. 가을에 그녀는 2학년이 되는데, 2학년이라고 하면 너무 나이가 든 것처럼 들렸다. 동부의 사립 기숙학교에서 장학금을 제안 받았는데 아직 공식적으로 확정된 건 아니었다. 지원해보자는 건 아버지의 생각이었지만, 지금은 그 얘기가 나올 때마다 아버지는 우울해 보였다. 모두들 그 지역 학교에 비하면 얼마나 좋은 기회냐고 말했지만, 그녀도 아버지도 선뜻 이야기를 꺼내지 않았다.

샘이 기억하는 한 매년 여름 강가에 왔었다. 열두어 번의 폭

풍우에도, 선명한 수영복 자국을 어깨에 새겨놓는 땡볕에도. 아버지의 동생인 해리 삼촌이 가끔 친구들을 데려오기도 했는데, 그들은 아버지가 모닥불 가를 뜰때면 알코올 음료인 슈냅스 병을 건네기도 했다. 그녀는 목이 타들어갈 것 같은 맛보다는 향이 더 좋았다. 강가의 모든 야영지와 절벽 그늘에 가려진 강굽이, 목초지를 통과하는 길고 잔잔한 강 끝자락까지 그녀는 샅샅이 알고 있었다. 나흘, 늘어나면 닷새, 아버지가 일이 있을 경우에는 사흘짜리 여행이었다.

모래와 자갈이 다 드러난 강가에 이렇게 늦게 온 이유는 삼촌의 고객 때문이었다. 샘이 정확히 들은 건 아니었지만, 짐작이 그랬다. 고객을 위한 접대 여행. 타지역 사람인데 소송 때문에 몬태나에 머무르고 있는 남자였다. 출발 지점에서 장비를 내리고 있을 때 그녀는 삼촌의 고객을 만났다. 해리 삼촌이 그녀를 조카라고 소개했다.

"이름이 뭐니?" 고객이 물었다.

"샘이요." 그녀가 말했다.

"레이턴이야." 고객이 말했다. 삼촌보다 젊었고, 키가 크진 않았지만 가슴팍과 팔이 우람했다. 묵직한 아이스박스를 내려놓고 그가 악수하러 손을 내밀었다.

"와, 여기 정말 마음에 드는구나." 그가 말했다. "나는 크로족, 블랙풋족, 그리고 수족 혼혈인 것 같고 유대인 피도 섞였단다." 그의 눈은 푸른색이었다. 그가 그녀의 손을 놓았다. "이가 참 고르구나." 그가 말했다. "교정했니?"

"아니요." 그녀가 말했다. 모든 것이 어색한 열다섯 살이었고, 칭찬에는 의심부터 들었다.

레이턴이 말했다. "이번 여행 재미있겠는데."

아버지와 해리 삼촌은 각각 빈 트럭을 몰고 사흘 뒤 그들이 도착할 강 하류로 내려갔다. 한 대는 그곳에 두고 한 대로 같이 돌아올 것이다. 샘은 그녀와 함께 있겠다고 한—그녀를 지켜주기 위해서라는 게 그의 말이었다—레이턴과 보트 곁에 남았다. 그들은 장비들을 놓아둔 둑 위에 앉았고, 해가 움직이자 아이스박스를 그늘 쪽 풀밭에 밀어두었다. 샘은 시내에서 나올 때 얼음과 음식을 사러 들른 슈퍼마켓에서 집어든《가시나무새》를 읽고 있었다.

"추천도서 목록에는 없는 책이잖니?" 트럭에서 그녀의 무릎에 책을 내려놓으며 아버지는 말했었다. "그래도 거기 있는 것 중에서 제일 나은 거구나."

기숙학교에서 여름방학 동안 읽어야 할 삼십 권의 추천도서 목록을 보내왔다.《여인의 초상》《밤은 부드러워》따위의 책들이었다. 하지만 내키지 않는 기분 탓이었는지 목록에 있는 책을 챙겨오는 걸 깜박했다.

레이턴은 산탄총을 꺼내 기름을 먹이며 청소를 했다. "명사수일 것 같은데." 그가 말했다. "넌 몬태나 아가씨잖아? 총도 있겠구나."

샘은 고개를 젓고는 계속 책을 읽었다. 그가 총을 가져와 보여주었는데 그건 그저 쇳덩이가 달린 몸판일 뿐이었다. 그가 그녀의 어깨 가까이에 쭈그려 앉자 총에서 나는 기름 냄새가 풍겼다.

“산탄총은 외관이 화려할 필요가 없지.” 그가 말했다. “쏴본 적 있니?”

“아니요.” 그녀가 말했다. 아버지는 총이 있었지만 어머니가 죽은 후로는 사냥을 나가지 않았다. 샘은 어머니에 대한 기억이 거의 없었다. 어머니는 그녀가 네 살 때 쾨르달렌*으로 차를 몰고 가다가 검은 빙판길에서 사고가 났다. 아버지가 사냥을 그만 둔 이유가 자신을 돌보느라 바빠서였는지, 아니면 총 쏘는 게 싫어져서인지 가끔 궁금해졌다.

“오, 좋아!” 레이턴이 말했다. 그가 일어섰다. “총 한번 쏴봐야지. 꿩을 사냥해줄게.”

“새 사냥철이 아닌데요.”

“밖에 뭐가 있을지는 아무도 모르지.” 그가 천으로 총신을 닦으며 말했다.

“강가에 집들도 있어요.” 그녀가 알려줬다. “그다지 외따로 떨어져 있지 않단 말이에요.”

레이턴이 웃었다. “외—따로. 그거 좋은 말이로구나.”

뺨이 달아오르는 게 느껴졌지만 그녀는 아무 말도 하지 않았다.

---

* 아이다호주 북부의 대도시. 같은 이름의 호수와 그곳에 사는 인디언 부족을 가리키기도 한다.

"아주 외따로 떨어져 있을 필요는 없단다." 그가 말했다. "조금만 떨어져 있으면 돼."

아버지가 밀렵을 용인하지 않으리라는 걸 알고 있었기 때문에 샘은 아버지가 알아서 처리하도록 내버려뒀다. 하지만 아버지와 해리 삼촌이 돌아왔을 때, 아버지는 산탄총을 지그시 바라보았을 뿐 보트에 짐을 싣기 시작했다.

수위가 낮았지만 그날 오후 그들은 보트를 탔고, 어두워지기 전에 첫 번째 야영장에 도착했다. 아버지는 본인이 쓸 2인용 텐트와, 그녀를 위한 천장에 방충망이 달린 침낭만 한 크기의 방수주머니인 버로를 설치했다. 그녀는 버로 안에 침낭을 펼쳤고, 레이턴과 해리 삼촌은 모닥불을 피우고 소송에 대해 얘기했다.

해리 삼촌은 자식이 없고 직업도 있다 없다 했다. 그는 언제나 말썽쟁이 막내라는 자신의 역할을 뿌듯해하는 듯 보였다. 샘의 아버지는 지방법원 판사였다. 하지만 몇 년 전 무슨 바람이 불었는지 해리 삼촌은 법대에 갔고 변호사 자격시험을 통과했다. 누구나 덩치가 크고 배가 불룩 나온 그를 좋아했다. 삼촌은 빚을 청산하려 애쓰고 있었고, 그가 들어간 법률사무소의 변호사는 레이턴 사건을 할당해주었다.

고소인은 네 명이었는데, 유기농 용매에 노출되어 신경 손상을 입은 실험실 직원들이었다. 그중 한 여자는 가까이에 향수 뿌린 사람이 있으면 자기 아이들의 이름을 기억하지 못했다. 디젤 연기, 화장실 세제, 향기 나는 비누, 새 카펫—모든 것이 냄새를 뿜어낸다. 또다른 여직원은 빨간불에 멈춰야 하는지 계속 가야 하는지 제대로 판단을 내릴 수가 없어져서 운전을 그만 뒀다. 레이턴은 배선 담당으로 한 달밖에 일하지 않아서 실험실이라는 장소를 빼면 여직원들과 아무런 공통점이 없었다. 그럼에도 그들과 검사 결과가 일치한다는 점에서 매우 중요한 고소인이었다. 그리고 남자가 있는 것이 모양새도 좋았다. 남자인 경우에는 증상을 꾸며내는 거라고 생각하는 경향이 덜하기 때문이었다. 하지만 그의 증상은 경미한 편이었고, 그는 소송에 참여해달라는 회유를 받는 상황에 이르렀다. 그렇게 되면 증언을 하기 위해 계속 한곳에 머무르며 더 많은 검사를 받아야 했다. 샘은 이번 여행도 그런 회유의 일환일 거라고 추측했다.

"잘 모르겠어요." 레이턴이 모닥불 가장자리에 서서 말했다. "가끔 차 열쇠를 잃어버리지만, 그건 전에도 그랬던 거고, 그렇게 소송을 즐기는 타입도 아니라서요. 그냥 리노에서 직장을 잡고 다 관둘지도 모르겠어요."

해리 삼촌이 나뭇가지 더미를 보며 얼굴을 찡그렸다. "언제 여기에 와보겠어요?" 그가 말했다. "낚시하고 사냥하고."

"아직 새 사냥철도 아닌걸요." 레이턴이 말하고는 샘에게 눈을 찡긋해 보였다. "이번 일이 더 늘어진다면 그땐 미쳐버릴 거예요."

해리는 아무 말 않고 불을 헤집었다.

다음 날 아침, 아침을 먹기도 전에 레이턴은 낚시를 하러 긴 장화를 신고 물속에 들어가 있었다. 다른 사람들은 긴 낚시장화를 챙겨오지 않았다. 그들은 반바지를 입은 채 물에 들어갔다. 그는 작은 갈색 송어를 잡아 대가리를 세게 쳐서는 고무보트로 던졌다. 샘의 아버지는 고기를 들어 보트 뱃머리에 대어 보고는 아직 너무 작다고 말했다.

"꼬리를 조금 당겨봐요." 레이턴이 말했다. "늘어날 거예요." 그는 이미 다시 물살을 향해 가고 있었고 고기는 죽어가고 있었다. 해리 삼촌이 아버지에게 눈짓하는 걸 샘은 보았고, 아버지는 물고기를 아이스박스에 넣었다.

그들은 일찌감치 짐을 챙겨 강으로 나섰다. 샘은 아버지의 보트에 탄 후 금속 프레임에 끼워놓은 아이스박스 위에 누웠다. 잠시 책을 읽다가 등에 내리쬐는 햇살을 느끼며 잠이 들었고, 깨어나서는 모래사장으로 보트를 끌고 가기 위해 물속에 뛰어들었다.

그날 오후 아버지는 낚시를 하러 갔고 그녀는 강가에서 떨어진 언덕 쪽으로 산책을 나섰다. 들판의 풀은 빛바랜 노란색이었고 나무들 사이로 난 길은 햇빛에 눈이 부실 정도였지만 그녀는 기숙학교를 생각하고 있었다. 그런 교육을 받을 수 있을 거라는 생각이 들지 않았다. 그리고 정말로 완벽한 치아를 갖고 있다 한들 어른들 말고 누가 신경이나 쓸까 싶었다. 레이턴이 나무들 사이로 다가오자 그녀는 그전까지는 몰랐지만 그가 나타나주길 바라고 있었음을 깨달았다. 그가 보이는 관심은 다른 어른들과는 달랐다.

"너 주려고 뭘 가져왔는데." 그가 말했다.

그녀는 기다렸지만 그가 계속 길을 따라 걷자 뒤따라갔다. 그들은 야영 장소로부터 첫 번째 언덕을 지나 더 높은 두 번째 언덕을 넘어 내려가 공터로 접어들었다. 농장이나 집도 없고 강가에서도 멀리 떨어진 곳이었다. 레이턴이 셔츠 아래로 손을 집어넣더니 총신이 짧고 각진 작은 진회색 권총을 꺼냈다. 10미터쯤 떨어진 곳에 나무가 쓰러져 잔가지들이 위를 향하고 있었다. 그가 빈 맥주병을 가지 하나에 거꾸로 꽂았다. 병 안에 남은 맥주가 흘러나와 나무껍질이 물들었다. 이윽고 그가 그녀에게 걸어와 권총을 건넸다. 권총은 그의 온기로 여전히 따뜻하고 묵직했다.

"9밀리 루거 반자동이지." 그가 말했다. "내 자랑이자 기쁨."

"사람들한테 들리지 않을까요?"

"안 들릴걸. 언덕들이 저렇게 있는데." 그가 말했다. "어쨌든 합법적인 거니까. 동물을 죽이는 것도 아니고."

그는 그녀의 오른손을 잡고 권총 쥐는 법을 알려줬다.

"한 손은 이렇게, 팔을 곧게 펴고, 영화에서처럼 말이지." 그가 말했다. 그러고는 뒤에서 어깨를 감싸안으며 팔을 뻗어 왼손의 위치를 잡아주었다. "다른 손은 아래로." 그가 그녀의 오른발 안쪽을 찼다. "이쪽 다리는 원래대로 가져오고."

샘은 뒷걸음질하며 총으로 병을 겨눴다. 그의 가슴에 등이 닿아 제대로 숨도 쉴 수 없었다.

"한쪽 눈을 감고," 그가 말했다. "총신으로 목표물을 가려. 반동으로 총부리가 위로 들리거든. 하지만 그랬다가 다시 제자리로 정확히 떨어질 거야. 꽉 움켜쥐기만 하면 돼." 그가 그녀에게서 떨어져 옆으로 비켜섰다.

첫 발은 병을 완전히 빗나갔다. 그녀는 총의 반동에 놀랐다. 총의 발사충격이 손과 어깨를 거쳐 다리까지 전해졌다. 두 번째에는 거꾸로 세워진 병의 윗부분을 날려버렸다. 세 번째에는 부러진 병목을 맞췄다. 나뭇가지에는 삼각형 모양의 유리조각만이 조금 남았다.

"해보렴." 레이턴이 말했다.

그녀가 총을 쏘았고 명중했다. 나무옹이 외에는 아무것도 남지 않았다.

"나뭇가지를 쏴봐." 레이턴이 말했다,

그리고 그녀는 나뭇가지를 명중시켰다. 이토록 자신이 자랑스러웠던 적은 없었다. 레이턴이 손을 뻗어 그녀의 머리칼을 흐트러뜨렸다, 재빠르게.

"그녀는 명사수라네." 그가 말했다. "아직 반동을 무서워하지 않는다는 건 아무것도 두려워하지 않는다는 거지. 계속 그렇게 해야 해."

"알았어요." 그녀가 말했다. 바보처럼 헤벌쭉거리는 자신이 느껴졌다.

"정말 완벽한 치아구나." 레이턴이 말했다.

그녀는 입을 다물고 맥주병이 있었던 상처 난 나무를 바라보았다. 다시 웃고 싶어졌지만 그러지 않았다.

"미안." 레이턴이 말했다.

"괜찮아요." 그녀가 말했다.

야영 장소로 돌아갈 때는 레이턴이 방향을 돌려 그들은 각자 다른 방향에서 도착했다. 아버지와 해리 삼촌은 아무 말도 없었다. 분명 총소리를 들었을 테지만, 레이턴 혼자 쏜 것으로 생각하는 거라고 샘은 결론 내렸다. 아까 그녀는 나무껍질에 고정해 세워둔 동전들을 쏘았고 총알로 종이에 웃는 얼굴을 그려넣었다. 그리고 반바지 주머니에 할로포인트탄* 탄피와 구부러진 동전을 하나씩 넣어뒀는데, 레이턴은 더이상 할로포인트탄을 사는 건 불법이라고 했다. 레이턴은 웃는 얼굴을 그려넣은 접힌 종이를 야영장 쓰레기통에 슬쩍 버리고는 해리 삼촌에게 꿩이 없는 것 같다고 말했다.

샘의 아버지는 엔칠라다를 만들면서 마르가리타에 넣을 얼음을 얼음송곳으로 깨고 있었다. 샘에게는 테킬라가 들어가지 않은 마르가리타를 만들어줬다. 레이턴 역시 술을 빼고 달라고 했고—실험실에서 일한 후로는 술을 먹으면 메스꺼워졌다—배터리를 넣는 작은 스테레오를 가지고 나왔다. 아버지는 자연의 고요함을 망칠 거라고 말했지만 이내 조리대 앞에서 레게 노래를 따라 흥얼거리며 몸을 흔들고 있었다. 여전히

* 명중 시 탄두가 버섯 모양으로 갈라져 살상력이 큰 탄환.

날은 환했고, 제비들이 협곡으로 곤두박질치고 있었다. 아버지는 살사를 가득 얹은 나초 칩과 커다란 일회용 숟가락을 들고 투스텝을 밟으면서 가성으로 노래를 불렀다. "아니, 위대한 여왕 같은 분은 뵌 적이 없지." 그러고는 그녀에게 나초를 건네며 이마에 입을 맞췄다.

해리 삼촌은 마르가리타를 너무 많이 마시고 사건에 대해 이야기하기 시작했다. 딱한 사정으로 인생이 망가진 아픈 여자들, 보상 받을 수 있다고 떠들어대는 뻔뻔한 변호사들에 대해. 어두워지자 해리 삼촌은 자러 들어갔다. 나머지 셋은 숯이 오렌지빛으로 타는 모닥불 가까이에 앉아 있었고 아버지는 하모니카로 블루스를 연주했다.

잠시 후 레이턴이 말했다. "내일 노를 저으려면 누가 등 좀 밟아줬으면 좋겠는데. 그쪽한테 부탁하고 싶지만," 그는 샘의 아버지에게 말했다. "몸무게가 백 킬로그램도 넘겠는데요."

아버지는 말없이 하모니카를 계속 연주했다.

레이턴이 모닥불을 바라보는 샘을 보았다.

"잠깐이면 돼." 그가 말했다. "일하다가 잘못됐는데, 보트를 저었더니 또 쑤시네."

하모니카 소리가 울리고 있었고 아버지는 계속 눈을 감은 채였다. 샘이 일어섰다.

"신발은 벗으렴." 레이턴이 말했다.

그녀는 모닥불 옆에 신발을 벗어두었다. 레이턴은 땅에 배를 대고 누웠다. "오케이, 조심해서 올라가." 그가 말했다. "정가운데." 그녀가 올라서자 그의 목소리가 바람이 빠지듯 갈라졌다. "자, 나머지 발도." 그가 말했다. "균형을 잡고." 발가락 아래로 그의 갈비뼈가 느껴졌다. "이제 앞으로 천천히 걸어왔다가, 다시 뒤로." 그가 말했다.

그녀는 시키는 대로 했고 아버지는 불가에서 일어섰다. "피곤하구나." 아버지가 말했다. "내일 일찍 출발해야 한다."

샘이 아버지를 쳐다봤고 그는 저 혼자 맞장구를 치듯 고개를 끄덕였다. 아버지는 하모니카를 치우고 텐트가 서 있는 어둠 속으로 사라졌다. 나일론 바스락거리는 소리, 지퍼 열리는 소리가 들렸고 이내 밤은 조용해졌다.

"한 번만 더." 레이턴이 말했다. "정말 좋아. 이번에는 어깨뼈 사이로 무릎을 꿇고 앉아줄래, 그게 바로 내가 필요한 거야."

그녀는 그가 말한 대로 엉덩이를 발꿈치 쪽으로 낮춰서 그의 뒤통수의 짧은 머리카락과 자신의 맨 무릎을 내려다보며 꿇어앉았다. "거기 그대로 있어." 그가 속삭였다. "오, 세상에."

그리고 그는 아무 말도 하지 않았다. 불과 가까운 그녀의 몸 오른쪽은 따뜻하고 왼쪽은 차가웠다. 밤에 반바지를 입기에 너무 추운 날씨였다. 침낭 속에 누운 아버지가 몸을 뒤척이는 소리가 텐트 안에서 들려왔다. 나일론끼리 바스락거리는 소리.

레이턴이 손을 뒤로 움직여 그녀의 엉덩이를 건드렸다. "이쪽으로 기울어져 있구나." 그가 말했다. 그녀가 몸을 바로 세웠다. "그렇지." 그렇게 말하면서도 그의 손은 여전히 그녀의 엉덩이를 만지고 있었다. 그녀는 어떻게 해야 할지 생각했다.

그의 눈은 감겨 있었고, 마치 자신의 손이 어디 있는지 잊은 것처럼 보였다. 잠시 뒤에 손이 그녀의 살갗을 쓰다듬으며 허벅지 뒤쪽으로 미끄러져 들어왔다. 그녀는 그의 손목을 잡아 밀어냈다. 손은 잠시 허공에 그대로 있다가 다시 반바지에 감싸인 그녀의 허벅지 뒤쪽으로 미끄러져 오더니 두 다리 사이를 만졌고, 총이 발사될 때 손에 전해지던 충격 같은 느낌이 전해져왔다. 그녀가 어색하게 일어서려 하자 그가 그녀의 종아리를 잡아 다시 아래로 끌어당겼다. "잠깐만 더 있어." 그가 속삭였다.

그녀는 한쪽 무릎을 꿇은 채 그의 등에 반쯤 올라타 있는 자세가 됐고, 그러자 그가 몸을 돌려 그녀를 마주보았다. 그의 손이 다리를 타고 등허리까지 올라와서 꽉 움켜잡았다. 그의 눈은 풀려 있으면서도 날카로웠고, 초점이 맞지 않으면서도 맞아 있었다. 그녀는 지금껏 이런 표정을 짓고 있는 남자를 본 적이 없었다.

그녀가 몸을 빼 떨어지자 그는 그대로 놓아주었고, 그녀는 불가를 떠나 몸을 떨면서 간신히 버로 속으로 기어들어갔다. 야영장의 소리—아버지의 코고는 소리, 레이턴이 마침내 모닥불을 끄는 소리, 그가 텐트의 지퍼를 여는 소리, 그리고 잘 준비를 하느라 바스락거리는 소리—를 들으며 그녀는 달이 뜨고도 오랫동안 잠들지 못한 채 누워 있었다. 온기를 느끼려 두 손을 허벅지 사이에 넣자 그쪽이 아릿하게 아파왔지만, 통증이 가실 때까지 누워서 숨 쉬는 것 말고는 뭘 해야 할지 알 수 없었다.

그녀가 잠에서 깨어났을 때, 레이턴은 또 강에 들어가 하류 쪽으로 걸어가며 둑에 그물을 던지고 있었다. 날은 더없이 화창했고, 탈피 중인 하루살이의 그림자가 수면에 어른거리자 송어가 입을 벌리고 올라오면서 수면에 보조개를 만들었다. 아버지는 마지막 남은 뜨거운 물을 그녀의 오트밀 컵에 부어 줬고 그녀는 선 채로 아침을 먹었다. 땅바닥에 비친 그녀의 그림자를 보니 사흘 동안 빗질을 하지 않아 머리칼이 한쪽으로 뻗쳐 있었다. 그녀는 손으로 머리를 쓸어 가라앉혔다.

선착장으로 이어지는 길고 평탄한 구간에서는 샘이 잠깐 노를 저었다. 아버지는 둑을 따라 나 있는 수풀 사이로 보이는 물총새와 높은 나무 꼭대기에 자리잡은 물수리 둥지를 가리켜 보였다. 그녀의 실수로 보트가 바위틈에 끼자 아버지는 말없이 노를 거꾸로 잡고 버팀목 삼아 보트를 밀어냈다. 레이턴과 해리 삼촌은 앞쪽에서 순조롭게 나아가고 있었다. 날이 뜨거워지자 그녀는 보트에서 물속으로 미끄러져 들어가 머리와 옷 속으로 차가운 물살을 느꼈다.

선착장에서 레이턴은 그녀 쪽을 보지 않았다. 그들은 보트의 바람을 빼고 여행이 끝나 진이 빠진 기분으로 트럭에 짐을 실었다. 그녀는 나무들 사이에서 새 반바지로 갈아입었다. 아버지가 운전을 하고 해리 삼촌이 반대쪽 창가에 앉아서 그녀는 레이턴과 중간에 끼어앉게 됐다. 그의 왼 다리가 그녀의 오른 다리와 닿았다.

그들은 해리 삼촌과 레이턴을 삼촌의 트럭이 있는 곳에 내려주고는 침묵 속에 집으로 돌아왔다. 샘은 눈을 뜨고 있으려 했지만 잠이 들어버렸다. 집에 돌아와 그들은 트럭에서 짐을 내리고 아이스박스를 씻었다. 그리고 그녀가 책과 강에서 입었던 반바지를 집어드는데 주머니 속 할로포인트탄이 잔디로 떨어졌다.

아버지가 총알을 주워 손 안에서 굴려보다가 손가락 사이에 끼워 잡았다. 끝이 활짝 피어 벌어지면서 칙칙한 납이 드러나 있었다.

"어디서 발견한 거니?" 그가 물었다.

"제가 쏜 거예요." 그녀는 다음 질문을 기다렸다.

아버지는 아무 말도 하지 않았다. 하지만 총알을 돌려줬고, 그녀는 받아들었다.

그는 마른 짐이 들어 있는 상자 하나를 들어 헛간으로 옮겼다. 잠시 그녀는 아버지가 짐을 풀어 냄비들을 원래 있던 자리에 놓는 소리를, 화가 나서 요란한 소리를 내며 정리하는 게 아니라, 그저 물건들을 제자리에 놓는 소리를 들었다. 그리고 집으로 들어가 기숙학교 장학금을 받기 위한 최종확정서류를 작성했고, 아침에 우편으로 부쳤다.

그녀는 먼저 말을 꺼내지 않았고 삶은 여느 때처럼 흘러갔다. 《가시나무새》를 다 읽었고 친구들을 만나고 아버지와 함께 저녁을 먹었다. 그들은 날씨와 아버지가 들은 소송건들에 대해 얘기했다. 그리고 일주일이 지나서 그녀는 장학금을 받게 됐다고 아버지에게 말했다.

그는 식탁에서 얼굴을 찡그렸다. "어," 그가 말했다. "잘됐구나, 대단해."

왜 모닥불 옆에 그녀만 내버려두고 갔는지 아버지에게 묻고 싶었지만, 대신 그녀는 말했다. "오리엔테이션은 8월 마지막 주예요. 표를 사야 할 것 같아요."

"물론이지." 그가 말했다. "알았다." 그는 그녀를 똑바로 보았고 눈썹을 찡그렸다. "네가 보고 싶을 거다."

갑자기 아버지를 향한 마음이 밀려들며 기숙학교로 떠나는 것이 실수하는 건 아닐까 하는 기분에 휩싸였다. 그때 그녀를 거기 혼자 두고 가려고 했던 것은 아니었을 것이다. 무슨 일이 일어날지 몰랐던 것이다. 분명 그런 일이 있으리라고는 생각도 못 했던 것이다. 다시 한번, 그녀는 확실히 하기 위해 물어보고 싶었다. 하지만 그러는 대신 접시를 싱크대로 가져갔고, 그 순간은 사라져버렸다.

그녀가 떠나기 며칠 전, 부엌 조리대 위에 변론취지서가 놓여 있었다. 거기엔 삼촌이 대리하는 고소인들의 이름이 있었지만 레이턴은 없었다. 그녀가 물어보자 아버지는 레이턴이 리노의 새 직장으로 가면서 소송에서 빠졌다고 말해줬다. 그는 증상이 그다지 심하지 않았고 재판까지 할 가치가 없다고 판단한 것이었다. 눈 밑에 발진이 조금 돋고 술을 못 마신다, 그게 뭐 대수인가? 어차피 술은 끊어야 했다, 그가 말했다. 몬태나에 그를 붙잡아둘 만한 것은 아무것도 없었고, 계속 소송에 엮여 있는 것도 리노 쪽에서 보자면 상당히 성가신 일이었다.

아버지는 공항에 차로 바래다주며 게이트까지 가방을 들어다줬다. 그리고 처음으로, 정말 가지 않았으면 좋겠다고 말했다. 승강용 통로를 걸어가는 내내 그녀는 울었다. 옆 좌석의 남자가 콧물을 닦으라고 클리넥스 한 통을 건네줬고, 솔트레이크시티에 도착하자 어깨를 두드려줬다.

항공사 직원이 어디서 비행기를 갈아타면 되는지 알려줬는데, 보스턴에 도착해서 타라는 비행기를 탔지만 아무래도 맞는 비행기가 아닌 것 같았다. 눈이 충혈되고 신경은 예민해졌지만, 그녀는 자신이 아무것도 모르는 상태이고 길을 떠난다는 것은 배우는 것이라고 마음먹었다.

작은 시내에서 떨어져 있는 기숙사는 나무로 둘러싸인 곳에 모여 있는 위풍당당한 벽돌 건물들이었고, 방의 벽은 몇 세대에 걸쳐 페인트가 덧칠되어 있었다. 그녀는 그곳에서 《여인의 초상》을 읽었다. 《해변의 집》과 《캔디》도. 기숙학교에서 열다섯 살이면 나이가 많은 편이었다. 이곳 학부모들의 대부분이 자식들을 집에 두고 싶어 하지 않았고, 그걸 잘 아는 아이들은 세상 모든 일에 훤한 듯 보였다. 복도 끝 방의 여자애는 메릴랜드에 돌아갔을 때 남자친구와 엑스타시를 하고는 세 시간

내내 섹스를 했다. 룸메이트인 게이브리엘라—그녀의 지난번 룸메이트는 라틴어 선생을 잘리게 만들었다—는 샘이 처녀라는 사실에 놀라며 감동했다.

복도에는 전화가 있었는데, 샘의 고향 친구들에게서 전화가 걸려오면 게이브리엘라는 말했다. "걔네들은 말투가 너무 서부 스타일이야." 친구들 중 한 명인 켈리 티먼스는 샘에게 그들이 아는 남자애에 관한 편지를 보내왔다. "우리가 섹스를 한 건 아닌데," 그녀가 썼다. "하지만 섹스를 하지 않고도 네가 상상할 수 있을 만큼 골 때리는 걸 했거든. 상상해봐."

편지를 읽던 게이브리엘라가 웃으며 물었다. "도대체 이게 무슨 뜻인 거니?"

샘은 한 주나 두 주에 한 번씩 집에 전화를 했다. 아버지는 그녀의 소식을 묻는 사람들의 얘기를 전해줬고 그녀는 학교에서 어떻게 지내는지 말했다. 추수감사절에 게이브리엘라와 함께 뉴욕에 갈 거라고 말했을 때, 아버지는 놀란 듯했다. 그가 말했다. "집에 올 표를 끊어놓으려고 했는데." 그들은 표에 대해 미리 말한 적도 없었다.

"알아요." 그녀가 말했다. "하지만 오가는 데만 이틀이 걸리고, 겨우 이틀밖에 거기 못 있잖아요." 이건 게이브리엘라의 말이었다.

"어디서 지낼 거니?"

"게이브리엘라네 엄마 집이요."

전화상에 정적이 흘렀고 그녀는 아버지를 둘러싸고 있는 조용하고 텅 빈 집을 상상해봤다.

"해리 삼촌 화학 소송은 어떻게 됐어요?" 그녀가 물었다.

"기각됐다." 아버지가 말했다. "그 남자가 있었어야 했어. 이름이 뭐였지? 강에 같이 갔던……"

"레이턴이요." 그녀가 말했다.

"레이턴." 그가 말했다. "뭐라 할 수는 없지. 그 사람은 그렇게 아픈 것도 아니었으니까."

"그러면 다른 사람들은요?"

"일은 못 할 거다." 아버지가 대답했다. "두통도 끔찍하고, 항상 말이지. 밖에 나가지도 못하니."

"안됐네요."

"힘든 사건이었어." 그가 말했다.

아버지가 학교 생활에 대해 몇 가지 물어본 후 그들은 작별 인사를 했다. 샘은 전화를 끊으면서 주변의 모든 화학물질 때문에 어떤 신호에 가고 서야 하는지 기억이 안 나서 운전을 할 수 없게 된 여자를 생각했다. 게이브리엘라의 찰리 파커 포스터 아래 자기 침대에 누워 그녀는 게이브리엘라가 하는 것처럼 다리를 들어 무릎이 코에 닿도록 얼굴로 가져갔다. 가져간 다리를 내리고 다른 쪽 다리를 올렸다.

그녀는 뉴욕에서 있을 파티에 대해 생각했다. 게이브리엘라가 같이 잘까 생각 중인 엑서터 출신의 남자아이와 게이브리엘라가 구하려고 하는 10달러어치의 마약에 대해서도. 그녀는 어두운 겨울밤, 말할 사람도 없이 혼자 저녁을 먹고 있을 아버지를 생각했다. 그리고 켈리 티먼스와 다른 친구들이 옛 고등학교 복도에서, 로커가 일렬로 늘어서 있고 반짝이는 바닥에 형광등 불빛이 반사되는 그곳에서 웃고 있는 모습을 생각했다. 아침마다 학교에서 냄새가 진동했던, 청소부가 사용하던 분홍색 세제, 그리고 체육관의 여학생 샤워실 벽에 고정되어 있던 '몬태나 브룸과 브러시'라는 상표의 샴푸를 떠올렸다. 그녀는 모닥불 가에서 잘 자라는 인사를 한 후 그녀를 향해 고개를 끄덕이던 아버지의 모습을 떠올렸고, 나중에 침낭에 누워 느꼈던 아릿한 통증에 대해서도, 그리고 그게 무슨 의미였는지 왜 자신이 몰랐던가 생각했다. 손목 안쪽에서 게이브리엘라의 벌꿀 비누 향기가 났고, 곧이어 룸메이트가 들어왔다.

"정신을 어디다 두고 있어?" 게이브리엘라가 물었다. "너 또 그렇게 멍하니 있구나?"

샘이 미소를 지었다. "아니야, 여기 있어."

"아니, 넌 여기 없어. 몬태나인지 어딘지로 가버렸다고. 그 이상한 켈리한테서 편지 왔어?"

"아니."

게이브리엘라는 실망한 듯 보였지만 이내 밝아졌다. "방금 도서관에서 무슨 일이 있었는지 말해줄게." 그녀가 말했다. "왜 문 잠글 수 있는 열람실 있잖아?"

샘은 고개를 끄덕이며 몸을 굴려 베개 위에 양팔과 턱을 올리고 그녀의 이야기를 들었다. 베갯잇 세탁에 쓰인 세제는 '마운틴 프레시'였다. 게이브리엘라는 새 카펫에 털썩 드러누워 컨디셔너로 잘 관리한 긴 머리칼을 뒤로 넘겼다. 게이브리엘라는 크림색 카펫을 손으로 쓰다듬으며 결을 어루만졌다. 그녀는 조금 달떠 보였다. "있잖아, 이렇게 된 거야." 그녀가 말했고, 갈망과 음모로 가득 찬 이야기가 시작되었다.

사랑스러운 리타

1975년, 스물세 살인 스티븐 켈리는 막 고아가 되었다. 이 년 전 아버지가 췌장암으로 죽자 스티븐은 공사현장 일을 그만두고 집으로 들어와 어머니를 보살폈다. 어머니는 성인이 된 후 평생을 전적으로 남편에게 의존해 살았기 때문에, 자동차에 기름을 넣거나 세금 계산서를 들여다본 적이라고는 단 한 번도 없었다. 남편이 죽고 난 후 비탄에 잠긴 그녀는 의지처를 아들인 스티븐에게로 옮겼다. 마치 딸이었다면 똑같이 주유펌프기 사용법을 몰랐을 것처럼, 그녀는 아들이 있어 정말 다행이라고 그에게 말했다. 어머니가 아버지와 같은 암으로 죽자 의사 중 한 명은 전이 속도가 빨라서 그나마 다행이었다고 말했지만, 죽음이라는 것에 다행이라는 건 결코 없었다. 스티븐은 시합에서 진, 녹다운 당하지는 않았지만 너무 맞아

어지러운 권투선수 같은 기분이었다.

당신의 죽음을 확신하자 어머니는 흰 첫영성체 드레스를 입고 심각한 표정을 짓고 있는 소녀 시절의 사진들—퀭한 눈에 양복을 입은 이탈리아 친척들과 함께 찍은 사진이었다—을 보여주며 이야기를 들려줬다. 젊은 시절 외할아버지가 아이스크림 장사를 시작하려 했지만 냉장고도 없던 때라 하루가 끝나면 팔고 남은 아이스크림이 녹아버려 결국 본인이 낙담한 채 먹어치워야만 했던 이야기, 외할머니가 미인대회에서 우승한 적이 있는데 무릎까지 내려오는 수영복을 입어서 집안을 발칵 뒤집어놓았다는 이야기. 그래서 어머니는 당신 가족에게는 안정된 가정을 만들어주려고 노력했다는 뜻으로 그는 이해했다. 언제나 같은 자리에 있을 것 같은 무기력한 부모가 아니라 정말로 한 명의 인간으로 느껴지려 할 때 어머니는 세상을 떠났다. 그래서 그에게 어머니의 모습은 변화하던 와중에 고정되어버려 이도 저도 아니게 되었다.

부모님은 그가 자란 집을 물려줬지만 세금을 물고 나자 남는 돈이 없었다. 자전거를 타고 낚시를 하며 행복한 유년 시절을 보낸 작은 코네티컷 동네는 핵발전소 시설이 들어서면서 변화하고 있었다. 발전소가 완공되면 원자로를 식히기 위해 물을 끌어들일 것이고, 그렇게 되면 강의 수온이 높아져서 그가 자라며 낚시를 해온 온갖 물고기들이 죽게 될 것이다. 분노한, 하지만 무력한 항의가 있었고 망치질을 할 줄 아는 사람이라면 누구나 일자리를 구할 수 있게 되었다. 스티븐은 핵발전소가 싫었다. 누구나 싫어했다. 하지만 어린 시절을 보낸 집을 팔 수는 없어서 그곳에서 일자리를 얻었다.

발전소는 길이 3킬로미터에 너비 1.5킬로미터 규모로 아직 파이프들이 눕혀져 있는 상태였다. 스티븐은 배관공들이 올라가서 작업할 비계를 설치하고, 다시 해체해 다른 곳으로 가져가 재설치하는 일에 채용되었다. 노조에서 관리하는 일자리였고, 작업이 중단되면 안 된다는 말을 들은 터라 그들은 세 명이 한 조로 일했다. 한 명이 아래서 작업하는 동안 다른 두 명은 비계 맨 위에 올라가 잠을 잤다. 대개는 누군가가 호출 전화기 수화기에 트랜지스터라디오를 청테이프로 붙여놓아서 발전소 전체에 음악이 울려퍼졌다. 경비원이 라디오를 찾으러 근처에 오면 얼른 숨겼고, 경비원이 초소로 돌아갈 때까지 음악은 중단되었다. 그런 다음 라디오는 다른 전화기로 옮겨졌고 음악은 다시 울려퍼졌다. 망치와 드릴 소리, 톱질 소리, 쨍그랑 소리에 맞춰 〈본 투 런〉*이 울부짖었다.

고등학교 때부터 스티븐과 친하게 지내는 에이시 롤링스도 발전소에서 일했다. 에이시는 해안경비대에서 잠깐 일한 적이 있었지만 시들해져서 지금은 어머니 집에서 살고 있었다. 스티븐이 학창 시절 누렸던 사교활동은 모두 에이시의 쿨한 매력에서 오는 후광 덕분이었는데, 이제 에이시는 그들의 십대 시절을 더없이 완벽한 고등학교 시절로 신화화하고 있었다.

* 브루스 스프링스틴이 1975년에 발표한 미국 노동자 계급을 대변하는 노래.

그들은 추첨으로 뽑는 징집을 간발의 차이로 빗겨갔다. 그들 학년에서는 아무도 뽑히지 않았는데도 에이시는 그것이 그들이 당연히 누려 마땅한, 앞으로도 기대할 수 있는 행운이라 여겼다.

일과가 끝난 밤이면 보통 그들은 바에 가서 머릿속에서 울리는 망치 소리가 잠들 수 있을 정도로 잦아들 때까지 맥주를 마셨다. 그래서 어떻게 보자면 스티븐은 열여섯 살 때와 별로 달라진 게 없었다. 그는 여전히 에이시와 함께 술을 마셨다. 이제는 그게 합법이고 그때보다 덜 짜릿하다는 것 말고는 똑같았다. 한 여자가 나타나 그들과 어울린 건 그런 어느 날 밤이었다. 작은 가슴과 좁은 골반을 가진 깡마른 여자였다. 그녀는 청바지와 탱크톱 차림으로 스티븐 옆의 바에 기대어 진토닉을 주문했다. 아무리 피곤하더라도 탱크톱을 입은 옆자리 여자에게 말을 걸지 않기란 힘든 일이라고 그는 생각했다.

"술 마실 나이는 됐어요?" 그가 물었다.

그녀가 운전면허증을 보여줬다. 거기에는 23세, 170센티미터, 50킬로그램이라고 쓰여 있었다. 가뿐히 들어올려 무릎에 앉힐 수도 있어 보였다. 눈은 초록색, 머리는 갈색. 굉장히 큰 눈에는 초록색 아이라이너와 검정 마스카라가 칠해져 있었다. 자신보다 에이시가 여자에게 더 큰 관심을 보인다는 게 진작부터 느껴졌던 터라 그는 옆자리의 친구에게 운전면허증을 보여줬다. 자신이 방해가 되지 않아야 했다. 그때 이름이 눈에 들어왔다. 리타 힐러.

"당신 아는데." 스티븐이 말했다.

"그래요?"

"초등학교 같이 다녔는데, 그쪽이 이사 갔죠."

화장한 눈을 찌푸리며 그녀가 그를 바라보았다. "충치가 많지 않았어?" 그녀가 물었다.

"아닌데. 그러니까 내 말은, 보통이었는데."

"내가 키스한 적 있어?"

"아니."

그녀는 고개를 저었다. "그럼 난 기억 안 나는데."

그가 처음 본 만취해 넘어진 사람이 그녀의 아버지였다고 말할 수도 있었지만, 그건 무례해 보일 것 같았다. "윌슨 선생님 수업 때 내 앞에 앉았는데." 그가 말했다. "네가 철자 시험 때 커닝 방법 가르쳐줬잖아, 연습장을 책상 안에 넣어두고 지우개 찾는 척하면 된다고."

"나 안 그랬는데."

"나를 타락시킨 사람을 내가 모를 것 같아?"

"나중에 수학시간에 커닝한 건 기억하는데." 그녀가 말했다. "철자시간 말고."

"너희 아빠가 학교까지 널 데리러 오곤 했잖아, 걸어서."

눈에서 생기가 사라지더니 그녀가 술잔을 바라보았다. "그건 난데." 그녀가 말했다. "아버지가 운전면허를 취소당했거든."

"괜찮으셔?"

"그런 것 같아."

"자주 뵙니?"

그녀가 곁눈으로 그를 보며 얼굴을 찌푸렸다. "질문이 많네."

에이시가 바 밑에서 그를 걷어찼다.

"여긴 내 친구 에이시." 스티븐이 말했다. "고등학교를 같이 다녔어, 초등학교는 아니고. 얘는 질문 많이 안 해."

에이시는 자기 맥주잔 쪽으로 몸을 기울이며 그녀에게 특유의 멋진 미소를 날렸다.

스티븐은 에이시가 끼어들 수 있도록 화장실로 빠져줬다. 문을 등진 채 지저분한 소변기를 보며 선 그는 잠시 3학년 때로 돌아가면서 혼란스러운 심정이 되었다. 철자 시험 때 훔쳐보다가 윌슨 선생님에게 걸렸지만 그는 리타를 불지는 않았다. 처음이자 아마도 유일하게 기사도 정신을 발휘한 행동이었을 것이다. 시험에서 빵점을 받았고 철자 과목에서 C를 받았지만 부모님은 그에게 갑자기 성적이 떨어진 이유를 묻지 않았다. 윌슨 선생님이 부모님에게 말했겠지만 그들이 너무 창피해서 그에게 물어보지 못했을 거라고 그는 짐작했다. 리타의 아빠는 딸이 커닝을 하든 말든 상관하지 않았을 것이다. 늙은 술주정뱅이는 오히려 꾀를 썼다며 박수를 쳤을 수도 있다. 하지만 그때는 그녀를 불명예로부터 보호해주는 게 중요하다고 생각했다.

그가 바 쪽으로 돌아왔을 때 리타는 에이시 쪽으로 바싹 고개를 기울이고 있었다. 작업 완료. 스티븐은 두 사람의 어깨에 팔을 둘렀다.

"달밤에 핵 반대 시위 가자." 스티븐이 말하자 에이시가 신나서 소리를 질렀다.

그들은 정박지로 차를 몰고 가서 부두에서 선피시*를 훔쳐 강 건너로 몰고 갔다. 에이시가 키를 잡았고 리타는 위태롭게 뱃머리에 서서 바람을 맞으며 춤을 추었다. 새로 짓는 발전소에 도착한 그들이 소리를 질러대자 불이 켜지고 경비원들이 무슨 일이지 알아보러 물가로 달려왔다. 그들처럼 월급 받아 먹고사는 동네 사람인 경비원을 귀찮게 하는 건 무의미한 짓이었다. 그래도 따뜻한 밤에 소리를 지르니 기분이 좋았다. 리타는 놀랄 만큼 목소리가 컸다. 꽉 끼는 유니폼을 입고 뚱뚱해서 숨을 헐떡이는 경비원이 으름장을 놓았을 때쯤에는 선피시를 다시 몰고 갈 바람이 불지 않았고, 그래서 그들은 깔깔대며 정박지까지 손으로 노를 저어 돌아왔다. 연무 속에 별이 몇 개 보였다. 부두에 돌아오자 스티븐은 술이 깨기 시작했다. 에이시는 오줌을 누러 그들을 남겨두고 선창 끝으로 갔다. 리타가 말했다. "우리 아빠 보냐고 물어봤을 때 화내서 미안."

"괜찮아." 스티븐이 말했다.

"전혀 안 보고 살아." 그녀가 말했다. "어디 있는지도 몰라."

"미안."

---

* 돛이 하나이며 2인용 좌석이 있는 소형 범선.

"우리 아빠 기억해?"

"조금."

"뭐가 기억나?"

"별거 아닌데, 정말." 그가 말했다. "학교에 너 데리러 오던 거. 좋은 분 같았어."

그녀는 미심쩍은 듯 그를 봤고 그는 진실을 말하고 있는 척했다. 그때 에이시가 청바지 단추를 잠그며 돌아왔다. 그는 리타를 힘차게 껴안으며 머리에 키스했고 그녀를 집으로 데려갔다.

그 이후 에이시는 사랑에 빠졌고 도저히 입 닥치고 가만있지를 못했다. 그는 시종일관 리타에 대해 떠들어댔다. 그녀가 얼마나 대단한지, 다른 여자들과 어떻게 다른지. 그런 행복에 익숙지 않은 발전소 사람들에게도 그러다보니 사람들은 그를 달갑지 않아했다. 기혼자들은 그저 웃으며 오럴섹스를 더이상 안 해줄 때가 되어보라며 농담을 던졌지만, 외로운 남자들은 그가 눈꼴시어 못 참았다. 차를 처분하고 싶은 사람이 있어서 래플*이 열렸다. 띠톱으로 반 가른 카드 두 벌이 티켓이었는데, 에이시는 요란을 떨면서 엄청 많은 티켓을 샀고 꼭 집어 하트 카드를 달라고 하면서 차를 타게 되면 리타에게 주겠다고 했

---

* 특정 프로젝트나 기관의 기금 모금을 위해 복권을 만들어 추첨하는 행사.

다. 그가 추첨에서 떨어지자 발전소 사람들은 대놓고 비웃었다.

에이시 때문에 다들 열받았다는 걸 알고 있었던 스티븐은 이 로미오의 콧대를 꺾으려는 음모가 있으리라 짐작했다. 하지만 그런 그조차 어느 오후 전화기 스피커를 통해 "리—타, 사랑스러운 리—타"라고 부르는 으시시하고 새된 목소리가 온 발전소에 울려퍼졌을 때 무슨 일인지 알아차리기까지 시간이 좀 걸렸다. 이어서 키스하는 소리가 들리더니 전화가 뚝 끊겼다.

주위 사람들은 이미 낄낄대는 가운데 스티븐은 서서히 사태를 알아차리는 에이시의 얼굴을 보았다. 진즉에 에이시를 따로 데려가서 입 좀 다물고 있으라고 말했어야 했다는 생각이 들었다.

새된 목소리가 다시 들려왔다. "리타, 어디 있어?" 그러고는 키스하는 소리.

남자들이 여전히 뒤에서 웃고 있는 틈에 에이시는 무기처럼 스패너를 들고 가까운 전화기로 몰래 접근했다. 물론 전화기 근처에는 아무도 없었다. 에이시는 스패너를 들고 돌아오다가 흰 모자를 쓴 고용주 측 사람과 부딪힐 뻔했다. 보통 흰 모자가 뜰 때는 비계 위에서 자던 사람들도 내려올 시간이 충분할 만큼 누군가 미리 알아챘다. 하지만 이번엔 어디선가 갑자기 툭 튀어나왔다.

"저 목소리는 누구 것이지?" 조사관이 에이시에게 물었다.

"모릅니다." 그가 말했다.

"리타가 누구지?" 흰 모자가 물었다.

에이시는 아무 말도 못 했다. 남자들 역시 마찬가지였다.

"말해봐." 흰 모자가 말했다.

"이제 다들 그만할 겁니다." 에이시가 말했다.

"그래야 할걸." 조사관이 말했다.

멈추기는 멈췄다, 다음 순시 때까지는. 흰 모자가 가버리자마자 스피커에서 다시 목소리가 울려퍼졌다. "리—타, 사랑스러운 리—타!" 그리고 키스하는 소리. 하지만 그때쯤 이 장난은 딱히 에이시나 리타를 놀리려는 게 아니었다. 그것은 십장인 프랭크 만티니에게 불평을 하러 가는 조사관의 화를 돋우기 위한 수단으로 바뀌어 있었다. 사무실 밖에 서 있던 누군가는 만티니가 조사관에게 그냥 아무 뜻 없는 장난일 뿐이라고, 일꾼들이 긴장을 푸는 방법이라고 말하는 걸 들었다.

대화를 엿들은 사람에 따르면 흰 모자는 백 달러짜리 지폐를 십장의 책상 위에 놓고 말했다고 했다. "누가 이러는지 찾아내면 백 달러를 주겠소."

"그 돈 필요 없소." 프랭크가 말했다.

"어쨌든 찾아내요." 흰 모자가 말했다.

프랭크 만티니는 딸 셋을 둔 가장이었고 자기 일자리가 위태롭다고 느꼈을 것이다. 하지만 그도 장난을 멈추게 할 방도가 없었다. 한 사람을 잡는다 해도—그럴 수도 없겠지만—다른 사람이 계속하게 마련이었다. 그들은 방법을 바꿔가며 꼭 집어 그를 고문하기 시작했다. 높고 기분 나쁜 목소리로 "프랭—키, 난 못 잡겠지"라고 하고는 키스 소리를 내고 전화를 끊었다.

장난은 며칠이나 계속되었다. 딱 초등학교 3학년 수준이었다. 때로는 '사랑스러운 리타'가, 때로는 엉망으로 부르는 그 비틀스의 노랫말 한 토막이 흘러나오기도 했지만 대개는 프랭크를 놀려댔다. 흰 모자는 매일 찾아왔다. 프랭크 만티니는 어딘가 아파 보이기 시작했고 사람들은 전화 장난을 하는 사람은 잘려야 한다고 말했다.

금요일 점심때 프랭크는 에이시를 바에 데리고 가서는 정보를 캐내려고 질문을 퍼부었다. 발전소의 몇몇은 매일 대낮에 바에 왔고 바텐더가 술을 줄줄이 내왔다. 전문적인 술꾼이자 노련한 일꾼인 그들은 말짱하게 다시 발전소로 운전해 돌아왔다. 프랭크 만티니와 에이시는 그런 부류가 아니었다. 에이시는 취해 돌아와 낮잠을 잤다. 비계 위가 아니라 바닥의 조용한 구석에서. 프랭크는 이미 사무실에 들어가 문을 닫아놓았다.

에이시가 머리까지 재킷을 뒤집어쓴 채 자고 있던 조용한 구석이란 주차된 트랙터 뒤였는데, 누군가 트랙터를 사용하러 왔다. 이 딱한 남자는 트랙터에 올라타서 시동을 켜고 후진을 했고, 뭔가에 쿵 부딪친 걸 느꼈다. 무슨 일인지 알아보러 트랙터를 세우고 내린 그는, 자신이 방금 무거운 뒷바퀴로 에이시를 깔아뭉개면서 두개골을 박살냈음을 알게 되었다.

경보기가 울리고 아무 쓸모도 없는 구급차가 오고 흰 모자가 나타났다. 프랭크 만티니는 사무실에서 위스키 냄새를 풍기며 끌려나왔고, 바닥에 죽어 있는 에이시를 보고는 풀썩 무릎을 꿇고 주저앉았다.

죽음을, 죽음의 실제 무게를 스티븐은 한동안 실감하지 못했다. 모든 것을 유리 너머로 보고 있는 것 같은 기분이었다. 그는 낡은 낚싯대를 꺼내 낚시를 하러 갔고, 그와 에이시가 왜 낚시를 그만뒀었는지 생각했다. 왜 보트를 훔쳐 발전소에 시위는 하러 가면서 정작 지난 몇 년 동안 차가운 물과 건강한 물고기들은 만끽하지 않고 내버려뒀을까. 그는 아무것도 낚지 못했고, 아마 물고기들도 무슨 일이 닥칠지 알고 벌써 도망간 걸 거라고 생각했다.

장례식은 그의 부모님 장례식이 열렸던 세인트메리 성당에서 거행됐고 스티븐은 좌석에 앉아 회계사라도 되는 양 꽃과 관에 비용이 얼마 들었을지 생각했다. 직장을 잃은 프랭크 만티니는 가족 없이 혼자 와 있었다. 에이시의 남동생, 그들이 걸핏하면 헤드록을 걸었던 콧물 범벅의 꼬마는 이제 짧은 머리에 다부진 몸매의 열아홉 살로 자라 있었는데, 큰형이 더이상 그의 곁에 없다는 사실을 떨리는 목소리로 메모를 보며 말했다. 스티븐에게 달걀 요리를 해주며 머리를 헝클어뜨리곤 했던 에이시의 어머니는 뭔가 말을 하려 했지만 끝내 한 마디도 꺼내지 못했다. 그러자 까무잡잡한 피부에 덩치가 크고 푸근해 보이는 에이시의 사촌이 자리에서 일어나 분위기가 가라앉지 않도록 좋은 이야기를 해서 상황을 정리해줬다. 스티븐 옆에 앉은 리타는 울지 않았다. 그가 처음 소식을 전했을 때 그녀는 흐느끼며 비명을 질렀다. 장례식이 끝나고 스티븐이 그녀를 집에 데려다줬는데, 그들은 트럭 안에서 시시껄렁한 이야기만 했고 그녀는 차에서 내려 집으로 들어갔다. 그리고 그는 마치 죽음이 자신에게 드리워진 것 같은 기분으로 부모님이 살던 집으로 돌아갔다. 그는 낡은 화장실에서 샤워를 했고, 에이시의 사촌처럼 마음을 기댈 수 있는 따뜻한 여자가 곁에 있었으면 좋겠다고 생각하며 물줄기 아래서 울었다. 아침에 그는 일어나서 다시 쨍강거리는 발전소로 돌아갔다.

사흘 뒤 리타가 그에게 전화를 걸어왔다. "나 래플을 할 건데, 좀 도와줘."

"뭐를 위한 래플인데?"

"나." 그녀가 말했다. "표 한 장당 5달러에 팔고 싶어."

"경품이 뭐야?" 그가 물었다.

"나." 그녀가 말했다. "말한 그대로야, 나하고의 하룻밤."

그는 생각해보았다. 그녀의 마른 몸, 묘하게 방랑자 같은 분위기. "5달러나 표 값을 매긴 사람은 여태껏 없었는데." 그가 말했다.

"5달러를 내고 살 수 있는 창녀도 없지." 그녀가 말했다.

"있을지도 모르지." 그가 말했다. "공짜로 얻는 사람도 있어."

"그 사람들이 나를 어떻게 보는지 알아." 그녀가 말했다. "장당 5달러 받을 수 있을 것 같아. 카드 두 벌이면 540달러야. 카드 열 벌을 팔면 천 달러가 넘을 거고. 그럼 여기서 벗어날 수 있어. 하지만 내가 열 벌이나 구할 수 있을지 모르겠네."

"불법이야."

"씨팔, 그래서 뭐? 그 발전소에서 일어나는 일이 다 불법이잖아." 그녀가 말했다. "젠장, 도와줄 거야, 말 거야?"

그는 에이시의 여자친구, 초등학교 3학년 때 자신에게 커닝하는 법을 가르쳐줬던 여자의 보지를 걸고 모금 표를 팔고 있는 자신을 상상해봤다. "안 해."

"해야 돼."

"그런 게 어딨어? 아무도 표 안 살 거야."

"살 거야. 카드나 준비해줘. 내가 직접 사람들한테 팔 테니까."

"망할 놈의 카드는 네가 직접 만들어. 가위로 자르면 되니까."

"그럼 똑같지 않잖아." 그녀가 말했다. "발전소 사람들이 평소 하던 대로 똑같이 보여야 돼. 네가 도와줘야 해."

스티븐은 전화를 끊고 앉아서 어머니의 거실을, 이미 오래전에 색이 바랜, 어머니가 손수 만든 커튼과 어머니가 앉아 그의 아버지를 그리워하며 죽어간 꽃무늬 소파를 둘러보았다. 지금은 모든 게 이상하게 보였다, 그들의 기나긴 결혼 생활,

서로를 전적으로 의지한 두 사람 모두. 아버지는 주유를 할 줄 몰랐던 어머니만큼이나 요리도 장보기도 할 줄 몰랐다.

아침에 스티븐은 미니마트에서 카드 두 벌을 샀다. 그의 생각은 리타에게 카드만 건네고 그녀가 마음대로 하게 내버려두는 것이었는데, 스티븐의 작업조에 있는 꼬마놈 카일 제이커가 띠톱을 다루는 그를 보고 무슨 래플이냐고 물었다.

“아무것도 아냐.”

“에이, 얘기해줘요.” 제이커가 말했다.

“에이시의 여자친구가 필요하다고 해서.”

“뭐 하려고요?”

대답하기까지 스티븐은 너무 오래 뜸을 들이고 말았다. “나도 몰라.”

“이런, 세상에. 그 여자, 자기 걸고 하는 거예요?”

스티븐은 제이커가 어떻게 알아냈는지 궁금해하면서 자리를 떴다. “난 카드만 잘라주는 거라고 말했다, 그뿐이야.”

호전적이고 허영심이 강한 제이커는 창백한 피부에 정성스럽게 빗질한 머리 뒤쪽은 엉망으로 뻗쳐 있어 살짝 수탉 같은 인상을 풍기는 녀석이었다. 그가 옆으로 비켜섰다. “얼마예요?” 그가 물었다.

“10달러이면 좋겠대.” 스티븐은 제이커가 가격을 듣고 멈칫할 거라 생각했고, 그럼 끝나는 거였다.

제이커는 지갑에서 20달러짜리 지폐를 꺼냈다. “두 장 줘요.” 그가 말했다.

스티븐은 발전소에서건 바에서건 20달러짜리가 이렇게 쉽게 나오는 걸 본 적이 없었다. 아마 그의 인생에서는, 절대로.

"안 팔아."

"방금 두 장 판 거예요. 얼른요."

그가 지폐를 내밀자 스티븐은 결국 돈을 받고 파란 카드 한 벌에서 반쪽짜리 두 장을 건넸다.

"조커예요!" 제이커가 활짝 웃으며 말했다. "제이커의 조커라니. 운이 좋은데요."

에이시가 죽은 후 으스스하게 조용해져버린 호출 전화기에 대고 래플이 열린다고 방송했더라도 말이 이렇게 빨리 퍼지진 못했을 것이다. 점심시간쯤 되자 그는 파란 카드 한 벌을 다 팔고 빨간 카드를 팔기 시작했다. 바에서 리타를 만나기로 한 터라 그녀가 그의 트럭에 올라탔다. 그가 두 사람 사이의 좌석에 지폐 다발과 파란 카드의 남은 반쪽을 올려놓자 그녀는 현금을 움켜잡았다.

"이럴 줄 알았다니까!" 그녀가 말했다.

"이거 정말 싫어."

"그 인간들이 살 줄 알았다고."

"네가 상처받을 수도 있어."

"나는 내가 알아서 해." 그녀가 대꾸하고는 엉덩이를 들어서 몸에 딱 붙는 청바지에 돈을 집어넣자 주머니가 불룩해졌다. 그러고는 우유 교환권을 챙기는 아이처럼 카드의 남은 반쪽을 재킷에 넣고 주머니 지퍼를 잠갔다.

"돈 벌 수 있는 다른 길도 있잖아." 그가 말했다.

"이미 해봤어."

"그 남자들 본 적 있어?"

"본 적 있는 거 알잖아."

"그냥 평범한 방법을 쓰면 안 돼?"

그녀는 흔들림 없는 시선으로 그를 보았다. "이만큼 돈을 벌려면 오럴섹스를 얼마나 해야 되는지 알아?" 그녀는 나머지 표들을 향해 손을 내밀었다.

"내가 팔게." 그가 말했다. "네가 하지 않아도 돼."

남은 티켓의 반은 점심때 바에 모인 손님들에게 팔려나갔다. 나머지 반도 그의 근무시간이 끝날 때쯤 다 팔렸다. 몇몇은 에이시의 여자친구를 돕는 척했지만 대부분은 욕망으로 눈들이 번들거렸다. 그녀는 유명 인사, '사랑스러운 리타', 호출 전화 스피커의 뮤즈, 죽은 남자의 여자였다. 스티븐은 위궤양에 걸릴 것만 같았다.

근무시간이 끝나 나와보니 그녀가 발전소 밖에서 기다리고 있었다. 그는 트럭 쪽으로 걸어갔고 그녀가 따라왔다. 트럭 안에서 그가 돈을 건넸다.

"이제 우리 뭐 하면 돼?" 그녀가 물었다.

"우리가 아니지."

"이제 나 뭐 하면 돼, 래플 행사 진행하려면?"

"안전모에 카드들을 집어넣고 하나를 뽑는 거야. 그러면 그 카드의 나머지 반쪽을 가진 사람이 당첨되는 거지."

"어디서 하면 되는데?"

"발전소에서."

"우리, 바에서 하면 안 돼?"

"씨팔, 왜 자꾸 우리야?"

"내가 바에서 하면 안 돼?"

"혼자서 하면 안 돼."

그녀는 격분해서 앞머리를 불어올렸다. "결정해." 그녀가 말했다.

"내일 일할 때 해줄게." 그는 굶주린 군중 앞에 서 있는 자신의 모습을 그려봤고, 자신은 표를 한 장도 사지 않았다는 사실이 기뻤다. 래플을 주최해놓고 그가 뽑힌다면 사람들이 그를 찢어발겨놓을 것이다.

"고마워." 그녀는 빠진 게 있는지 주머니를 살펴보면서 그에게 다시 남은 반쪽들을 돌려줬다.

그는 말없이 차로 집까지 그녀를 데려다줬고 그녀는 그의 뺨에 키스해줬다. 누나가 해주는 키스처럼 이상하고 무덤덤했다. 그런 다음 그녀는 트럭에서 내려 애완동물 가게 위에 자리한 아파트가 있는 어둠 속으로 뛰어가버렸다. 그는 집으로 와 침대에서 잠들지 못하고 뒹굴다가 자신이 당첨되는 경우를 상상했다. 그는 잠이 들기 위해 십대처럼 딸딸이를 쳤다.

다음 날 그가 근무시간보다 일찍 일터에 갔을 때, 그곳에는 흰 모자들이 바글거렸다. 사방에 깔려 있었다. 작업반 사람들에게 말을 걸고 여기저기 찔러대고 있었다. 그는 에이시의 사고 때문이라고 짐작했지만, 십장 하나가 스테인리스 스틸을 빼돌려 자기 집 파이프를 교체했다가 걸렸다고 카일 제이커가 말해줬다.

"그게 이유야?" 스티븐이 물었다. 발전소는 누가 발로 걷어찬 개미탑 같았다.

"추첨 언제 해요?" 제이커가 물었다.

"저 모자들이 왔다갔다하는데 못 하지."

제이커가 분주한 발전소를 쓱 둘러봤다. "표를 더 샀어야 했는데." 마침내 그가 말했다. "남은 거 없어요?"

"없어."

"본인 것 있잖아요?"

"난 한 장도 안 샀어."

제이커는 그를 향해 눈썹을 치켜세웠다.

"까먹었어." 스티븐이 인정했다.

"그래서 추첨이 언제예요?"

"나도 몰라." 그가 말했다. "저 흰 모자들 다 빠지고 나면."

"이봐요." 제이커가 말했다. "그냥 물어보는 거잖아요."

흰 모자들은 빠지지 않았고, 모두들 초조해졌다. 지상에 사람이 너무 많아서 계속 서로 걸리적거렸고, 비계 위에서 자는 사람도 없었다. 스티븐은 누군가 자기 어깨를 잡고는 성 매매 알선 죄로 감옥에 처넣어주길 계속 기다렸다.

추첨이 바에서 있을 거라는 말이 돌기 시작했고, 루머로 인해 래플 행사의 분위기는 점점 고조되어 절정에 다다랐다. 그에게 10달러, 20달러를 준 남자들이 추첨을 기다리고 있었다. 근무시간이 끝날 무렵 셔츠가 땀으로 흥건해져서 그는 새 옷으로 갈아입었다.

바가 이렇게 꽉 찬 건 처음 봤다. 카일 제이커가 안전모를 가져와 제비뽑기에 쓰라고 내밀자 스티븐은 그에게 카드를 건넸다. 제이커는 바 의자 위에 올라서서는, 어깨를 맞부딪히며 빽빽이 서서 그를 올려다보고 있는 남자들을 향해 환하게 웃었다. 그는 머리 위로 안전모를 들어올리고는 마치 피의 의식을 치르듯이 천천히 반쪽짜리 카드 한 장을 집어 들었다. 그러고는 모두가 볼 수 있게 카드를 들었다. "빨간 카드, 클로버 3." 그가 발표했다. "씨팔, 내가 아니잖아."

바 안의 모두가 주머니를 뒤지거나 손에 쥔 카드 반쪽을 보았다. 마침내 프랭크 만티니가 앞으로 나왔다. 그는 발전소를 떠났고 스티븐은 그에게 표를 판 적이 없었다. 그는 제이커에게 반쪽을 건넸고 제이커는 그걸 그가 뽑은 반쪽에 맞춰보았다. 실망의 한숨이 무리에서 터져나오더니 이윽고 프랭크를 향해 박수가 쏟아졌다. 인생이 망가진 에이시의 십장은 그의 여자친구에 대해 어떤 권리를 가진 듯 보였다. 이윽고 남자들은 가족이 기다리는 집으로, 또는 침대만 있는 집으로 돌아가기 위해 문밖으로 쏟아져나갔다. 한껏 고조되었던 바 안의 긴장은 사라졌다.

"축하해요, 프랭키." 카일 제이커가 말했다. 그는 프랭크의 어깨를 한 번 잡아주고는 떠났다.

프랭크 만티니는 여전히 잘린 카드를 손에 든 채 스티븐에게 다가왔다.

"어디서 구했어요?" 스티븐이 물었다.

"열두 장이나 샀네." 프랭크가 말했다. "누가 전화를 했어. 공장에 와서 딴 놈들 떨쳐버리려고 샀지. 그 여자 나이만 한 딸이 있네."

"됐어요." 스티븐이 말했다. "괜히 듣고 싶지 않아요."

프랭크는 클로버 3의 반쪽을 건넸다. 관자놀이의 핏줄이 불거져 있었다. 두 주 전보다 흰머리가 늘어난 듯 보였지만 스티븐은 짐작할 수 있었다. "자네, 에이시 친구였지? 맞지?" 프랭크가 물었다.

스티븐이 고개를 끄덕였다.

프랭크가 고개를 저었다. 눈이 퀭해 보였다. "그 여자를 보게 되거든," 그가 말했다. "이런 짓거리 그만두라고 말해주겠나?"

스티븐은 그러겠다고 말했다.

그는 바에서 나온 후 리타의 아파트까지 차를 몰았다. 만약 그가 표를 사서 당첨됐다면 부상을 원했을 거라는 생각이 들었다. 그 역시 다른 사람들과 같은 방식으로 그녀를 생각하고 있었다. 그녀의 작은 손, 큰 입, 그리고 가는 다리로 그를 감싸 조여오는 상상. 스프링스틴의 노래에 나오는 여자가 실재한다면 바로 그녀였다. 당신의 다리로 이 벨벳 가장자리를 싸 안아요, 그리고 손으로 나의 엔진을 감싸 잡아요. 지금 그녀를 깨우고, 자유라고 말해줄 수 있었다. 그는 착한 영웅이 되는 것이다. 아니면, 프랭크의 클로버 3 카드를 자기 것인 양 행세할 수도 있다는 것을, 어둠 속 트럭에 앉아 그는 깨달았다. 그녀가 알았을 때는 너무 늦었을 것이다. 프랭크 만티니가 우라지게 화를 내겠지만 그는 이미 고귀한 행위를 치르고 거기서 만족을 얻었다.

스티븐이 마음을 정하지 못한 채 차를 몰고 떠나려 했을 때 리타가 밖으로 나왔다. 목둘레에 분홍 띠가 둘러진 흰 잠옷 차림이었는데, 띠의 앞쪽 리본이 풀려 있었다. 울고 있었던 그녀는 맨발로 트럭에 올랐다. 흰 면 잠옷 아래로 작은 가슴의 윤곽이 드러났고 얼굴은 화장기 없이 말갰다.

"가버렸어." 그녀가 말했다. "사라졌어."

"에이시?" 그가 물었다.

"아니, 그 남자." 그녀가 말했다. "우리 아버지…… 아버지를 찾고 싶었어, 그래서 실종자 찾아주는 사람을 고용했어, 왜 있잖아, 사람 찾아주는. 아버지를 꼭 찾을 수 있다고 했어. 그래서 돈을 줬지, 현금을 줬고, 그럼 아버지를 찾아줘야 하는데, 그런데 그냥, 나도 몰라, 사라졌어. 돈만 가지고. 난 졸라 멍청해."

"어쩌냐." 스티븐이 말했다.

"그런데 그거 알아?" 그녀가 말했다. "그런데도 기쁘기도 한 거 있지. 찾았다 해도 우리 아버지 죽었을 거야."

"왜 그렇게 생각하는데?"

"아버지가 나를 한 번도 안 찾았으니까." 그녀가 격하게 창밖의 세상을 손짓해 가리키며 말했다. "나를 절대 안 찾았다고!" 그러더니 아버지가 틀림없이 살아 있는데도 그녀를 찾지 않은 사실을 깨달은 듯했고, 풀이 죽어 자기 안으로 움츠러들었다. "나도 모르겠어." 그녀가 말했다. "그렇게 평생 마셔댈 수 있는 사람은 없을 거야."

"너희 아버지라면 가능할지도 모르지." 그가 말했다. "터프가이였잖아."

그녀가 콧물을 닦았다. "그래." 그녀가 말했다. "당첨은 누가 됐어?"

"프랭크 만티니." 그가 말했다. "우리 십장, 잘린 사람." 그는 주머니에서 카드를 찾아서 그녀에게 주었다. "표를 한 뭉치 샀대. 아무것도 원하지 않았어. 너만 한 나이의 딸이 있대, 그래서 이런 짓거리는 그만두라고 말해달라고 했어."

그녀는 휘둥그레진 눈으로 그를 바라보더니 쓸쓸한 표정이 되었고, 괴로움에 찬 작은 소리를 내뱉으며 양손으로 얼굴을 감쌌다. 흰 잠옷 속의 어깨가 떨렸다. 그녀는 그의 무릎으로 기어들어와 그의 가슴과 운전대 사이에 옆으로 앉았다. 그러고는 두 다리를 끌어안고 젖은 얼굴을 그의 어깨에 묻었다. 그는 너무나 가녀린 그녀의 어깨에 조심스럽게 팔을 둘렀다. 감지 않은 그녀의 머리에서 냄새가 났지만 어른의 냄새와는 달랐다. 열 살 때 갔던 공공수영장의 여름처럼, 그녀에게서는 샤워하지 않은 아이의 냄새가 났다.

그들은 오랫동안 그대로 앉아 있었다. 리타가 울다가 잠들기를 반복하는 동안 그의 팔은 뻣뻣해졌고 동이 트기 시작했다. 리타는 결국 깨어나서 다시 울다가 몸을 빼냈다. 단 한 번도 그녀는 키스하려 하지 않았고 그도 시도하지 않았다. 에이시의 여자여서가 아니었다. 그녀가 계속 가라앉고 있어서 그도 함께 끌려내려갈 것 같아서였다.

그녀는 손으로 코를 닦았다. "우리 아빠에 대해 기억하는 게 뭐야? 진짜로." 그녀가 물었다.

그는 아무 말도 하지 않았다.

"말해봐." 그녀가 말했다.

"한번은 수업 중간에 너를 데리러 학교에 왔던 게 기억나. 교실에 그냥 들어왔어. 술에 취했던 것 같은데, 그때는 잘 몰랐지. 이젤 같은 걸 쓰러뜨리고 윌슨 선생님한테 반말하면서 너를 학교에서 데리고 가겠다고 했어. 선생님은 안 된다고 했고."

리타가 그를 빤히 보았다. "세상에. 난 아무것도 기억 안 나." 그녀가 말했다. "머릿속에서 그 부분이 완전히 지워진 것 같아. 내가 따라 나갔어?"

"안 그랬던 것 같아."

"바에서 처음 만났을 때 왜 말 안 했어?"

"도대체 왜 그걸 얘기하겠냐?"

"그래서 날 원하지 않은 거야? 왜 에이시한테 날 넘긴 거야?"

"널 넘긴 게 아니야." 그가 말했다. "에이시가 널 잡고 안 놓아준 거지. 녀석은 너한테 미쳐 있었어. 맨날 네 이야기만 했다고."

"정말?" 그녀의 얼굴이 일그러졌다.

그녀가 다시 우는 건 원하지 않았다. 그는 트럭에서 내려 다리를 풀어야만 했다. "배고파?" 그가 물었다. 그는 시동을 켰다. "뭐 먹으러 가자."

여전히 잠옷 바람으로 반짝거리는 식당 테이블에 앉아 그녀는 달걀과 팬케이크를 먹었다. 마치 음식을 한 번도 못 먹어본 사람처럼.

"천천히 먹어." 그가 말했다. "탈 나겠다."

그녀는 손가락에 묻은 메이플 시럽을 핥아먹었다. "난 떠날 거야." 그녀가 말했다. "아마도 오빠를 찾으러. 기억나?"

"아니."

"어렸을 때는 서로 챙겨주곤 했어. 난 발레리나가 되고 싶었는데 오빠는 내가 할 수 있다고 말해줬지. 그리고 내가 입을 발레복을 그려줬어. 기억나."

"발레 수업 받았어?"

"아니." 그녀가 웃었다. "그건 중요한 게 아니야. 저기, 돈 좀 빌릴 수 있을까?" 그녀가 물었다. "아주 조금이면 돼. 그 남자한테 너무 많이 줬어, 탐정 말이야. 아마 진짜 탐정도 아니었을 거야, 그렇겠지?"

"빌려달라는 거야, 아님 달라는 거야?"

그녀는 괴로운 얼굴을 했다. "모르겠어." 그녀가 말했다. "내

힘으로 서고 싶은데. 갚을게."

아침을 먹은 후, 그는 그녀를 은행으로 데려가서 에이시와 비계 설치하는 일을 하며 모은 4백 달러를 찾아 주었다. 그리고 리타는 사라졌다. 사라지는 건 그 집안 식구들의 특기였다. 스티븐은 그녀의 아파트 근처를 차를 몰고 지나갔고, 거기에는 방을 내놓는다는 간판이 걸려 있었다.

그 후에 그는 낚시를 많이 다녔다. 이따금 밤에 나가서 예전에 그들이 그랬던 것처럼 선피시를 빌렸는데, 그건 아주 간단했다. 다른 때는 해질녘 차가운 물에 석양이 비치면서 수면에 빛이 어른거리는 광경을 보며 부두에 앉아 있곤 했다. 고기도 잡았다. 어릴 적 잡히던 만큼은 아니지만 아직도 강에 물고기들이 있다고 증명할 정도는 됐다. 물고기들은 발전소가 가동되기 전까지만 강이 그들의 것이고 그렇게 되면 이런 시절도 끝이라는 걸 알지 못한 채, 먹이를 기다리며 몰려들었다.

결국 그는 발전소가 가동되기 몇 달 전에 일을 그만뒀다. 어차피 오래지 않아 그의 일자리도 없어졌을 것이다. 그는 부모님의 집을 팔고 플로리다로 옮겨갔다. 주택 건설 일거리가 많고 다들 플로리다로 이사를 가는 것 같아서였다. 플로리다가 고향인 사람은 아무도 없는 것 같았다. 그곳의 바에도 여자들이 있어서 그는 가끔 그들에게 말을 걸었다. 너무 위험해 보이지만 않으면 가끔 여자들을 집으로 데려오기도 했다.

동거를 했던 여자도 한 명 있었는데 그보다 몇 살 위였다. 워터파크에서 일하는 그녀는 물결치는 긴 금발 때문에 인어처럼 보였다. 한번은 아파트의 수영장에서 공연 동작을 보여줬는데, 그녀가 뒤로 재주넘는 걸 보려고 아이들이 발코니로 몰려나왔다. 초록색 꼬리가 없어도 그녀는 영락없는 인어였고 당시에는 그도 그녀를 사랑한다고 생각했다. 하지만 자신의 감정을 에이시가 리타에게 느꼈던 감정과 끊임없이 비교하게 되었고, 그건 너무 어려운 비교 상대였다. 몇 달 후 그는 그녀와 헤어졌고 마음이 훨씬 홀가분해졌다. 그는 과거가 있는 듯한 느낌을 주는 어떤 것도 원하지 않았다.

새로운 주택단지를 건설하기 위해 그가 사는 아파트 길 아래쪽에 있는, 새와 물고기가 서식 중인 늪지의 물을 빼기 시작했을 때 스티븐은 항의 군중과 공사 준비를 흥미롭게 지켜보았다. 조류 관찰자들은 분노에 차 있었지만 개발업자들은 꿈쩍도 하지 않았고 스티븐은 이 싸움이 자신과 무관하다는 데 안도했다. 이곳엔 그의 것이 하나도 없었다. 에이시와 함께했던 추억과 초등학교 때 자전거를 타고 다녔던 장소들로 가득한 길도 아니었고, 죽은 부모를 떠올릴 만한 것도 아무것도 없었다. 심지어 노인들도 그의 부모보다 더 늙었다. 이곳에 아무런 애착이 없다는 것에 조금은 슬퍼했어야 하나 생각했지만, 오히려 자유롭게 느껴졌다. 그는 자유였다. 이곳은 그가 노는 물이 아니었고, 그들은 그의 물고기가 아니기 때문이었다.

스파이 대 스파이

1월의 어느 저녁, 바깥 바람과 추위에도 끄떡없이 따뜻한 의사 선생의 새 집으로 동생이 전화를 걸어왔다. 두 사람은 몇 달째 서로 말을 안 하고 있었다. 에런은 조지가 뭔가 바라는 게 있는 거라고 짐작했다. 부모님의 유산을 더 많이 달라든가, 돈을 빌려달라든가, 아니면 그의 성질을 돋울 다른 부탁들. 하지만 조지는 예측하기 어려웠고, 이번에 그가 원하는 것은 대통령의 날* 연휴 가족 스키여행 초대에 응해달라는 것이었다. 새 여자친구가 시킨 일이라고 했다. 새 여자친구는 그들이 함께 시간을 보내야 한다고 생각했다. 조나—이게 여자친구의 이름이었다—는 형제가 크리스마스를 따로 보냈다는 게 마음

* 조지 워싱턴과 에이브러햄 링컨의 생일이 있는 2월의 세 번째 월요일.

에 걸렸다. 조지와 함께 스키 강사로 일하는 그녀는 가족이라는 게 얼마나 지랄 맞은 것인지 똑똑히 깨닫게 해줄 만한 사람이 없었던 까닭에 가족을 열망했다.

"그러니까 지금 스키 타러 오라고 초대하는 거냐, 아니면 나더러 지랄 맞다고 말하는 거냐?" 애런이 물었다.

"찌질하게 굴지 마." 동생이 말했다.

"내가 찌질해?" 애런은 통화 내용을 녹음해서 제삼자에게 들려주면 좀 위안이라도 될까 싶었지만, 조지는 항상 애런을 유치하게 보이도록 만드는 재주가 있었다.

"그냥 싫다고 해." 조지가 말했다. "그럼 조나한테 형이 싫다고 했다고 말하면 되니까."

"네가 싫은 거라고 직접 말해."

"그럴 수 없지."

"그럼 새 여자친구를 구하던가."

"조나가 새 여자친구라니까. 그래서 내가 싫다고 말 못 하는 거야."

"언제부터 대통령의 날이 가족 연휴였다고 이래?"

"이런, 젠장, 형." 조지가 말했다. "그냥 사람들이 스키 타러 가는 주말이잖아. 조나 생각에는 그저 우리가 같이 좀 어울려야 된다는 거라고."

"우리가 뭐 벚나무라도 베어야 되는 거냐? 게티스버그 연설을 읊으면서?"

"형이 싫다고 그랬다고 말할게."

"우리 간다." 조지가 끊기 전에 애런이 말했다. 단지 동생이 내켜하지 않는다는 이유만으로 그가 무슨 일을 저지르는 게 이번이 처음은 아니었다. 아내에게도 물어봐야 할 테고, 그러면 베아는 조지와의 끊임없는 다툼과 고산병에 대해 상기시키겠지만 그런 건 모두 그럭저럭 처리할 수 있을 것이다. "우리 식구 갈 거야." 그가 말했다.

"마음대로 해." 마치 이번 여행이 애런의 생각인 양 조지가 말했다. "클레어도 꼭 데려오고."

"시간 되는지 알아보고."

"벌써 물어봤어." 조지가 말했다. "시간 된대. 그냥 집으로 올 비행기표나 사줘."

애런은 전화를 끊고 조지의 주제넘은 행동에 저녁 내내 씩씩거렸다. 딸인 클레어는 이제 대학교 2학년이지만, 그는 아빠인 자신을 거치지 않고 따로 여행에 초대해도 괜찮을 나이는 아니라고 생각했다. 작은 소녀 시절 클레어는 그의 머리를 타고 오르고, 사람들이 자기 마음속을 들여다볼 수 있냐고 묻고, 여자애들이 절대로 좋아할 리 없을 것 같은 그의 오래된 만화잡지《매드》를 좋아해서 그가 신문을 읽고 있으면 옆에 앉아 만화를 보며 킥킥거리고 이따금 어떤 장면들은 설명해달라고 졸라댔다. 사춘기가 되어서도 클레어는 주말 저녁에 놀러 나가지 않고 소파에서 그의 팔에 안긴 채, 아내는 재미가 없다며 슬그머니 자리를 떴는데도 그와 함께 옛날 영화를 보았다. 아직도 그는 가슴에 기댄 딸의 묵직한 머리를 느낄 수 있었고, 텔레비전의 은색 불빛에 물든 채 넋을 잃고 영화에 빠져들던 딸의 모습이 눈에 어른거렸다. 유일하게 그들의 의견이 달랐던 영화는 〈레베카〉였다. 히치콕의 영화 중 그가 제일 탐탁지 않아하는 작품이었지만, 그녀는 다정하고 순박한 소녀가 어두운 비밀을 간직한 부자 남자를 만난다는 이야기—호텔 드레스룸으로 들어가며 남자 주인공이 "나랑 결혼해달라고 말하고 있는 거라고. 이 멍청한 아가씨야!"라고 소리치는 장면—를 좋아했다.

동생은 애런의 모든 것을 싫어하기 때문에 클레어를 마음에 안 들어할 수도 있었다. 동생은 정형외과의사라는 애런의 직업이 오직 돈을 벌기 위해서이며 그가 동료 의사와 결혼한 것이 부르주아적이고 언덕에 있는 소박한 집은 엄청나게 환경 파괴적이라고 말하곤 했다. 그 연장선상에서 클레어를 있는 집의 버릇없는 자식이라고 말할 수도 있었다. 하지만 클레어는 버릇없는 아이가 아니었고, 조지는 조카를 사랑했다. 클레어가 걸음마와 말을 시작했을 때부터 그는 아이의 환심을 사려 했고, 모험에서 돌아올 때마다 선물을 가져와 안겼다. 직접 게임을 만들어내 놀아주기도 했는데, 세상 누구도 가질 수 없는 인내심으로 수많은 게임을 만들어냈다. 클레어가 좋아했던 게임은 조지가 '불의 화신'이 되어 집과 뒷마당으로 클레어를 쫓아다니는 놀이로, 무서우면서도 신이 나서 꽥꽥 소리를 질러대는 그녀를 절대 잡지 못하는 것이었다. 애런은 몇 번인가 아버지의 책임감으로 '불의 화신'이 되어보려 했지만 딱 맞는 열정으로 임할 수가 없었다. 클레어는 제대로 가르쳐주려고 해보다가 이내 흥미를 잃어버렸다. 하지만 삼촌과는 몇 시간이고 그 게임을 할 수 있었다.

충분한 나이가 되자 클레어는 스키 타는 법을 배웠다. 그녀는 겁이 없었고 조지는 그 담대함이 자신에게서 물려받은 것이라는 이론을 펼쳤다.

"그게 어떻게 말이 되냐?" 애런이 말했다.

"형이랑 형수한테 물려받은 건 아니지." 조지가 말했다. "둘 다 꽤 보수적이잖아."

"우리 안 그래."

"인생의 선택이라는 측면에서 보자면 말이지."

"부모가 지켜준다는 믿음이 있는 거야." 애런이 말했다. "그래서 그 애가 용감할 수 있는 거라고."

"유전적인 거 같은데." 조지가 말했다. "그럴 수 있잖아. 당뇨병도 그런 식으로 전해지잖아. 밑으로 내려가기도 하고 옆으로 퍼지기도 하고. 체스에서 나이트처럼 말이야."

"아니거든."

"맞다고."

"너는 있는데 나는 없는 그런 용기 유전자는 없거든." 애런이 말했다.

"그럼 내가 같이 게임하고 놀면서 가르쳐준 걸 거야. 겁 없이 담대하라고."

"네 자식 낳아서 걔네들 성격이나 분석하지 그러냐?"

"내가 애를 갖는다면," 조지가 말했다. "그럼 형은 나한테 키울 능력이 없다고 말할걸."

그리고 그건 사실이었다.

애런은 조지가 클레어와 시간을 보내는 것도 싫고 그가 자기와 베아를 초대하기 전에 클레어에게 먼저 물어봤다는 것도 싫었지만, 동생으로부터 클레어를 떼어놓을 수는 없었다. 언젠가는 그 애에게 골수가 필요할지도 몰라, 그는 스스로에게 말했다. 신장이 필요할지도 몰랐다. 그리고 클레어가 삼촌을 사랑한다는 이유도 있었다. 그래서 그들은 대통령의 날 스키를 타러 갔다. 조지가 애증 섞인 마음으로 그들을 초대했기 때문에.

첫날 아침, 그들은 모두 곤돌라 타는 곳 앞에서 만났다. 새 여자친구인 조나는 어색한 환영의 미소를 얼핏 비쳤고, 결코 싸지 않은 비행기 표값을 들여 캘리포니아에서 날아온 클레어는 그녀를 꼭 안아주었다. 그러고는 조지를 안아주었다. 클레어는 건강과 행복, 추위로 빛나는 분홍빛 뺨에, UCLA라고 쓰인 파란색 플리스 모자를 쓰고 있었다. 곤돌라를 타고 올라가면서 그녀는 조나에게 이것저것 물어보았고, 애런은 클레어가 격하게 자랑스러웠다. 그녀는 젊고 활력 넘치며 호감이 가는 아이였고, 자신밖에 모르지도 않았다.

반면 조나는 수수께끼였다. 길에서 만났더라면 애런은 그녀를 스키 강사라고 생각하지 못했을 것이다. 다부지거나 운동을 잘하게 생기지도 않았고 사교적으로 보이지도 않았다. 그녀는 연약하고 까칠하고 영양부족으로 보였다. 서른다섯 살쯤 된 그녀는 철사처럼 빼빼 마르고 머리칼은 과산화수소로 탈색해 흰 구름 같았고 한쪽 콧망울에는 추운 날씨엔 분명 끔찍할 다이아몬드 피어싱을 하고 있었다. 애런은 클레어가 얼굴에 피어싱을 하지 않은 것에 대해 속으로 고마워했다. 조나는 어릴 적에 아버지가 리프트 관리인이었다고 말하고 있었다. 그래서 베이비시터의 손에 맡겨지는 대신 스키 강사들을 따라다니면서 공짜로 스키를 탔다고 했다. 말이 되는 이야기였다. 군인 자녀가 그러하듯 그녀는 스키 가족에서 성장했고, 그러다보니 불안정한 사람이 된 것이었다. 조지가 만나는 여자들의 전형적인 유형이었다. 그는 자신감 없고 의존적인 여자들—응급실을 호령하고 마치 명령하기 위해 태어난 사람 같은 베아와는 정반대인—을 좋아했다. 수수께끼는 풀렸다. 애런은 조나의 이야기를 그만 듣고 사람들이 스키 타는 모습을 바라보았다. 빠르고 우아하게 내려가는 사람도 있고 벌벌 떨면서 느릿느릿 산 아래로 내려가는 사람도 있었다.

정상에서 클레어는 조지와 조나, 즉 더 잘 타는 사람들과 함께 갔고 애런은 아내와 함께 남았다. 베아는 힘들이지 않고도 여유롭고 쉽게 회전할 수 있는 잘 닦인 코스를 종일토록 한 번도 떠나지 않았다. 응급실에서 수년간 근무한 그녀는 위험 요소에는 일절 흥미가 없었다. 곤돌라 대신 리프트를 타고 올라가면서 그들은 조나에 대한 의견을 비교해보았다. 베아는 이 관계가 오래 못 갈 거라고, 조나가 조지가 원하는 만큼 그를 치켜세워줄 수 없을 거라고 예측했다.

"아버지한테 사랑받고 자란 어린 소녀들의 표정이 있거든." 베아가 말했다. "세상의 추한 면에도 절대 휘둘리지 않을 그런 표정. 스무 살이 넘어서도 그 얼굴을 유지할 수 있다면 아주 괜찮은 거야. 그런 사람들은 주변에 보호막이 있는 셈이야. 조나는 그런 게 없는 것 같아. 어릴 적부터 항상 세상의 추한 면들을 알고 있는 것 같거든."

"클레어는 그런 표정이 있어?" 애런이 물었다.

베아가 몸을 돌려 그를 바라보았다. 고글 안쪽의 즐거워하는 눈빛에는 애정이 담겨 있었다. "장난해?" 그녀가 물었다. "당신에다 조지까지 있는데? 여든 살이 되어도 있을걸. 절대 없어질 수가 없지."

다섯 사람은 점심시간에 다시 만났다. 그들은 기다란 테이블에 모자와 장갑을 벗어 쌓아놓고 눈이 녹아 물이 뚝뚝 듣는 스키부츠를 신은 채 치즈버거와 감자튀김이 담긴 카페테리아 쟁반을 들고 자리로 돌아왔다. 조지는 전에 가르쳤던 사람들이 악수를 청하고 안부를 물어와서 뒤처졌고, 겨우 쟁반을 테이블로 가져와 클레어와 조나 사이에 비집고 앉았다.

"채식 버거가 8 달러나 하다니." 그가 말했다. "여기도 애스

펀처럼 된 것 같군. 형 같은 부자 의사들이 슬로프에 바글거려서 가격만 올려대는."

애런은 말없이 맥주를 두 병째 마시기 시작했다. 굉장히 시원하고 맛있었다. 동생은 관심을 바라며 농담을 하는 것뿐이었고, 안 그래도 이미 카페테리아에서 아주 많은 관심을 받고 있었다. 그에게 스키를 배우는 수강생들은 분명 그를 사랑했고 그 모습은 감동적이기까지 했다. "조지." 그가 말했다. "오후에 같이 스키 타야지."

"그러지 뭐." 노르스름한 콩버거 위에 대고 케첩병을 때리면서 조지가 조심스럽게 말했다.

"내가 절벽에서 밀어버리기라도 할 것처럼 구는구나."

"그럴지도 모르지." 조지는 나이프를 이용해 케첩을 덜어냈다.

"좀 좋은 데 데려가줘봐."

"좋은 데는 감당도 안 되면서."

"탈 수 있어."

"여보, 2천4백 미터에서는 안 돼." 베아가 말했다. "게다가 맥주도 두 병이나 마셨잖아."

"봐?" 그의 동생이 말했다. "현명한 형수님 말씀 들으라고."

애런은 자신의 지병을 상기시키는 말을 듣는 게 못마땅했다. 그 정도 높이에서 아플 사람은 없다. 그리고 그는 컨디션이 괜찮았다. "클레어는 좋은 데 데려갔나?" 그가 물었다.

"아빠." 클레어가 말했다.

"클레어는 진짜 스키 잘 타거든." 콩버거를 입안 가득 문 채 조지가 말했다.

"잘 타는 거 알아. 내가 가르쳤으니까."

"내가 가르쳤어." 조지가 말했다. "그리고 얘는 형보다 서른 살이나 어리다고."

"넌 나보다 다섯 살밖에 안 어리고."

"난 매일 스키를 타. 내 채식 햄버거 그만 쳐다보시지. 형 거나 먹으라고. 소 시체로 만든 햄버거 말이야!"

스무 살 때 조지는 대학을 그만두고 한 여자아이와 함께 자전거로 프랑스를 일주했고, 그녀의 영향으로 채식주의자가 되었다. 애런은 학교를 그만두겠다는 조지의 결정을 지지해줬고 부모님의 반대도 막아줬다. 동생의 용기가 존경스럽고 부러웠다. 당시에 그는 이미 의과대학을 다니고 있었고 학교 수업으로 이뤄진 일과 외에는 뭘 할지도 몰랐다. 그리고 조지가 자신의 길을 스스로 찾아가도록 기회를 주는 게 중요하다고 생각했다. 마음 깊은 곳에서는 동생이 의사가 되려 하지 않아 은근히 기쁘기도 했다. 둘 다 몸담기에 의학계는 그리 큰 동네가 아니었다. 그래서 부모님에게 그냥 내버려두라고 말했다. 하지만 오랜 세월이 지났고, 이제는 조지도 여태 매달리고 있는 육식 반대에 대한 열정을 접거나 적어도 다른 사람을 전향시키려는 짓은 그만둬야 할 때인 것 같았다. "야, 사람이 자기가 먹고 싶은 건 뭐든 먹을 수 있는 거야." 그가 말했다. "왜 다른 사람들한테 설교야?"

"난 그저 형 동맥이 걱정돼서." 조지가 말했다.

"내 동맥은 괜찮거든. 누가 프랑스에 가서 고기를 그만 먹겠다고 결심하냐? 그렇게 여행을 했으면 피부도 햇볕에 그을리고 베아르네즈 소스 곁들인 스테이크도 배터지게 먹고 건강한 모습으로 돌아왔어야지. 대신에 넌 허옇게 떠서 돌아왔잖아."

"형제들," 베아가 말했다. "제발 이번만은 싸우지들 마요."

"싸우는 거 아니에요. 대화 중이지." 조지가 말했다. "단지 건강 문제만이 아니야. 형이 도축장에 대한 영화를 좀 봐야 해. 클레어, 너도 봐야 한다. 내가 DVD 줄게."

"우리 딸한테 식이장애를 일으키기만 해봐." 애런이 말했다.

"채식은 식이장애가 아니라니까!"

조나가 코트를 찾느라 옷더미를 뒤지며 일어났다. "난 스키 타러 갈래요." 두 사람을 노려보며 그녀가 말했다. 그녀는 재킷에 한 팔을 꿰면서 딱딱한 밑창의 부츠를 신은 채 단호하게 문 쪽으로 돌진했다. 그녀의 백금발 머리 뭉치 아래 목덜미에는 태양 문신이 있었는데, 어깨를 움츠려 코트를 걸치자 보이지 않았다.

베아가 따라가지 않을 거냐고 묻는 얼굴로 조지를 봤다. "안 가요?"

그가 케첩 묻은 손을 들어올렸다. "혼자 타고 싶어 해요." 그가 말했다.

베아가 한숨을 내쉬고는 종이냅킨을 쟁반에 던졌다. "클레어, 나랑 재미없는 데서 스키 탈래?" 그녀가 물었다.

"그럼요, 가요." 클레어가 말했다. 그녀는 애런의 가슴에 한 팔을 걸치고 정수리에 키스를 꾹 눌러주었다. 그가 승리감에 도취되어 조지를 보고 싶은 것을 참고 있는데, 클레어가 머릿칼에 대고 속삭였다. "착하게 구세요." 그러자 이번 판은 이겼다는 승리감이 조금 사그라져버렸다.

베아와 클레어는 시끄럽고 북적대는 카페테리아를 요리조리 빠져나갔고 두 형제는 그들의 모습을 지켜보았다. 스키복을 잔뜩 껴입었는데도 두 여자 모두 서로 필적할 만한 우아함을 지니고 있었다. 여자. 클레어를 여자로 보니 참 낯설었다.

"형수랑 형은 아직도 해?" 조지가 물었다.

"좀 그만해라." 애런이 말했다. "점심 한 번 먹기에 충분히 하지 않았냐?"

"얼마나 자주 해?" 그가 물었다. "그러니까 일주일에 한 번? 한 달에 한 번? 하루에 한 번? 약은 먹어?"

애런은 코트를 걸치기 시작했다. "집어치워."

"클레어는 어때? 형 생각에 걔가 처녀인 거 같아?"

애런은 장갑을 쥐고 성큼성큼 걸어갔지만 스키부츠 때문에 비틀거리면서 생각만큼 앞으로 나아가지 못했다. 스스로가 우스꽝스럽게 느껴졌다. 뛰쳐나갈 수조차 없었다. 이제껏 그는 한 번도 그러지 못했다. 그가 몸을 돌려 물었다. "갈 거야, 말 거야?"

두 형제는 산 정상으로 향하는 가장 높은 리프트에 앉아 있었고 그사이 애런은 진정이 됐다. 조지와 함께하는 인생이란 인터벌 트레이닝과 비슷해서, 애런은 지속적인 훈련을 통해 심장박동이 빨라졌다가도 금세 다시 진정할 수 있게 되었다. 그는 스쳐 지나가는 나무들, 파란 하늘에 걸린 말꼬리구름을 감탄하며 바라봤다. 그리고 어릴 적 그와 조지가 임시로 꾸려진 스키 팀—다른 아이의 아버지가 코치를 맡았다—에 들어갔던 겨울이 생각났다. 둘은 낡은 나무 스키를 타고 회전 활강과 점프를 번갈아 연습했는데, 십대였던 애런이 항상 생각이 많고 쓸데없이 힘과 움직임이 과했던 반면 분명 아홉 살 정도였을 조지는 이미 그보다 뛰어난, 본능적이고 효율적인 운동선수였다. 조지가 활강 게이트를 차고 나가는 모습을 보면서 얼마나 대단하다고 생각했는지, 재능 있는 동생이 얼마나 자랑스러웠는지 떠올랐다. 애런은 고등학생이고 조지는 아직 철자를 배울 나이라서 보통 때라면 있을 수 없는 일이었지만, 잘 모르는 아이들로 이뤄진 팀에서 그들은 한편이 되었고, 버스에 나란히 앉아 농담을 하며 집으로 돌아오곤 했다. 그가 막 조지에게 스키 팀 기억나냐고 물어보려던 참에 동생이 먼저 말을 꺼냈다.

“형 돈이 지금 얼마나 있는 거 같아?” 조지가 물었다.

“제발, 지금 좋은 날씨를 즐기고 있었다.” 애런이 말했다.

“백만장자쯤 되려나? 대략 말이야. 부동산 빼고.”

“조지.”

"벌고 쓰느라 우리의 힘을 탕진해버린다.* 대학교 때 읽었지. 나한테 큰 영향을 미쳤어. 형은 이렇게 항상 밖에서 즐길 수 있는데, 돈을 버느라 형의 잠재력을 낭비하고 있다고 생각해?"

"왜 이러는 거야?"

"뭘 이러는데?" 조지가 물었다. "제대로 된 얘기는 안 하려고 들잖아. 계속 말을 자르기나 하고. 이를테면 클레어가 잤는지 안 잤는지 분명 생각해봤을 텐데 말이지. 생각해봤다는 거 알아."

애런은 동생의 파카를 잡고 리프트에서 앞으로 날려버릴까 상상해봤다. 힘도 충분하고 기습 공격이라는 이점도 있었다. 그들은 안전바를 다리까지 내리지도 않은 상태였다. 단 한 가지 위험은 조지가 애런을 붙잡아 같이 떨어질 수도 있다는 점이었다. 애런은 다리가 부러지고 아킬레스건이 파열되어 움직이지도 못하고 생기도 없는, 그가 매일 보는 불쌍한 환자들 중 한 명이 될지도 모른다. 심지어 체포될 수도 있었다. 하지만 적어도 그들 사이는 완전히 끝장날 것이다. 더이상 가족이 함께 휴가를 보내는 시도도, 가짜 형제애도 없다.

"클레어 말이야, 새 남자친구 생겼어, 알지?" 동생이 말했다.

애런은 처음 듣는 얘기였고, 그걸 조지에게서 듣는다는 건 심장에 칼이 꽂히는 것과도 같았다. 치명상을 입히지는 않지

---

* 윌리엄 워즈워스의 시 〈세상은 우리에게 너무하다The World Is Too Much with Us〉의 한 구절.

만 빠르고 정확하고 고통스러운 일격. 그는 처음 듣는 얘기가 아닌 척했다.

"몰랐구나, 그렇지?" 조지가 물었다. "의대 예과생이야. 형처럼 뼈 써는 외과의가 된대. 클레어가 형한테 말하면서 자랑스러워할 거라고 생각하지?"

"우리는 왜 초대한 건데?" 애런이 겨우 말했다. "왜 가족 스키 여행 따위에 불러놓고 지금 이러는 거냐고?"

"그냥 인간답게 제대로 된 대화를 하려는 것뿐이야." 조지가 말했다. "제대로 된 이슈들에 대해서 말이지. 친해지려고, 한 번이라도 가족처럼 말이야. 리프트 타고 올라가면서 미네소타에서 온 관광객들처럼 날씨가 좋네 어쩌네 하는 얘기 대신 말이야."

"그런 말 한 적 없어."

"클레어도 성인이야, 알아? 어렸을 때는 다 큰 어른처럼 대하더니 어른이 돼서는 작은 꼬마 취급을 하고 있잖아."

애런은 놀랐다. "걔가 뭐라고 해?"

"아니, 내가 뭐라고 하는 거야. 형은 항상 자기가 다 맞다고 생각하지만 아니라고. 나도 몇 가지는 알아. 나도 가끔은 이런 저런 질문들을 할 자격이 있다고 알아둬야 할 거야."

애런은 놀라서 동생을 노려봤지만, 그들은 언덕 정상에 도착했고 리프트가 그들을 내려놓자 스키 끝을 들어올려 얼어붙은 경사로를 엉금엉금 걸어가야 했다. 이럴 때마다 애런은 다시 아이가 된 듯한 느낌이 들었다. 어렸을 때 배워서 그런 건지, 아니면 위풍당당하게 공중으로 리프트를 타고 와서는 바로 기세를 잃고 엉거주춤해지기 때문인지는 알 수 없었다. 조지는 아무런 문제가 없어 보였는데, 그에게는 익숙한 부분이기 때문이었다. 이건 그의 직업이었다.

그들은 리프트 꼭대기, 산 정상에 서 있었고, 사람들이 그들 옆으로 스키폴을 찍으며 지나쳐갔다. 애런은 머리가 아파왔고 이번 스키 여행에 오지 말았어야 했다는 생각이 들었다. 어떻게 이렇게 매번 엮이는 걸까? 헬멧을 쓴 작은 아이가 스키 끝을 가지런히 모은 채 제설차에 타고 있다가 용감하게 뛰어내렸다. 보라색 머리띠 위로 머리를 빼서 묶은 클레어가 스키를 타기 시작한 게 저맘때였다. 아주 용감하고 아주 조그맣던 클레어가 지금은 풋내기 의대생이랑 같은 침대를 쓰고 있다니. 그리고 그놈은 그 애가 안전하게 보호받으며 잘 지내는 것이 아버지에게 얼마나 중요한지 이해하지 못할 수도, 아니 이해할 수 없을 것이다.

"클레어한테 대마초를 권한 적이 있었는데 안 피우더라고." 조지가 말했다.

애런은 폐 속의 공기가 희박해지는 게 느껴졌다.

"대부분의 애들은 거절 안 하거든." 조지가 말했다. "형이 싫어할 거라는 걸 아는 것 같았어. 걔는 형한테 충실하다고."

"이게 네 평화 협상이냐?"

"그렇게 생각하고 싶다면."

"그냥 스키나 타자."

"지금쯤이면 아마 피워봤을걸."

"좋은 데 데려가봐."

"좋은 생각이 아니야."

"날 괴롭히던가, 날 보호해주던가." 애런이 말했다. "하지만 둘 다 할 순 없어. 하나만 하라고. 설질이 괜찮은 데가 어디야?"

조지가 어깨를 으쓱했고, 그들은 폴을 쓰지 않고 옆걸음으로 걸어 슬로프가 나뉘는 곳까지 갔다. 왼쪽은 쉬운 블루 스퀘어 코스였고, 오른쪽은 접근을 막기 위해 줄을 쳐놓은 블랙 다이아몬드 코스였다.*

"여기가 최고의 슬로프야." 조지가 말했다.

"금지 구역이잖아."

"로프 밑으로 들어가면 돼."

"스키 입장권을 압수당할 거야." 애런이 말했다. "넌 잘릴 거고."

"눈사태 때문에 금지한 게 아니야. 다리 부러지는 사고를 줄이려고 줄을 친 것 뿐이지. 일 년에 한 번, 주말 연휴에나 스키를 타러 오는 멍청이들 때문이라고."

"나 말이냐?"

조지가 다시 어깨를 으쓱했다.

"합법적인 데만 있자고." 애런이 말했다.

"좋은 데 데려가달라며."

---

* 슬로프의 난이도. 블루 스퀘어는 중상급 코스, 블랙 다이아몬드는 최상급 코스이다.

"그래도 금지 구역은 아니지."

"항상 금지 구역이 제일 좋은 코스야." 조지가 말했다. "활강 코스 밖, 앵테르디(출입 금지)."

"앵테르디?" 애런이 말했다. 스무 살 때 떠난 자전거 여행 한 번으로 조지는 자기가 프랑스 사이클 팀의 일원인 것처럼 굴었다.

"나쁘지 않은 슬로프야." 조지가 말했다. "보장할게. 나는 맨날 탄다고. 형도 할 수 있어."

애런은 뒤쪽으로 산을 타고 내려오는 사람이 있는지 살펴봤다. 아무도 없었고, 그는 조지가 들어올려준 오렌지색 로프 아래로 동생을 따라 몸을 수그리고 들어갔다. 몸을 일으켜세우자 약간 어지러웠다. 그러다가 머리가 맑아지면서 완전히 새로운 풍경이 눈에 들어왔다. 온 산이 그들 아래 펼쳐져 있었다. 선명하게 보이는 나무들, 공기 중에 떠다니는 얼음 결정들. 규칙을 어겼다는 흥분이 몰려왔다. 그는 항상 바른 학생이었고, 충실한 의사였고, 믿음직한 남편이었다. 어쩌면 조금 더 자주 권위에 도전하며 살았어야 했는지도 몰랐다. 좀더 조지처럼 금지 구역 로프 아래로도 들어가고, '불의 화신'도 되면서. 슬로프는 나빠 보이지 않았다. 조금 가파를 뿐.

조지는 벌써 가장 가파른 구역에서 깔끔하게 세 번 회전을 했다. 애런은 옆쪽에서 길을 꾹꾹 누르면서 나아갔다. 조지가 이래라저래라 간섭하게 내버려두지 않았다. 몇 번인가 스키날이 미끄러졌고 다리가 후들거렸다. 눈이 꽤 쌓여 있었지만 계속 부드럽지만은 않았다. 애런은 두통이 다시 시작되었다. 잊고 있다가 다시 의식하기 시작한 것인지도 몰랐다. 맥주를 두 병 마셨는데도 목이 말랐다. 맥주 마신 게 후회됐다.

그들은 두 번째로 가파른 슬로프 쪽으로 스키를 타고 내려갔다. 여전히 조지는 꽤 앞서 있었고 애런은 숨을 고르고 무릎을 펴느라 잠깐 멈췄다. 스트레칭을 하러 몸을 숙이자 현기증이 났고 곧이어 메슥거림이 뒤따랐다. 잠깐 햄버거 탓을 하던 그는 이내 그 느낌이 무엇인지, 점점 심해지는 두통이 무엇을 뜻하는지 알아차렸다. 베아의 말이 옳았고, 그는 고산병이 어떤 것인지, 얼마나 급작스럽게 찾아오는지 잊고 있었다. 그녀가 내과의사의 샘플 약을 가져왔지만 그는 필요 없다고, 그 약을 먹기에는 너무 나이가 많아서 신장에 무리가 갈 거라고 말했었다. 현기증을 느끼며 그는 잠깐 쉬려고 언덕 비탈에 기대어 어지럼증을 달래며 앉았다.

고함 소리가 들려왔고, 그는 눈을 가늘게 뜨고 아래쪽 하얀 슬로프에 있는 조그만 동생의 모습을 보았다. 멀리 조지가 손으로 머리를 치면서 괜찮은지 묻고 있었다. 어릴 적 카누를 타면서 배운 수신호였다. 일어설 수 있을 것 같지 않았지만 어쨌든 그는 머리를 가볍게 쳤다. 괜찮아. 발을 딛고 일어서려 해봤지만 스키를 신은 발이 뒤쪽으로 몇 미터나 미끄러지면서 다시 눈 속으로 쓰러졌다. 조지가 다시 소리치며 더욱 다급한 수신호를 보내왔고, 애런은 대답하기도 귀찮아졌다.

어려서 싸울 때는 서로 살벌하게 치고받았고, 그러고는 아마도 털어버렸을 것이다. 지금은 서로가 조금은 문명인처럼 행동할 수 있었다. 하지만 언제나 조지는 어린 동생이었고 애런은 훨씬 우월한 자신의 힘을 참아주는 입장이었다. 둘의 덩치가 비슷해졌을 때 애런은 대학에 다녔고 동생은 안중에도 없었다. 만약 생각을 해봤다면 이미 동생이 자신을 때려눕힐 수 있다는 걸 알았을 것이다. 그는 고개를 들고 머리 위를 툭툭 쳐서 곧 내려갈 거라고 알려줬다. 하지만 조지는 옆걸음질로 산을 올라오기 시작하고 있었다. 그는 빠른 속도로 오고 있었다. 다시 메슥거림이 몰려왔고, 애런이 먹은 햄버거의 잔해가 그의 무릎 사이 눈밭으로 질척하게 난장을 쳐댔다. 기침을 하는 그의 목에서 위액 맛이 느껴졌다. 폐쇄된 블랙 다이아몬드 코스의 토사물 난장 속에서 애런을 구조한 일을 조지는 두고두고 우려먹을 것이다. 그들이 만날 때마다 이야기는 계속해서 울려퍼질 것이다. 그때 기억나? 조지는 형의 유약함을 들먹이며 클레어를 즐겁게 해주려 할 것이고, 두 사람 사이에 낀 클레어는 미안한 표정으로 아버지를 훔쳐볼 것이다.

그는 후들거리는 다리로 스키폴에 의지해 불안하게 서 있었다. 그러고는 스키 날로 눈을 찍으면서 비탈 쪽으로 갔고, 조심스럽게 회전하려 했지만 균형을 잃고 내리막으로 넘어졌다. 모든 일이 순식간에 벌어졌다. 스키 신은 발들을 허공에 든 채 그는 구르고 또 굴렀다. 그러다가 스키 한쪽은 벗겨져 제멋대로 미끄러져 갔고, 다른 쪽은 그와 함께 굴렀다. 그리고 무언가에 크게 부딪쳤는데, 바로 동생이었다. 그들은 함께 구르다가 조지가 손을 쓴 덕분에 서로 엉긴 채 멈췄다.

애런은 신음 소리를 내며 앉아보려 애썼다. 눈 근처에서 따뜻한 물기가 느껴졌고, 장갑을 벗어 이마에 깊이 팬 상처를 만져봤다. 분명 스키 날에 베인 상처겠지만 어쩌다가 누구의 스키에 베였는지 알 수가 없었다.

"왜 안 비킨 거야?" 그가 동생에게 물었다.

"시간이 없었어." 조지가 말했다. "나무를 받았으면 형은 죽었을 거야."

"너한테 받혀서 죽었을지도 모르지."

"그래서 내 잘못이라는 거야?"

"아래쪽으로 내려가야 돼." 애런이 말했다. "고도가 낮은 데로."

"토했어?"

"아냐."

"토하는 거 봤어."

애런은 언덕을 내려다보았다. 멀리 산장과 조그만 차들로 꽉 찬 주차장이 보였다. 너무 먼 거리였다. "스키를 신어야지." 그가 말했다.

그들은 일어서려 했고, 애런은 몸을 지탱하기 위해 동생의 어깨를 한 손으로 짚었다. 조지는 상처 입은 개처럼 그를 향해 으르렁거리며 손을 뿌리쳤다. "아프잖아." 그가 말했다.

애런은 통증을 살펴보려고 조지의 어깨로 손을 뻗었고—그가 온종일 하는 일이었다—조지는 그의 팔을 세게 밀쳐버렸다. 그러더니 이내 둘은 치고받고 싸우기 시작했다, 이상하고 서툴게. 둘 중 한 명은 스키 두 짝에 멀쩡한 팔 하나였고, 다른 한 명은 스키 한 짝, 장갑 한 짝에 속은 울렁거렸다. 하지만 그들은 결국 싸우고 있었고 이상하게도 마음이 풀려왔다. 조지는 장갑 낀 손바닥으로 애런의 얼굴을 힘껏 밀었고, 차가운 가죽에 애런의 코가 짓뭉개졌다. 애런은 맨손으로 조지의 머리끄댕이를 잡았다. 그들은 스키를 탄 채 휘청거리면서 상대의 미끄러운 코트를 잡으려 허우적거리고 똑바로 서 있으려고 용을 쓰는 동시에 서로를 밀치려 애썼다. 조지가 애런의 갈비뼈에 힘 없는 주먹을 날리면서 둘은 넘어질 뻔했지만, 그 대신 서로 얼싸안고 춤을 추는 꼴이 되어버렸다. 슬랩스틱 멍청이들. 그들은 옆으로 눈을 밀어내면서 언덕을 몇 미터 미끄러져 내려갔다. 조지가 애런을 떨쳐내려 했지만 애런은 한 팔로 동생의 두 다리를 감싸안았고, 그들은 눈 더미 위로 쓰러졌다. 아픈 어깨를 감싸느라 조지는 팔꿈치로 애런의 목구멍을 짓눌렀다.

그들은 눈 속에서 헐떡이고 기침을 하며 누워 있었다. 차가운 아드레날린의 열기가 사그라지기를 기다리며 애런은 마당에서 아직 기저귀를 차던 조지를 돌보는 임무를 맡았던 일을 떠올렸다. 고작 일곱 살이었던 애런이 요새를 만드는 데 완전히 빠져 있는 동안 어린 동생이 이리저리 돌아다니다 바닥에 물이 고여 있던 배수로에 떨어졌다. 진흙투성이인 조지가 깨어나자 애런은 저녁도 못 먹고 잠자리에 드는 벌을 받았고, 아버지는 며칠 동안 그에게 말도 걸지 않았다. 벌을 받아 속상했지만, 당시에 별일 아니지 않냐고 똑바로 말하지 못했던 자신이 더 실망스러웠었다.

새로 지은 크고 안락한 산장—조지의 표현에 따르면 산자락에 돋아난 흉측한 여드름 같은—에는 엄청나게 큰 석재 벽난로가 있고 그 주위로 소파와 의자들이 놓여 있었다. 벽에는 대평원에 인디언과 카우보이가 있는 서부 풍경을 그린 유화가 육중한 액자에 담겨 걸려 있었다. 베아는 천을 씌워 푹신한 의자 손잡이에 앉아 있었고, 걱정스러운 한편 단단히 화가 난 얼굴이었다. 그녀는 애런을 위해 산장의 선물가게에서 휴대용 산소 캔을 사왔는데, 노인들이 쓰는 초록색 탱크가 아니라 면도크림 통처럼 생긴 상큼한 파란 통이었다. 그는 멍이 들고 접질리고 이마를 세 바늘 꿰맸지만, 깊고 푹신한 소파에 앉아 산소에 취해 아름다운 취기를 즐기고 있었다. 두통도 사라졌다. 상처를 봉합한 젊은 의사는 그렇게 떨어졌다가 목이 부러졌을 수도 있다고 말했다. 죽거나 혹은 남은 생애를 휠체어 신세로 보낼 수도 있었다고, 허락된 슬로프에서만 스키를 타야 한다고. 애런은 평정심을 유지하며 굴욕감과 젊은 의사의 생색을 참아냈다. 살아 있다는 것이, 부러진 곳 하나 없이 온전하다는 것이 진심으로 행복했다. 멍 아래로는 스키를 타느라 지친 근육들이 건강하게, 제대로 욱신거렸고, 아내의 아연실색

한 얼굴 아래에는 사랑과 걱정이 깔려 있었다. 이런 분위기에서라면 동생조차 사랑할 수 있을지 몰랐다. 그는 조지는 어떤지 궁금해서 쳐다보았다.

동생은 다른 소파에 옆으로 누워 조나의 무릎을 베고 쿠션 위에 다리를 올려놓고 있었다. 그는 어깨 부상에는 필요하지도 않을 바이코딘*을 어디선가 얻어와 먹었다. 아마도 어깨 관절 테두리가 찢어졌을 텐데, 수술을 해야 할지도 모르지만 쉽게 고칠 수 있는 부위였다.

"금지 구역으로 이이를 데려가다니, 믿기지 않아요." 베아가 말했다.

"형이 가자고 그랬다니까요!" 조지가 말했다. "점심 내내 조르는 거 들었잖아요. 안 된다고 못한다니까요."

"프로 권투시합이라도 뛴 것 같은 꼴이잖아요."

"내일이면 괜찮을 거야." 애런이 말했다. "다시 슬로프에 가야지."

"내일 걸을 수나 있으면 운 좋은 줄 알아요." 베아가 말했다.

클레어가 흰 도자기 컵 두 개를 쟁반에 담아 들고 왔다. 매끈한 얼굴에 햇빛 속에서 보낸 하루 동안 생긴 주근깨가 도드라졌고, 새로 땋은 머리에 청바지와 파란색 플리스 윗도리로 갈아입은 모습이었다. 애런이 한 일 중 가장 잘한 일이 바로 그녀였다. "커피에 술 좀 넣어달라고 했어요." 그녀가 말했다.

---

* 마약성 진통제.

"이쁜 클레어." 조지가 말했다. "내 심장의 심장."

"위스키, 카페인에 바이코딘까지?" 베아가 물었다.

"죽진 않을 거예요." 조지가 말했다.

그리고 그 말은 사실이었다. 아무것도 조지를 죽이지 못할 터였다. 산소와 함께 좋은 기분이 물결치며 밀려들자 애런은 깨달았다. 그들은 서로 꼬리가 묶여 있는 두 마리 개처럼 엮여 있었다. 상대에게 정반대의 영향을 미치지 않고는 움직일 수 없고, 필연적으로 서로를 잡아당기지 않고는 단 한 순간도 편안히 살 수 없었다. 조지는 양로원에서도 애런을 약 올리면서, 애런의 꿈을 살면서, 클레어와 함께 시간을 보낼 것이다. 지금 그는 조나가 머리를 쓰다듬어주는 동안 흐뭇한 표정으로 술을 탄 커피를 마시고 있었다.

"내일 내가 '불의 화신'이 되어줄게." 조지가 클레어에게 말했다. "그리고 산장에서 너를 쫓아다닐 테다."

클레어는 눈을 굴리며 삼촌을 향해 미소 지었고, 그 미소에 애런은 가슴 저릿한 질투를 느꼈다. 그녀는 쟁반을 다시 바로 가져갔다. 책임감이 강한 아이다. 당연히 그 의대생이랑 피임을 하고 있을 것이다. 애런은 조지가 자기 머릿속에 심어놓은 이미지를 떠올리고 싶지 않은 만큼, 무슨 피임 법을 쓸지 알고 싶지 않았다. 뜨거운 커피와 위스키가 위로 내려가는 게 느껴졌고 이내 온기가 두 배로 더 넓게 몸 전체로 흡수되었다. 베아가 애런의 머리를 쓰다듬어주는 일 따위는 없을 것이다. 그의 옆자리에 앉지 않는 건 물론이고.

건너편 소파에서 조지는 조나의 무릎을 베고 커피잔을 가슴에 올려놓은 채 눈을 감고 있었다. "내년에도 꼭 오자." 그가 말했다. "매년 꼭 오자고."

투스텝

9월 말인데 벌써 눈이 내리고 있었다. 청명한 가을 날씨가 이어지다 내리는 변덕스럽고 이른 눈. 몬태나에 산 지 이삼 년 된 병원의 다른 레지던트들은 이건 아무것도 아니라고 네이오미에게 말했다. "8월에 눈 오는 걸 봐야 해요." 그들은 말했다. 일요일이었고, 네이오미는 월차를 내고 친구 앨리스가 빅토리아풍으로 새로 꾸민 깨끗하고 밝은 부엌에 앉아 있었다. 앨리스는 식탁에서 울고 있었다. 앨리스는 키가 멀쑥한 소년 같은 외모에 언제나 굴하지 않는 성격을 가진 것처럼 보였지만 지금은 눈물 범벅에 콧물이 흐르고 있었다.

"하지만 어떻게 알아?" 네이오미가 물었다.

"그냥 알아." 앨리스가 말했다. 그녀는 휴지에 코를 풀었다. "그냥 느껴져. 그이 마음이 딴 데 가 있는 게."

"아마 일 때문일 거야. 우리 다 피곤하거든."

앨리스가 고개를 저었다. "그런 게 아니야." 그녀가 말했다. "그이가 병원 일을 얼마나 사랑하는데. 차나 뭐 마실래?"

그녀는 일어나서 전기 주전자의 전원을 켰고 네이오미는 말리지 않았다. 찬장은 흰색으로 칠해졌고 선반에는 푸른색 녹색 접시들이 놓여 있었다. 싱크대 앞쪽 창문으로는 눈이 내다보였다. 네이오미와 남편은 셋집에 살았고 둘 중 누구도 집을 꾸밀 시간이나 열의가 없었다. 그들은 여전히 이사 올 때 썼던 종이박스를 테이블로 쓰고 있었다. 하지만 앨리스는 전에 LA에서 디자인 관련 일을 했고 확실히 재주가 있었다.

"부엌이 참 예쁘네." 네이오미가 말했다.

"예쁘지." 그러고는 앨리스는 약간 울음 섞인 목소리로 말했다. "난 이 집이 너무 좋아. 남은 평생을 둘이 이 집에서 살려고 했는데. 미안해, 너한테 하소연해서. 와줘서 정말 고마워."

"그런데 아무것도 아닐 수도 있어. 너희 부부 여기서 평생 살게 될 거야."

"아냐." 앨리스가 말했다.

"증거라도 있어?"

앨리스가 고개를 저었다. "하지만 그이 얼굴을 볼 수가 없다니까. 그리고 같이 있어도 나한테 손도 안 대. 지난 주말에는 뭔가 있다는 거 안다고 말했어. 정말이지 그이가 털어놓는 줄 알았어. 그 여자가 누군지 말해주고, 같이 문제를 해결해나갈 거라고 생각했다니까. 그런데 안 그러더라고. 나 임신했어, 너한테 말했어야 했는데…… 우리 아직 아무 얘기도 안 하고 있어."

네이오미가 부엌 식탁에 있는 소금통을 넘어뜨렸다. 그녀는 놀란 심정을 감추려고 흩어진 소금 알갱이들을 쓸어담았다.

"왼쪽 어깨." 앨리스가 말했다.

"응?"

"왼쪽 어깨 너머로 소금을 뿌려." 앨리스가 말했다. "운수대통 하라고."

네이오미는 소금 알갱이를 등 뒤로 던졌다. "임신했어?" 친구끼리 주고받는 편한 질문처럼 들리게 하려고 애쓰며 그녀가 물었다.

앨리스가 고개를 끄덕였다. "알아차리는 데 시간이 좀 걸렸어." 그녀가 말했다. "굉장히 정신이 없었거든."

"아이 가지고 싶은 거야?" 네이오미가 물었다. 아이가 생긴다고 일이 쉽게 풀리진 않을 것이다. 대놓고 얘기할 순 없지만 그게 사실이었다.

"난 남편을 가지고 싶어." 앨리스가 말했다. "아이는 그 다음이야. 둘 다 함께 가지고 싶어. 그 사람이 어떤지 넌 정말 아무것도 몰라."

"조금은 알아."

"하지만 넌 그 사람이 일하면서 행복해하거나 파티에서 사교적인 모습만 본 거고." 앨리스가 말했다. "그리고 그이는 이야기를 시작하지. 그이는 무엇에 대해서든 말할 수 있어. 그럼 사람들은 그저 앉아서 듣는 거고. 너도 봤잖아."

"나도 그중 한 명이지."

"그이가 천직을 놓치고 있는 것 같지 않아? 사이비 종교라도 만들었어야 했어. 그 사람 발밑에 맨발로 책상다리를 하고 앉아 있는 소녀들이 가득한 큰 집 말이야. 집 안을 돌며 모두를 치유해주는 거야. 안수를 해주고. 그럼 그이는 정말 행복하겠지. 그런데 그 대신 그이는 나랑 살잖아, 그래서 날 원망하고 침묵하는 거야. 그러지 않으면 날 농담거리로 삼든가. 그이는 모든 걸 농담거리로 만들어서 핵심을 피해가."

"달라질 거야."

전기 주전자가 끓다가 자동으로 꺼지고는 김을 내뿜으며 조용히 놓여 있었다. 앨리스는 선반 위에 정리된 도자기 잔들의 무늬에 답이라도 있는 것처럼 빤히 보다가 두 개를 꺼냈다. 몸의 움직임이 자연스러웠고, 키가 큰 여자애들이 종종 그렇듯이 구부정하지도 않았다. 자세는 똑바르고 당당했다. 짧은 머리는 자다 눌린 상태 그대로였다. "홍차 마실래?" 그녀가 물었다. "아니면 녹차도 있고 페퍼민트도 있는데."

"홍차 좋아."

"사람들 중에……" 앨리스가 아무렇지도 않게 말을 꺼냈다. "레지던트들 중에…… 네가 생각하기에 그이랑…… 미안해. 너까지 끼어들게 하면 안 되는데. 하지만 넌 나보다 그이를 더 많은 시간 동안 보잖아."

"네 남편은 정말 헌신적인 의사야."

"그렇지. 환자들이 하나같이 그 사람만 보면 환히 웃고 말 한 마디 한 마디에 귀 기울이잖아." 앨리스는 티백을 잔에 넣고 물을 부었다. "그이가 목소리 진짜 낮게 까는 거 눈치챘어? 반쯤 목이 졸린 것처럼. 특히 여자들한테 말할 때 말이야. 시아버지도 그러셨어. 멋져 보이려고 애쓰지 않는다는 걸 드러내는 거지, 전혀 애쓰지 않고. 타고난 매력으로 군림할 뿐이지. 그래서 우리 모두를 억누르지 않는 거야."

"남편을 별로 안 좋아하나봐." 네이오미가 말했다.

"안 좋아해, 딴 년이랑 자고 다닐 때는!"

"모르는 일이라니까."

"우유 넣지, 그렇지?" 앨리스가 냉장고로 갔다.

"상관없어."

"결혼할 때는 그이가 천재인 줄 알았어." 우유를 차에 따르며 앨리스가 말했다. "신이라고 생각했다고. 그이가 하는 일에 절대 토를 달지 않았지. 그이가 원하는 대로 다 했어. 원할 거라고 생각되는 것까지 다. 그 사람의 노예였지. 그이는 신이니까, 나는 그저 어쩌다 신의 자비로운 관심을 받게 된 여자애였으니까. 그이가 유부남이였고, 그리고, 아이도 있다는 게…… 그게 그냥 사소해 보였어. 우린 완전히 사랑에 빠져 있어서 아무것도 문제가 안 됐어. 설탕은 안 넣지."

"안 넣어."

그녀는 차를 식탁으로 가져왔고 네이오미는 컵, 흰색 도자기, 그의 커피를 떠올리며 말없이 받아들었다.

"소울메이트라는 거," 앨리스가 격하게 말했다. "그건 남의 남편을 뺏을 때나 제일 쓸 만한 말이지, 다른 사람이 내 남편을 뺏을 때는 별로라고." 그녀가 창밖을 바라보며 잠시 말을 멈췄다. "누군지 알기만 하면 내가 무릎을 꿇고서 떠나달라고 빌겠어. 그냥 떠나만 달라고, 우리 가족을 내버려둬달라고."

"그 여자가 실제로 있다면 말이지." 네이오미가 말했다. 여기 오지 말았어야 했다. 앨리스가 전화했을 때 피곤하다는, 흔하지만 중요하지는 않은 핑계 외에는 둘러댈 말을 떠올릴 수가 없었다. 그리고 앨리스가 무슨 말을 할지 알고 싶다는 뒤틀린 욕망도 있었다.

"한동안은 간호사 중 한 명이라고 생각했어." 앨리스가 말했다. "어린 맨디. 하지만 지금은 아닌 것 같아."

"맨디는 약혼했어."

"그래? 그이는 결혼했어." 그녀가 생각하느라 말을 멈췄다. "하지만 그이는 낡은 클리셰라고 생각할 거야. 더이상 의사들은 간호사들이랑 그러지 않아. 간호사나 비서들에게는 결혼해서 신분 상승하는 방법 중 하나였지. 하지만 요즘 의사는 의사랑, 변호사는 변호사랑 놀아. 아마도 레지던트 중 한 명일 거야."

"그냥 너 혼자 상상하고 있는 것 같은데."

"진짜 그런 것 같지 않았으면 상상도 안 했을 거야." 앨리스가 말했다. "맥스가 바람피우는 것 같아?"

네이오미는 머뭇거렸다. 남편에게는 헤어지자고 말했다. 그리고 앨리스도 동시에, 아니 적어도 조만간 같은 말을 듣게 될 것이라는 걸 알고 있었다. 힘든 한 주였다. "아니." 그녀가 말했다.

"왜냐면 네 남편은 바람피우는 게 아니니까." 앨리스가 말했다. "봐, 내가 미쳤거나 멍청한 게 아니야. 너는 예쁘지, 의사지, 세상에, 임신하지도 않고 매일 입덧을 하지도 않잖아."

"그도 너를 사랑해, 확실해."

"우리 정말 행복했는데." 앨리스가 말했다. "일, 친구들, 내 인생 전부를 그이랑 여기로 오면서 포기했어. 상관없었어, 이렇게 멋진 곳의 완벽한 집에서 살 수 있으니까. 집들도 너무 싸고, 이런 집 LA에서는 절대 못 샀을 거야. 의사가 필요한 곳에서 의사 사모님인 것도 너무 좋았어. 그리고 그를 닮은 똑똑하고 예쁜 아기가 생길 거고. 이 모든 걸 하게 되어서 너무 행복했고 모든 것이 더없는 축복이었어. 그리고 지금은 다 망했다고."

"모르는 일이야."

"난 알아." 그녀가 말했다. "그이는 이 부엌을 한 번도 쓴 적이 없어. 집안 요리사가 너무 형편없어서 어려서부터 요리하는 법을 배운 사람이거든. 종종 나한테 자랑하기도 했지. 그래서 그이를 위해 이 부엌을 만든 거야, 제대로 된 가스레인지에, 제대로 된 후드에…… 그리고 그이는 더이상 요리를 하지 않아."

네이오미에게는 요리를 해준 적이 있었다. 간이 부엌이 달린 모텔의 거지같은 전기버너로. 그저 달걀 요리였지만 케이

퍼와 그뤼에르 치즈가 곁들여진 환상적인 요리였다. 뜨겁고 짭조름하며 치즈가 녹아 흘러내리는 달걀 요리를 그가 포크 가득 떠먹여줬었다. 그녀의 스케줄에 더해 이 별난 밀회까지 감당하려면 체력을 유지해야 한다고 그는 말했었다. "너무 바쁘잖아." 지금 그녀가 말했다.

"하지만 요리는 그이의 특기였다고."

전화가 울렸고, 아직 임신한 티도 나지 않았지만 앨리스는 마치 무게중심이 바뀐 것처럼 엉덩이를 앞으로 밀어 들면서 식탁에서 일어났다. 절대로 내쳐져서는 안 될 여자로 보이기 위해 일부러 저러는 건 아닌지 네이오미는 궁금해졌다.

앨리스는 빨개진 눈을 비비며 무선전화기의 화면을 들여다보았다. "그이야." 그녀가 말했고 네이오미의 가슴이 쿵쿵 뛰었다. 다시 벨이 울렸고, 앨리스가 받았다.

"여보세요." 그녀가 말했다. "그럼. 네이오미랑 그냥 있어." 그가 무슨 말을 하든 그녀는 눈을 굴리며 우스꽝스러운 얼굴로 반응했다. "왜 같이 있으면 안 돼? 우리 차 마시고 있는 중이었어. 여자들이 그렇잖아." 그녀가 말을 멈췄다. "아니, 다 괜찮아. 그러니까 내 말은, 내 인생이 엉망진창이 되고 있다는 것만 빼면 말이야. 네이오미에게 살짝 얘기했어. 기분 상한 건 아니지? 운동은 어땠어?" 또 멈췄다. "알았어, 그럼 좀 이따 봐." 그녀가 전화기를 충전기에 다시 꽂았다. "집에 오는 중이래. 여태 그 여자랑 하고 있었던 걸까?"

"가야겠다." 네이오미가 말했다. 간호사 맨디의 사랑스러운 얼굴이 마음속에 스쳐갔지만 그건 말도 안 되는 일이었다.

"아니야, 있어줘." 앨리스가 눌린 머리를 매만지며 말했지만 별로 나아지진 않았다. "네가 있으면 안전지대 역할이 되어줄 거야. 꼭 싸우게 된단 말이야. 전에는 이런 걸 했어, 의견 충돌이 있을 때마다 화해하러 잠시 탱고를 추는 거야. 식료품점에서도, 다른 사람들 집에서도 췄어. 당연히 다른 사람들은 불쾌했겠지. 하지만 춤을 추면 싸움이 끝났어. 둘 다 계속 화난 채로 있을 순 없다는 뜻이었거든. 난 그이를 정말 사랑해."

"아직도 그를 사랑한다고?"

"여전히." 그녀가 말했다. "이유를 떠나서. 나 심지어 전부인한테도 전화했어. 한심하지 않니? 그때도…… 그가 이랬는지 알고 싶었어."

"뭐라고 그래?"

"딱히 동정하지 않더라고…… 하긴, 당연하지. 나도 내가 무슨 생각으로 전화했는지 모르겠더라. 내가 너무 특별해서 그이를 바꿀 수 있을 거라고, 충실한 남자로 바꿀 수 있을 거라고 생각했냐고 그 여자가 묻더라. 그이가 떠났을 때 자기는 젖도 안 뗀 아기가 있었다며, 그래서 나를 안쓰럽게 생각해주기는 좀 힘들다고 하더라고. 그리고 그이는 병적인 나르시시스트이고, 떠나고 싶으면 언제든지 떠날 거라고도 했어. 그이가 병적인 나르시시스트 같니?"

"몰라. 그런 것 같지는 않은데."

"적어도 자기는 어려서 그이를 만났고 그때는 그이도 부인을 버린 적이 없었으니까, 자기는 그런 이유라도 있다며, 나더러 행운을 빈대."

네이오미는 아무 말도 하지 않았다.

"그래서 그건 잘 마무리됐어." 앨리스가 말했다. "정말 대단한 통화였지. 그 여자를 데려와서 새 여자한테 말 좀 해달라고 부탁하고 싶어."

또 한 번의 침묵. 그리고 네이오미는 앨리스가 고도의 게임을 하고 있다는 생각에 진땀이 나기 시작했다. 앨리스는 알고 있었다, 그리고 쥐덫에 갇힌 생쥐처럼 그녀를 이리저리 두들겨 대고 있었다. "정말 가봐야겠어." 네이오미가 말했다.

"아니야, 그이는 널 좋아하잖아." 앨리스가 말했다. "제발 있어줘. 그이도 상냥하게 굴 거고, 그럼 나한테도 좋고. 우리 둘만 있으면 완전 지옥이야. 네가 보기엔 어떤지 말해줄 수 있잖아."

"앨리스……" 그녀가 말했다.

앞쪽 복도의 문이 열렸다. "나 왔어." 그가 큰 소리로 불렀고, 그의 목소리에 네이오미는 아랫배에 있는 기타줄이 퉁겨 떨리는 듯한 기분이 들었다. 이런 반응은 종족 번식을 위한 생물학적 속임수라고 믿었지만, 그렇다고 해서 그 영향력이 없어지는 것은 아니었다. 착하고 반듯한 남자이지만 남편이 말할 때에는 이런 느낌이 든 적이 없었다.

"앨리스." 그녀가 다시 말했지만, 앨리스는 산발한 머리에 코는 빨개진 채 주인님이 나타나길 기다리는 충성스러운 레트리버처럼 부엌문 쪽만 보고 있었다.

현관 탁자에 열쇠 놓는 소리가 들리더니 곧이어 운동복을 입은 그가 머리에는 눈이 쌓인 채 부엌 입구로 들어왔다. 그는 너무 아름다웠고, 너무 제멋대로였다. 앨리스는 완벽한 숭배의 표정을 짓고 있었다. 물론 그녀는 모를 터였다. 네이오미는 쿵쿵 뛰고 있는 그녀의 심장이 스웨터를 통해 보일 것만 같은 생각이 들었다.

"안녕하신가요? 숙녀분들." 그가 말했다. "키스는 안 할게, 땀범벅이라서."

그의 아내는 그를 안으려 하고 있었다.

"안 돼, 진짜로." 그가 말했다. "나 더러워."

앨리스가 정말로 그와 살이 닿고 싶지 않았던 것처럼 팔을 허벅지로 내렸다. "정말 더럽네." 그녀가 말했다. "우리 막 그 이야기 하던 참이었어. 사실 오후의 주제였지."

그가 미소 지었다. "내가 제일 잘나가는 전문가인데, 초빙 강의라도 해야겠군."

"그러시겠어요?" 그의 부인이 물었다. "참…… 유익하겠네."

그가 주머니를 톡톡 두들겼다. "노트가 없어서."

"오, 그냥 해봐."

"당신도 핵심적인 사실은 알고 있을 것 아니야."

"사실 우리가 그걸 모르네." 앨리스가 말했다. "우리가 모르는 게 정확히 그거지."

"그냥 말해주지 그래요?" 네이오미는 자신이 내뱉은 말을 들었다. 입 다물고 있으려 했지만 이제는 자기 인생이 되어버린 문제에 대해 이 둘이 에둘러 농담을 던져대는 걸 지켜보고만 있을 수 없었다. 그녀가 제 발로, 무모하게 뛰어든 인생이었다.

그는 서두르지 않고 몸을 돌려 네이오미를 보았다. 경찰 탐조등 같은 그의 시선은 여유로워서 찬찬히 시간을 들여 집을 감싸고 있는 그림자 속에서 그녀를 찾았다.

"네이오미 말이 맞아." 앨리스가 말했다. "객관적인 입장이잖아. 그녀의 충고도 들어봐야 해."

그가 미소 지었다. 불쾌한 미소는 아니었지만 은밀한 미소도 아니었다. 늑대 같은 미소도, 사랑스러운 미소도, 아쉬운 듯한 미소도 아니었다. 그는 앨리스의 남편 노릇을 하는 중이었고, 아무것도 숨길 것 없이 그의 집 부엌에서 그녀와 맞닥뜨린 것이다. 그녀는 오지 말았어야 했다. "안녕하세요, 네이오미." 그가 말했다. "맥스는 잘 지내나요?"

"잘 지내죠." 그녀는 거짓말을 했다.

"결혼이란 도덕적 우월감을 위한 긴 투쟁이라고 말한 게 누구였죠?" 그가 물었다.

"고약한 인간이겠죠." 네이오미가 말했다, "결혼이 그래선 안 되죠. 그럴 필요도 없고."

"운동하고 집으로 운전해 오면서," 마치 강의를 시작하는 것처럼 그가 말했다. "콜로라도에 있는 극장에서 여름 공연 아르바이트를 하던 때가 생각났어요. 누나가 거기서 공연을 하고 있었는데 여자애들을 만날 수 있는 기회 같아 보였거든요.

다들 굉장히 고립되어 있는 데다 다른 이유라면 오지 않았을 한 장소에 몰아넣어졌으니 초조한 에너지가 성적인 에너지로 바뀌게 마련이죠. 누가 누구랑 뭘 하는지에 대한 의심과 갈등이 생기고, 몇몇은 발각되기도 하고요."

"우리 아이가 생겼다고 말했어요." 앨리스가 말했다.

"우리에게 아이가 생겼다고 네이오미에게 말했군." 그가 따라 말했다.

네이오미는 그를 바라보았다. 강인한 손, 얼굴에 떠오른 고통스러운 표정. 그는 육체적으로 아름다운 사람들이 지닐 수 있는 지성을 가지고 있었다. 그것은 그들이 자신만만하기 때문에 가질 수 있는 지적인 면모였다. 하지만 그에게는 진짜 지성도 있었다. 그래서 심지어 그가 변명의 여지가 없는 행동을 할 때도 저항할 수 없었다, 지금처럼.

"그냥 얘기해주는 게 어때요?" 앨리스가 말했다. "뭐가 어떻게 되고 있는 거죠?"

그는 냉장고를 열고 빨간 스포츠음료가 담긴 큰 병을 꺼냈다. 그리고 음료수를 마시면서 시간을 벌었다. 그가 지금 어떤 남자가 될 것인지, 아니 어떤 남자로 비춰질 것인지 결정하려는 게 자기 눈엔 보인다고 네이오미는 생각했다. 그가 병뚜껑을 다시 돌려 닫았다. "아무 일도 없어."

"항상 저렇게 말해." 그의 아내가 말했다.

"아무 일도?" 네이오미가 물었다.

"아무 일도." 플라스틱 병을 다시 냉장고에 넣고 문을 닫으며 그가 말했다. "우리에게 아이가 생긴다는 것 빼고는."

"아이." 앨리스가 애처롭게 말하고는 그에게 다시 다가갔다. 이번에는 그도 마지못해 응하며 땀에 젖은 운동복 차림으로 아내를 팔로 안았고, 그들은 춤을 추기 시작했다. 그들은 함께 냉장고 쪽으로 미끄러져 나아가다가 이내 식기세척기 쪽으로 날렵하게 몸을 돌렸다. 그는 나른한 느낌의 반주를 약한 허밍으로 불렀다. "다-덤-덤, 다-덤, 다-디-다-디-다." 거기에 어울리는 비극적인 표정으로 앨리스는 깔끔하게 발목으로 살짝 장식이 되는 동작을 했다. 그리고 그들은 마치 언제나 이렇게 춤을 춰왔고 앞으로도 계속 출 것처럼, 그리고 나머지 다른 것들은 생생한 환영에 지나지 않는다는 듯 부엌 바닥을 누비며 돌아왔다.

네이오미는 코트를 챙겨들고는 그들을 비켜 지나쳐 식당을 지나 현관으로 갔다. 그들은 그녀를 아랑곳 않고 계속 춤을 췄다. 그녀는 어색한 손놀림으로 힘겹게 코트를 입었다. 현관 탁자 위에 그의 차 열쇠가 놓여 있었다. 세상에 다른 소리라고는 존재하지 않는 듯 들려왔던, 그가 차 열쇠를 놓는 소리가 난 자리가 여기였다. 차 열쇠를 가져갈까, 아니면 니스를 칠해 반짝이는 테이블을 열쇠로 긁어 분노의 메시지를 남겨놓을까 생각해봤지만 그런다고 그녀가 원하는 것을 얻는 데 도움이 되진 않을 것이다. 탁자 위에는 그의 아들이 틀림없는, 지독하게 귀여운 갓난아기를 솜씨 좋게 찍은 사진이 담긴 작은 액자가 놓여 있었다. 앨리스의 의붓아들. 남자아이는 검은 반곱슬

머리에 아빠의 졸린 듯한 표정을 닮았고, 이렇게 어린 아이인데도 모든 것을 꿰뚫어보고 있는 듯했다. 아이의 아빠는 여전히 부엌에서 앨리스를 이끌며 춤을 추고 있었다.

네이오미는 자신이 얼마나 우스운 몰골로 추락했는지 알았지만 이미 벌어진 일이었다. 그녀는 삶의 다른 부분에서는 신중하고 체계적인 사람이었고, 가급적 생각을 명료하게 했다. 지금 그가 뭘 하고 있는 건지 그녀는 앨리스보다 잘 이해하고 있었다. 될 수 있다는 믿음으로, 그는 자신이 되고 싶은 남자처럼 행동하고 있었다. 더이상 자신이 참을 수 없을 때까지 연기할 것이고, 본래의 모습으로 돌아올 것이다. 곧 그렇게 될 것이고, 그러면 그녀가 필요해질 것이다. 그렇게 생각하니 조금 위로가 되었다.

그녀는 위로가 필요했다. 그녀의 남편은 앨리스처럼 너그럽지 않기 때문이었다. 맥스는 타인에 대한 기대치가 높고 타협이나 도덕적 모호함 따위는 고려하지 않았다. 그와 결혼했을 때는 이런 특성이 열정적이고 결단력 있어 보였지만, 지금은 가혹하게 느껴졌다. 스위치를 켰다 끄는 것처럼 그는 완전한 믿음에서 완전한 경멸로 옮겨갈 수 있는 사람이었다. 그는 그녀를 믿었었지만 지금은 믿지 않았고, 앞으로 다시는 믿지 않을 것이다.

밖으로 나가 계단에 선 그녀는 현관문을 잠그지 않는 집들이나 9월에 내리는 눈에는 절대 익숙해지지 않을 거라고 생각했다. 이곳의 삶이 너무 비현실적으로 느껴지다보니—기이한 고립감, 장시간 근무, 수면 부족으로 인해—이 모든 일이 벌어졌을지도 모른다는 생각이 들었다. 그래서 새로운 남자와의 새로운 생활이 가능해 보였던 것이다.

그의 차, 그의 자기 비하에 어울리는 낡아빠진 오래된 스테이션왜건이 길가에 주차되어 있었다. 그녀는 집까지 걸어가려 했다, 하지만 왜? 앞유리는 여전히 눈이 닦인 채였다. 곧 그가 찾아와 중요한 건 그녀뿐이라고 말할 것이다. 그건 분명해 보였다. 밤새 앨리스와 탱고를 추진 않을 것이다. 차 열쇠는 집 안에 있었지만 필요 없었다. 그녀는 너무 피곤했다. 잠 잘 시간이 거의 없었던 데다 지금은 심적으로 혼란스러웠다. 그녀는 잠겨 있지 않은 조수석 쪽 문을 열고 안으로 들어갔다. 차 안은 여전히 따뜻했고 그의 체취가 남아 있었다. 그녀는 좌석을 최대한 뒤로 젖혔다, 자면서 그를 기다리기 위해.

여자친구

소녀는 호텔방에 어울리지 않는 천 커버 의자에 앉았다. 리오는 다른 의자에 앉아 아까부터 그 아이를 기다리고 있었다. 마당 쪽으로 창문이 나 있었지만 두꺼운 커튼이 드리워져 있었다. 여자아이는 개의치 않는 것 같았다. 리오는 아직도 아이가 여기 왔다는 사실이 놀라웠다. 법원 근처의 샌드위치 가게 줄에서 앞에 서 있는 아이를 발견했고, 거절할 것을 확신하면서도 따로 만나달라고 부탁했다. 혹은 나타나지 않을 게 분명하다고 생각했다. 그녀에게는 딱히 득 될 일이 아니었다. 그런데 여기 아이가 와 있었다.

"그래서." 리오가 말했다

"그래서요." 그녀가 검정 치마를 잡아당겨 꼬고 앉은 다리를 좀더 가렸다.

"처음에 그를 어디서 만난 거니?" 그는 바로 핵심으로 넘어가고 싶었지만 조심스러웠다. 그녀를 지루하게 하거나 놀라서 달아나게 할까봐 두려웠다.

"파티에서요."

검은 치마는 밑단이 뾰족뾰족하고 불규칙하게 처리되어 있었고, 소녀는 거기에 리바이스 청재킷을 걸치고 검은색 플립플랍을 신은 차림이었다. 맨살이 드러난 발목은 창백했고 모기 물린 자국이 있었고, 어둡고 밝은 색이 섞인 머리에 눈 가장자리는 검게 칠해져 있었다. 몬태나 고스족, 그런 생각이 퍼뜩 들었다. 입술은 반짝이는 핑크색, 진짜 고스족은 아니었다.

"어떤 파티였니?" 그가 물었다.

"그냥 집에서 큰 맥주통 사다놓고 하는 파티요."

"고등학생 파티였니? 그가 왜 거기 왔던 거지?"

"파티에 온 애들을 알고 있었거든요."

그는 십대들이 우글거리는 어두운 방에서 플라스틱 컵에 싸구려 맥주를 마시고 있는 트로이 그레일링을 상상해보았다.

"그때 넌 몇 살이었니?"

"음," 그녀가 말했다. "열다섯 살이었던 것 같아요."

그녀는 지금 열여덟 살이다. 법정에서 알게 된 사실이었다. 리오의 딸을 살해한 트로이 그레일링은 스물네 살이다. 사건이 공판에 회부되기까지 거의 이 년이 걸렸다. 재판은 삼 주 동안 열렸고, 전날 배심원은 유죄 평결을 가지고 법정으로 돌아왔다. 리오와 아내 헬렌은 매일 미줄라의 법정에 나갔고 그것은 참혹한 경험이었다. 매일 아침 법정 좌석에서 트로이 그레일링의 멍하고 살짝 놀란 듯한 얼굴을 대면할 때마다 리오는 피고 측 자리로 뛰어들어가 볼펜으로 그의 해골에서 눈알을 파내는 상상을 했다. 아니면 아무도 검사하지 않을 헬렌의 값비싼 핸드백에 칼을 숨기고 들어가 그레일링의 목을 그어버릴까—팍 하고 기도가 터지는 만족스러운 소리와 함께 갑자기 뿜어져나오는 핏줄기. 어떤 형량도 그만큼 만족스러울 순 없을 것이다. 증언이 진행되는 동안 그는 정확한 자리를 찾기 위해 자신의 목덜미를 더듬었다.

이 여자아이, 사샤가 그레일링을 만났을 때는 어린애였다. 그는 그 사실을 기억해내려 애썼다.

"그와 처음 같이 잤을 때가 몇 살이었니?" 그가 물었다. 법정의 리듬 속으로 미끄러져 들어가는 자신이 느껴졌다. 멈추기 어려웠다. 헬렌에게도 그랬다. 재판을 지켜보고 돌아오면 자신도 모르게 아내를 닦달해대고 있었다. 저녁을 먹으러 가서는 웨이터를 대질 심문했다. 지금 헬렌은 호텔에 돌아가, 그가 대학교 수영장에 수영하러 갔을 거라고 생각하며 소설을 읽고 있다.

"열다섯이요." 여자애가 말했다.

"그가 처음이었니?"

잠깐 멈칫했다. "네." 그녀가 말했다. 즉흥적으로 튀어나온 대답처럼 들렸고 그는 그녀의 어린 시절이 궁금해졌다.

"위험한 사람 같았니? 그 당시에?"

그녀는 한쪽 다리를 의자 위로 올려 무릎을 감싸안더니—치마가 충분히 길고 헐렁해서 무리가 없었다—검게 칠한 발가락을 잡아당기면서 질문을 곰곰 생각했다. 유혹의 몸짓이라기보다는 아이 같은 몸짓이었다. "조금요." 그녀가 대답했다. "나쁜 쪽으로는 말고요."

"좋게 위험했다고?"

"그러니까, 트로이가 좀 그렇다고요."

리오는 눈을 깜박이며 힘겹게 숨을 쉬었다.

딸이 실종되던 날 밤 그는 딸과 전화통화를 했었다. 맨해튼은 밤늦은 시각이었고, 에밀리가 잠시 집을 봐주며 살고 있던 미줄라 외곽의 울창한 협곡은 어둑해졌을 무렵이었을 것이다. 몬태나 대학교에서 산림학을 공부하던 딸은 자신이 좋아하는 현장 연구에 대해 신나게 얘기하다가 갑자기 멈추고 이상한 소리를 내더니 말했다. "앤절라한테 사랑한다고 전해주세요." 그러고는 전화를 끊었다. 리오는 머뭇거리다가 다시 전화했지만, 받지 않자 그길로 미줄라 경찰에 신고했다. 아는 사람 중에 앤절라라는 이름을 가진 사람은 없었다. 암호가 틀림없었다. 에밀리는 자연스럽게 전화를 끊으라는 말을 들은 것이다. 경찰 지원실에 상황을 설명하느라 시간을 잡아먹었고, 그러고도 에밀리가 머물고 있는 집의 주소를 찾기 위해 이메일의 받은 편지함을 뒤지느라 시간을 흘려보냈다. 경찰이 협곡에 도착했을 때 집은 비어 있었다. 방충망이 잘려 있었고 전화기 옆에는 마시지 않은 아이스티 한 잔이 놓여 있었다. 몸싸움의 흔

적은 없었다. 칼은 전혀 발견되지 않았고, 리오는 아마 도시를 통과해 흐르는 강 바닥에서 발견하게 되리라고 추측했다. 하이킹하던 두 사람이 산속의 버려진 철도 터널에서 에밀리의 시체를 발견했다. 법정에서 검사가 사진을 보여줬을 때는 정말 힘들었다. 전에도 사진을 본 적이 있었지만 2미터나 되는 대형 스크린으로 본 건 아니었다. 트로이 그레일링은 유일한 용의자였고 DNA도 일치했지만 한사코 자백을 거부했다. 그녀가 납치되던 날 밤 자신은 북쪽으로 두 시간 거리인 화이트피시 근처에서 낚시를 하고 있었다고 말했다. 그의 형과 부모는 사실이라고 맹세했다. 에밀리가 죽은 후 리오는 직장을 그만뒀고, 그래서 사건에 온전히 매달릴 수 있었다. 그리고 이제 다 끝났다. 하지만 대답을 듣지 못한 질문들이 남아 있었다.

밤에 잠들지 못하고 누워 있을 때면 다른 결과를 가져왔을지도 모를 결정들에 대해 곱씹어봤다. 만약 에밀리가 외딴집에서 지내는 걸 반대했더라면. 만약 동부에 있는 대학에 보내려고 애썼더라면. 만약 열다섯 살 때 그 애를 와이오밍에서 열리는 야외활동 캠프에 보내지 않았더라면. 에밀리는 그곳에서 서부의 장대한 전원과 야생이야말로 자신이 원하는 것이라고 확신하게 되었다. 리오는 초고층 사무용 빌딩을 설계하는 사람이었고, 딸이 산림학을 선택한 것이 그에 대한 직접적인 도전은 아닌지 궁금했었다. 그렇지만 그는 딸의 모험심을 사랑했고, 자신과 사립학교에서 4학년을 가르치는 조용한 헬렌 사이에서 어떻게 이렇게 용맹한 소녀가 나왔는지 놀랍기만 했다.

결심을 시험해보려고 딸과 언쟁을 벌였지만, 에밀리는 확신에 찬 진지한 회색 눈으로 그를 보며 고집스럽게 턱을 치켜들 뿐이었다. 일곱 살 때 그녀가 가장 좋아한 책은《로렉스》였다. 환경 폐기물과 기업의 탐욕을 다룬 닥터 수스의 책이었다. "나는 로렉스야. 난 나무를 위해 말해. 나는 혀가 없는 나무를 대신해 말해." 그녀는 작고 네모난 정원이 있는 첼시의 아파트에서 그 책을 읽었었다. 책에 나오는 잘린 나무들 이야기에 에밀리는 격렬한 분노를 느끼며 지구를 걱정했다. 어린아이인데도 에밀리는 정원이 아니라 광활한 숲을 원했다.

에밀리는 헬렌과 그가 둘 다 서른이 넘어 얻은 외동딸이었고, 그 아이 하나만으로도 부부는 행복했다. 이제 와서 하나만 낳은 게 실수였는지 생각해봤지만 다른 아이를 상상하기란 어려웠다. 에밀리는 그에게 정말이지 특별하고 생생했다, 여전히. 작은 귀 근처의 곱슬머리, 그의 농담에 짓는 표정, 숨넘어갈 듯 깔깔대는 웃음. 고등학생 때는 웬 남자가 자전거에서 끌어내리려고 하자 고함을 치며 그를 밀치고 집까지 자전거를 타고 달려왔다. 그녀는 부엌에서 그 광경을 묘사하는 내내 울다가 떨다가 자신이 내는 소리에 웃다가 하면서 아드레날린이 잦아들 때까지 상황을 재현하려 했다. 에밀리는 가냘팠지만 더없이 강인했다. 그는 왜 그녀가 트로이 그레일링과 맞서 싸우지 않았는지 궁금했고, 아마도 그가 몰래 움직여 갑자기 덮쳤을 거라고 추측했다. 전화통화를 하던 그녀의 목에 칼이 들어왔던 것이다. 목에 칼자국이 있었다. 깊게 긋지는 않았지만 칼날을 살갗에 들이밀었다. 그레일링은 분명 아무 일 없는 것처럼 전화를 끊으라고 속삭였고 그녀는 그러지 않으면 죽을 것이라고 믿었던 게 틀림없다. 하지만 그녀는 영리했고 아버지가 알아들으리라 믿으며 신호를 보냈다.

고스족 여자아이는 그를 바라보며 기다리고 있었다. 그녀가 뭐라고 했더라? 트로이가 좀 그렇다고요. 그는 이게 말이 되는 얘기라고 믿는 척해보려고 애썼다. "좀 그렇다는 게 무슨 뜻이지?"

여자아이가 어깨를 으쓱했다. "엣지가 있어요."

"그걸 그렇게 얘기하니?"

"그는 아무 짓도 하지 않았어요." 그렇게 말했지만, 그녀는 자기가 연기하고 있다는 걸 알아차리는지 그를 살펴보고 있었다. 어린아이의 표정이었다. 아이가 거짓말하려고 할 때의 표정.

"DNA가 일치하는 건 어쩌고?" 그가 물었다.

"경찰이 누명 씌운 거예요." 그녀는 되는대로 내뱉고 있었고 스스로도 이미 지겨워하고 있었다. "왜 날 호텔방으로 오라고 한 거죠?"

"조용히 얘기하려고."

"나랑 한번 하고 싶어 하는 줄 알았죠." 또다시 무방비한 상태로 뭔가를 기다리는 시선.

그는 놀라 기침을 했다. "아니다."

"그런 생각 안 했다고요?"

생각해본 적 없었다. 그는 그녀의 증언을 지켜보면서 트로이 그레일링을 맹목적으로 두둔하며 검사의 의사진행을 방해하는 그녀의 태도에 오직 공포만을 느꼈었다. 하지만 그녀를 구슬릴 수 있는 방법을 찾기를 바랐다. 어쨌든 그는 십대 여자애들과의 경험이 좀 있었다. 지금 그녀는 나른하게 청재킷을 벗고 방을 가로질러와 그의 의자 양쪽 팔걸이에 손을 올렸고, 그러는 동안 그는 얼어붙은 채 보고만 있었다. 그녀가 몸을 앞으로 기울여 다가오자 달콤한 파우더 향이 맡아졌다. 화장 아래 그녀의 이목구비는 미숙하고 아직 또렷하지 않았다. 검은색 탱크톱이 아래로 늘어지면서 검은 브래지어에 싸인 작은 가슴이 드러났다. 그녀와 그의 무릎이 맞닿았다.

"하지만 하고 싶잖아요." 그녀가 어른들이 하는 유혹의 기술을 흉내 내며 말했다. "그리고 난 돈이 필요하고요."

그는 근엄하고 냉담한 태도를 취했다. "앉아라." 그가 말했다. "나는 네게 돈 안 줄 거다. 섹스를 하고 싶은 것도 아니야. 그저 너한테 물어볼 질문들이 있을 뿐이다."

그녀가 한숨을 쉬며 몸을 일으켜 다시 자기 의자에 풀썩 앉았다. "질문 하나에 20달러예요."

"돈 안 줄 거라니까." 그가 말했다. "나한테 진실을 말해줄 의무가 있다고 생각하는데."

"씨팔, 난 빚진 거 없어요."

"그런 말 하는 거 아니다."

그녀는 웃으며 눈을 굴렸다. "알았어요, 아빠."

그 말이 그의 가슴을 쳤다. 원래 그녀에게 접근했던 이유인 질문들에 집중하려고 애썼다. 그가 간절히 알고 싶어 했던 정보에 가까이 와 있었다. 엉클어진 사춘기 소녀의 마음으로 들어갈 방법만 찾으면 되는 것이다. "트로이가 내 딸을 알고 있었니?" 그가 물었다. "널 곤란하게 하려는 게 아니다. 그저 알고 싶어서 그래."

그녀는 아무 말도 하지 않았다.

"만약 전부터 알고 있었다면, 둘이 어떻게 만났던 거니?"

그녀가 한숨을 쉬며 어스름한 방 안을 둘러봤다.

"사샤," 그가 말했다. "그가 에밀리를 알고 있었니?"

"몰라요."

"하지만 알았을 수도 있는 거지?"

"미줄라가 그렇게 크거나 그런 게 아니잖아요."

"그가 에밀리를 본 적이 있었니?"

"그만 물어봐요!"

"그에 대해 말해줄래? 뭘 하는 거 좋아했니?"

그녀는 생각해보고 있었다. "드럼을 쳤고요." 그녀가 말했다. "수영장에서는 정말 끝내줘요. 고등학생 때는 육상선수였고, 아직도 뛰는 걸 좋아해요. 뛰면 마음이 진정된대요."

"어디서 달리니?"

"강가 산책로 아니면 트랙에서요."

"어디에 있는 트랙?"

그녀가 주저했다. "그리즐리의 육상 트랙이요." 그의 눈을 똑바로 보며 그녀가 말했다.

리오는 반응하지 않으려고, 침착하려고 애썼다. 에밀리는 대학교 육상 트랙에서 달렸었다. 맑은 산 공기를 마시며 러닝 타이츠를 입고 고무 트랙을 달리는 날렵한 에밀리. 그녀는 어렵지 않게 성큼성큼 달렸고, 빠른 속도로 달려 땀을 흘려야 성에 찼다. 그레일링은 옆에서 그녀를 보고 빠져들었던 걸까? 말을 걸어봤을까?

"그럼 그가 그 애를 본 적이 있구나." 리오가 말했다. "너한테 얘기했니?"

"아니요."

"그래도 그 애를 봤다는 걸 넌 아는 거지."

"아니요."

아까 그녀는 분명히 얘기하고 싶어 했다. 지금은 마음이 바뀐 걸까? "곤란하게 하지 않으마." 그가 말했다. "이미 판결은 내려졌어. 이건 그냥 너랑 나 사이의 일이야."

"씨팔."

"그 애에 대해 너한테 얘기했니? 그가 뭔가 할 거라고 생각했니?"

"아뇨!"

"질투가 났니?"

그녀는 말이 없었다.

"질투가 났구나." 주변부를 살살 건드리다가 제대로 짚은 것이었다.

"그에게는 이미 내가 있었어요." 높고 긴장한 목소리로 그녀가 말했다.

그 의미를 이해하는 데 시간이 좀 걸렸다. "그에게 네가 있었다니, 그게 무슨 뜻이니?"

"내 말은, 왜 그 여자가 필요했냐고요."

"그놈은 그 애를 강간하고 죽였다." 그가 말했다. "너는 강간당하고 죽는 그의 여자가 되고 싶었니?"

그녀가 머뭇거렸다. "해치려 한 건 아니었어요."

방 안의 침묵이 그의 귀에서 아우성치는 듯했다.

"그걸 네가 어떻게 알아?" 그가 물었다.

그녀가 성질을 내며 얼굴을 붉혔다. "그냥 알아요."

그는 이해하려 애썼다. "너도 강간한 거니?"

그녀는 화가 나서 도끼눈으로 노려보았고 그는 자기 말이 맞았음을 알았다. 진실을 추적하며 알아가는 데서 흥분이 느껴졌다.

"처음에 강간했던 거냐?" 그가 물었다. "아니면 그는 항상 그런 식인 거냐? 넌 그러려니 하기로 한 거고?"

그녀는 곧 울 것만 같았다. 왜 경찰은 이 사실을 알아내지 못했을까? 검사는? 하지만 검사는 그냥 풋내기였다. 그리고 아마도 이 사실은 사건에 도움이 되지도 않았을 것이다. 이미 확보한 증거들로도 재판에서 이기지 않았던가.

"그래서 넌 에밀리한테 질투가 났구나." 리오가 말했다. "트로이가 그 애를 보고 원했으니까. 너도 그 애를 만난 적 있니?"

그녀는 고개를 저었다.

"어떻게 이미 네가 있는데도 다른 사람을 납치할 수가 있나, 그런 거니?"

"나한테 왜 이러는 거예요?" 그녀가 징징거렸다.

그는 의자에서 일어나 그녀의 어깨를 움켜잡았다. 피해자처럼 구는 것만큼은 참을 수가 없었다. "네 남자친구가 내 딸을 죽였다." 얼굴을 가까이 들이대며 그가 말했다. "알았어? 내가 너한테 무슨 짓을 해도 거기엔 비교가 안 돼. 네가 그놈을 부추긴 거지, 그리고 그놈을 위해 법정에서는 거짓말을 했고. 넌 양심도 없는 거야. 아주 썩어가고 있는 거라고. 알아듣겠어?"

그녀는 울고 있었다.

"조용히 해!" 그는 그녀를 잡고 흔들다가 꽃무늬 의자 쪽으로 밀쳐버렸다. 해친 것은 아니었지만 그녀는 움찔했다. 의자는 푹신했다. 그녀는 천 의자에 기대어 몸을 말고는 다음에 어떻게 나올지 두고 보는 짐승처럼 그를 지켜보았다.

그는 폭력적으로 대한 걸 후회하며 화장실로 들어가 변기 뚜껑 위에 앉았다. 휴지의 풀린 끝이 단정하게 삼각형으로 접혀 있었다. 사용하지 않았다는 표시. 확인해보니 지갑은 주머니 속에 있었고, 여자아이가 있는 방에는 아무것도 두지 않았다. 그리고 그는 손으로 머리칼을 쓸어올리며 한 가닥을 찾아 뽑았다. 새로 생긴 나쁜 버릇이었다. 에밀리라면 절대 용납하지 않았을. 그녀는 실망한, 하지만 어디까지나 상냥한 딸의 표정으로 그를 바라봤을 것이다. 하지만 애당초 에밀리가 살아 있었다면 머리카락을 뽑지도 않았을 것이다. 그는 스스로를 멈춰 세웠다.

오줌을 눌까 생각했지만 그러지 않기로 했다. 여자애한테 오줌 소리가 들리든 말든 신경 쓰지 않으면 너무 허물없어 보일 것이다. 계속 경계 태세를 유지하고 있어야 한다. 쉰셋의 나이에 그는 자신이 순진했다는 생각이 들면서 자신이 없어졌다. 재판이 끝나자마자 헬렌과 함께 비행기를 타고 집으로 갔어야 했고, 또 그러려고 했다. 그에게 돌아갈 무언가가 남아 있다면 말이다. 일은 그가 삶에 질서를 부여하는 수단이었다—무에서 무언가를 그려내고, 실제적인 해결책을 찾으면서. 에밀리의 죽음 이후, 세상은 온통 혼돈과 우연으로 보였다. 헬렌은 우주의 에너지를 강건하고 짐짓 무감하게 받아들이며 그럭저럭 스스로를 위로했지만 리오는 슬픔으로 일그러져버렸다. 미래에 대한 생각은 오직 그들이 잃어버린 것으로만 채워졌다.

헬렌은 그가 수영장의 염소 냄새를 풍기면서 곧 돌아오리라 생각하고 있을 것이다. 그는 여자아이를 위해 클리넥스 상자를 들고 나왔다. 놀랍게도 그녀는 여전히 거기 있었다. 아니, 아마도 그가 화장실에 그리 오래 있지 않았을 것이다. 시간을 짐작하기가 어려웠다. 코를 푸는 와중에도 그녀는 화장이 번진 눈을 그에게서 떼지 않았다. 그는 아까 앉았던 의자에 앉았다.

"이제 어쩔 거냐?" 그가 물었다. "대학에 갈 거니?"

그녀가 콧물을 휴지로 훔치며 어깨를 으쓱했다. "돈 없어요."

"다들 자기가 벌어 대학에 다닌다. 생활 지도사한테 얘기는 해봤니?"

그녀가 실실 웃었다. "부자이거나 공부 잘하는 애들한테나 관심 있죠." 그녀가 말했다. "나머지 우리 같은 애들은 임신을 하거나 결혼하니까요." 어디서 주워들은 대사를 읊고 있었다. 그녀는 한쪽 다리를 다시 의자 위로 올렸지만 이번에는 좀 부주의했다. 창백한 허벅지와 하얀 팬티가 그의 눈에 들어왔다. 온통 검은색으로 휘감고서 흰색 속옷이라니. 이 아이는 아무리 적은 돈이라도 여기 이 더블침대에서 정말로 그와 자줄 거라는 생각이 들었다. 그녀를 염려해주기 싫었지만, 계속 미워하고 싶었지만, 계속 그녀가 이상하고 불행한 남자들과 잔다면 앞으로 엉망진창이 될 것이다.

"좀 조심해야겠구나." 그가 말했다.

"뭘요?"

"이런 거 말이다, 나를 만나러 오는 것 같은. 트로이 그레일링 같은 남자들도 그렇고. 위험하다는 걸 알아차려야지."

"아저씨는 위험하지 않잖아요."

"위험할 수도 있지. 굳이 네가 찾아다니지 않아도 살다보면 많은 위험이 닥칠 거야."

"웬 걱정?"

"걱정하는 거 아니다." 그가 말했다. "널 좋아하지도 않고. 하지만 네가 다른 사람의 충고나 걱정을 들을 생각이라면 내 말을 듣는 게 좋을 거다. 미래를 생각해라. 계획도 세우고."

하지만 사샤에게는 이미 계획, 적어도 단기 계획이 있었고, 그녀가 얘기를 꺼내자 그는 그녀가 왜 남아 있었는지 깨달았다. "경찰을 부를 수도 있어요." 그녀가 말했다. "아저씨가 날 강간하려 했다고 말할 거예요."

"뭐라고?"

"나를 두들겨 팼다고요. 비슷하게 했잖아요."

"그냥 널 잡고 흔들었을 뿐이야, 한 번."

"내가 멍들게 하면 돼요."

일순간 그는 당혹감에 휩싸였다. 이럴 수도 있다는 걸 알았어야 했다. "뭐 때문에? 돈 때문에?" 분노로 목소리가 콱 막혔다. "한번 해봐. 넌 이미 위증죄를 저질렀어. 감옥에 갈 거다. 알아들어?"

두려움에 그녀의 눈이 살짝 커졌다. 그는 마침내 급소를 찔렀다고 생각했다. 그녀가 겁에 질릴 만했다. 그는 잘나가는 변호사, 그것도 그런 변호사들로 이뤄진 팀이 어떤 것인지 이미 그녀에게 보여줬다. 갓 부임한 검사 따위가 아닌.

"감옥." 이미 효과를 발휘하기 시작한 단어를 막대기처럼 휘두르며 그가 말했다. "여자 감옥. 2인실. 고등학교 여자애들이 못됐다고 생각하지? 기다려봐라."

그녀가 입술을 깨물며 그의 말을 곱씹었다. 부루퉁하니 찡그린 얼굴을 곱씹는 거라고 말할 수 있다면. 데리고 잔다면 그녀를 통제할 수 있지 않을까 하는 터무니없는 생각이 들었다. 그리고 이 상황의 아주 작은 부분이라도 통제할 수만 있다면,

그의 다른 면모가 드러나 자기 자신과 화해할 수 있는 사람, 잠을 잘 잘 수 있는 사람이 될지도 모른다. 또는 그가 떠나온 삶을 파괴할지도 몰랐다. 그는 침묵 속에 그녀와 함께 갇힌 채 다음 수를 찾지 못하고 있었다. 그때 사샤가 다음 수를 찾아냈다.

"어떻게 된 건지 알고 싶어요?" 그녀가 물었다.

그가 놀라 잠시 머뭇거렸다. "그래," 그가 말했다. "알고 싶구나."

"아무한테도 말하면 안 돼요."

"약속하지."

"트로이는 해칠 생각 없었어요."

가만히 앉아 기다리는데 모든 게 정지된 듯 느껴졌다. 그는 방의 크기를, 벽간의 거리를 알고 있었다.

"그 여자를 어디론가 데려갔어요." 그녀가 말했다. "어딘지는 몰라요. 그리고 다시 그 집으로 데려다줬어요. 난 그거에 대해서는 아무것도 몰랐어요. 정말 몰랐어요." 그녀가 말을 멈췄다.

"계속해라." 그가 말했다.

"여자는 멀쩡했고 트로이는 집으로 데려다줬어요. 그런데 집 밖에 서 있는 경찰차를 보고 겁을 먹은 거예요."

이 정보에 오싹해져서 그는 움직일 수가 없었다. "거짓말하는 거지."

"알고 싶다고 했잖아요."

"거짓말이야." 그녀는 경찰차가 그곳에 있었던 게 리오 때문이라는 것을, 그가 경찰을 불렀다는 것을 알고는 그를 벌주려 하고 있는 것이었다.

"아니에요." 그녀가 말했다.

"그래서, 놈은 경찰차를 봤지만 경찰들은 그를 못 봤다."

"아무한테도 말하면 안 돼요." 그녀가 말했다. "이미 그 사람을 감옥에 보냈잖아요. 약속하죠?"

"약속하마. 그가 경찰차를 보았다. 그 시점에서 그는 이미 강간을 한 거니? 다른 곳에서?" 목구멍으로 신물이 올라왔고, 정신은 어딘가 다른 곳을 떠도는 듯했다. 그의 몸 위, 오른쪽에서.

그녀가 고개를 끄덕였다.

"어디로 데려갔던 거니? 왜 그 애 집에 있지 않았던 거지?"

"몰라요."

"하지만 죽이려고 했던 건 아니다."

그녀가 고개를 끄덕였다.

"경찰차를 보고 겁을 먹었다."

그녀가 다시 고개를 끄덕였고, 그 얼굴에 얼핏 스친 슬픈 표정을 보고 그는 생각했다. 그녀는 진실을 이야기하고 있었다.

"그러고 나서 그가 데리고 가서 죽였다."

그녀는 아무 말도 하지 않았다.

그의 목소리는 화가 나서 높아지고 있었다. "멀쩡하게 집에 데려다주면 그 애가 자기를 신고하지 않을 거라고는 생각 안

한 거냐?" 그는 반쯤 소리치다시피 했다. "무슨 생각을 했던 거야?"

"난 몰라요." 그녀가 기어들어가는 목소리로 말했다.

"그리고 넌 그 또라이 살인자 새끼 여자친구고?" 안쓰러울 만큼 상상력이 부족한 그녀를 한 대 치고 싶었다. 불현듯 이것이야말로 트로이 그레일링이 에밀리에게 기대했던 일종의 충성심이었으리라는 생각이 들었다. 사샤를 통해 그렇게 굳어진 것이다. 강간 놀이를 할 거고, 집에 데려다줄 거고, 그건 우리만의 비밀이지. 또한, 떠도는 의식의 눈을 통해 리오는 이 아이에 대한 분노는 남은 생애 동안 스스로에게 지워질 형벌에 비할 바가 아님을 깨달았다. 그는 에밀리의 암호를 알아챘고, 경찰에 전화했고, 결국 딸을 죽인 것이다.

그가 알아낸 사실을 헬렌에게 말하는 상상을 해봤지만 그의 마음은 공포로 텅 비어버렸다. 몸에서, 축축한 겨드랑이에서 분노와 비참함의 냄새가 올라오는 것 같았고, 수영장에 갔어야 했다는 생각이 들었다. 그랬다면 지금쯤 몸에서 염소 냄새가 나고 아무것도 몰랐을 것이다. 잠깐이나마 그는 만약 자식이 없었더라면 이런 일들도 일어나지 않았을 거라는 생각이 들었다.

여자아이는 다시 코를 풀었다. 득의양양하게 힘껏. 그녀는 지금 자신이 쥔 패를 썼고, 이겼다. 아이는 검게 번진 화장을 정리하려고 화장지를 더 뽑아 눈 밑에 갖다 댔다. 애당초 그가 자라나는 사이코패스 새싹을 상대로 이길 가능성은 전혀 없었던 것이다. 세상에, 대학을 가라는 충고나 하고 있었으니. 이제 방에서 나가야 했다. 갑자기 속이 메슥거렸다. 방도 답답하고 후회가 몰려오면서 속이 안 좋아졌다.

"난 가봐야겠구나, 지금." 그가 말했다. "너도 가보거라, 가방 챙기고."

"원하는 걸 말해줬잖아요." 그녀가 꿈쩍도 않고 보상을 기다리며 말했다. 그녀를 끌어낼 순 없었다. 화장이 엉망이 된 십대와 함께 있는 모습을 보일 순 없었다. 그렇지만 그녀가 사라지길 바랐다. 그는 지갑을 꺼냈다. 20달러짜리 지폐가 여섯 장 있었다.

"여기." 그가 말했다. 지폐를 그녀의 핸드백에 쑤셔넣었다. "가진 건 이게 전부다. 나가라. 그리고 쥐 죽은 듯이 있어." 그는 핸드백을 어깨에 걸어주고는 그녀를 문밖으로 떠다밀었다. 그녀는 반쯤 비난 어리고 반쯤 승리감에 젖은 표정으로 떠났다.

그녀가 가버리자 다리가 풀려 그는 침대에 앉아야 했다. 절대로 여기 오지 말았어야 했다. 아무것도 모르던 상태도 나빴지만 그래도 궁극적으로는 이보다 나았었다. 그는 다리에 힘이 돌아왔다고 생각될 때까지 앉아 있다가 한낮의 조용한 로비로 나갔다. 열쇠를 데스크에 반납하고 직원에게 고맙다고 인사했다. 직원이 청구서에 사인을 요청했다. 바깥 하늘은 드넓고 구름 한 점 없이 푸르렀고 그는 눈을 가늘게 뜨고 그 하늘을 바라보았다. 그를 체포하러 온 경찰도 없고 팔에 멍이 든 여자아이가 기다리고 있지도 않았다. 헬렌에게 여자아이에 대해, 그녀가 말해준 것에 대해 설명하려 했다가는 혼자 버려질 것이다.

그는 선글라스를 썼다. 질서에 대한 믿음이 사라졌다고 생각했지만 사실은 그렇지 않았다. 그는 사실을 알고 정리하는 데서 위안을 얻었다. 그는 이야기를 원했고 그 이야기를 들었다. 그의 딸은 위험에 처했었고, 그가 상황을 바꾸어보려다 잘못되고 말았다. 그리고 지금 딸 아이는 죽었다. 시작과 중간과 끝이 있는, 원인과 결과가 있는 이야기였다.

고통은 여전히 그의 몸속에, 그의 뼛속에 둥지를 틀고 자리 잡고 있었다. 하지만 머리칼을 쥐어뜯는 버릇과 헬렌이 걱정하는 심장 문제만 빼면 그는 건강했다. 스스로를 용서하지 못한 채 보낼 몇십 년의 세월이 그의 앞에 남아 있었다. 그는 몸을 가누고는 비틀거리며 아내가 있는 곳으로 걸어갔다.

릴리애너

LA의 흐릿한 여름 오후, 아내는 직장에 있고 아이들은 낮잠을 자고 있는데 초인종이 울려 문을 열어 보니, 현관 계단에 두 달 전 돌아가신 할머니가 서 있었다. 할머니는 행복한 미소로 당신 스스로를 환영하는 표정을 지어 보이고는 몸을 돌려 길가에 부르릉거리고 있는 선팅한 검은색 차를 향해 손을 흔들었다. 차는 가버렸다.

"릴리애너 할머니." 내가 말했다.

"얘야." 그녀가 말했다.

할머니가 내 얼굴로 손을 뻗자 나는 키스하기 편하도록 몸을 구부렸고, 그러는 동안 내가 키스하고 있는 이 여자는 죽어 있어야 하는데, 비싼 납골당에 뼛가루가 보관되어 있어야 하는데 하고 생각했다. 그러나 내 뺨에 닿은 입술은 따뜻했고,

할머니에게서는 옛날 향수와 새 모직코트 냄새가 났다.

"들어오라고 안 할 거니?" 할머니가 물었다.

나는 문 안쪽으로 물러섰고 할머니는 작은 검정 핸드백을 들고 하이힐을 또각거리며 나를 지나쳐 들어왔다. 죽었기는커녕 여든일곱이라는 나이가 무색할 정도로 근사했다. 금발 머리는 여전히 그럴싸해 보였고, 얼굴에는 놀란 듯이 눈을 동그랗게 뜬, 그러니까 가장 어려 보이는 표정을 한결같이 짓고 있었다. 코트 안은 검정 칵테일드레스 차림이었는데, 마치 당신 장례식에서 곧장 온 듯했다. 하지만 장례식은 치르지 않은 것이었다, 아직은.

할머니는 거실에서 멈췄다. "그래, 이렇게 사는구나." 반쯤 읽은 신문 더미와 문고리에 걸려 있는 아이들의 작은 재킷, 그리고 가죽 소파에 남은 유리잔 자국을 둘러보며 할머니가 말했다. 그리고 내 쪽으로 얼굴을 돌리더니 커다란 노란 의자에 털썩 앉았다.

"피곤하구나." 할머니가 말했다. "사람들이 내 가방을 잃어버렸지 뭐니."

"사람들이 뭐라고 할지는 아세요?"

"모두 착오입니다." 할머니가 말했다.

나는 고개를 끄덕였고 그게 무슨 의미일지 생각해봤다. "하지만," 결국 나는 말해버렸다. "부검도 했잖아요." 기분을 상하게 하고 싶지는 않았지만, 여기 할머니가 멀쩡히 있었다. 그렇지만 부검까지 했었다.

"레모네이드면 좋겠구나." 할머니가 말했다.

나는 크랜베리주스를 가지러 부엌에 갔다. 애들이 먹는 주스팩 말고는 그것밖에 없었다. 내가 돌아왔을 때 릴리애너 할머니는 이미 신발을 벗은 채였다. 잔을 받아 주스를 마시는 모습이 매우 실재적이었다.

"부고 기사도 여기 어딘가에 실렸어요." 할머니가 민망할 수도 있다는 생각을 미처 못 하고 내가 말해버렸다. 영국 신문에 실린 부고였는데, 독일인 어머니와 영국인 아버지를 둔 할머니가 런던에서 가난한 유년 시절을 보내고 열여섯 살에 베를린에서 카바레걸이 되려고 비행기에 몸을 실었다고 쓰여 있었다. 할머니는 나치 스튜디오 시스템에서 두 편의 영화에 출연했고, 1939년 스위스로 떠났다. 기사는 스위스 기업가와의 결혼, 미국으로의 갑작스러운 이주, 그리고 할머니가 버렸거나 할머니보다 일찍 죽은 다섯 명의 남편들에 대해서도 간략하게 언급했다. 그리고 할머니의 유명했던 파티와 고급 저택들에 대해 기술한 다음, 스페인의 한적한 저택에서 사교계 명사로 말년을 보내다 사망했다고 끝을 맺었다. 남자들은 할머니를 사랑했고 할머니는 남자들을 효과적으로 이용했다. 미국인 남편과의 사이에만 한 명의 자녀를 두었고—그게 우리 아버지였다—여러 명의 적절치 않은 간호사와 유모들이 아버지의 양육을 전담했다. 부고에는 언급되지 않았지만 아버지는 할머니를 혐오했다. 기사에는 뇌종양으로 아버지가 일찍 죽었다는 사실이 언급되어 있었다. 아버지는 자기 어머니와 함께 신문에 실리는 걸 못마땅해했을 것이다.

릴리애너 할머니는 한 손을 내저으며 내가 암시하는 바를 일축해버렸다. "나도 다 봤다." 할머니가 말했다. "동물들을 위해 내가 한 일에 대해선 한 마디도 없더구나."

"동물들이요." 내가 바보같이 말했다.

"단 한 마디 언급도 없었다." 할머니가 말했다. "어처구니없지 않니? 내가 그들에게 모든 걸 주었는데 말이다. 그런데 이제 돈을 도로 안 뱉어내겠다는구나."

나는 그 돈에 대해 생각하지 않으려 애써왔다. 어마어마한 돈이 있었는데, 기가 막히게도 전액이 동물학대 금지를 위한 왕립협회로 돌아간 것이다. 전화상으로 변호사는 미안해하며 스페인에서는 부동산의 3분의 2가 유가족에게 돌아가게 되어 있지만—이 대목에서 내 마음은 희망으로 부풀었다—영국 시민인 릴리애너 할머니의 경우에는 그 법이 적용되지 않는다고 말했고, 우리는 아무것도 받지 못했다. 전화를 받고 나는 충격에 빠져 비틀거렸다. 릴리애너 할머니를 자주 보지 않기는 했다. 미나는 할머니의 돈을 원치 않았고 나 역시 그 돈에 기대지 않겠다고 스스로에게 말했지만 그건 거짓말이었다. 일하던 사진 잡지가 망해서 우리 가족은 내가 아이들을 돌보면서 새 직장을 찾는 동안 미나의 선생 월급으로 살고 있었다. 작은 유산일지라도—엄청난 돈다발에서 비어져나온 쥐꼬리만 한 금액일지라도—엄청난 변화를 가져올 수 있었을 것이다. 개랑 고양이들한테 대체 얼마나 많은 돈이 필요하겠는가?

"정말 바보 같지." 릴리애너가 말했다. "내 변호사는 내 오랜 친구였는데, 평생 점심식사에 제시간에 나타나본 적이 없었단다. 하지만 지금은 자기 기록을 갱신하며 엄청나게 빠르게 움직이고 있지. 스페인에 세금을 내고, 내 집을 팔고, 돈을 기부하고 있지. 그리고 그놈의 왕립협회는 보도자료도 안 썼더구나. 다음번엔 한 푼도 못 받을 거다."

"다음번이라니요?"

"내가 진짜 죽을 때 말이야."

"아." 내가 말했다. 그리고 다시 심장이 벌렁거리는 게 느껴졌지만, 기대하지 마라고 말하는 미나의 목소리도 함께 들려왔다. 릴리애너 할머니는 다음번엔 왕립 발레단에 유산을 전부 내줄 것 같았다.

"로스앤젤레스에 친구들이 있는데." 잡초가 무성한 창밖 뒷마당을 내다보며 릴리애너 할머니가 말했다. "킹 비더, 그 사람 아니?"

"아뇨." 나는 무지를 인정했다.

"그리고 대릴 재넉, 돼지였지. 물론 가르보와 채플린도 있었고. 이젠 모두 죽었구나." 할머니는 잃어버린 과거에 한숨을 지었다. "지금은 너무 달라졌어. 십 년 전에, 아직 친구들이 살아 있을 때 여기 왔었단다. 우린 트레이더빅스 레스토랑에 갔지. 바로 옆 테이블에 검둥이 게이들이 여섯 명이나 있었어. 상상이 가니?"

그래서 신났다는 건지 무서웠다는 건지 알 수가 없었다. 양쪽 다일 것이다. 검둥이라고 부르면 안 된다고 말하려다가 대신 물었다. "게이인 줄은 어떻게 아셨는데요?"

단순해서 딱하다는 듯이 할머니가 나를 보았다. "네 어미는 어떻게 지내니, 얘야?" 할머니가 물었다.

아버지가 돌아가신 후 어머니는 뉴델리 외곽의 사원에서 살고 있었다. 어머니는 종종 엽서를 보내와 카스트제도와 지참금 살인이 있는 땅에서 당신이 얼마나 깊은 평화를 누리며 지내고 있는지 소식을 전했다. "잘 있어요." 내가 말했다. "인도에 계세요."

"인도." 릴리애너가 말했다. "불쾌하기 짝이 없는 곳이지. 그 애한테 휴대용 물티슈가 있어야 할 텐데."

"있을 거예요." 내가 말했다. 그럴 리 없다고 확신하면서.

"얘야." 릴리애너 할머니가 말했다. "부담 주기는 싫다만, 여기에 내가 묶을 방이 있을까?"

나는 물론 있다고 말했다. 할머니가 우리 침실을 쓰고 미나는 아이들이랑 자면 될 것이다. 나는 소파에서 자면 된다. 스페인에 있는 릴리애너 할머니의 저택에는 손님 방만 일고여덟 개 있었다. 정원에서 따온 살구와 알알이 여문 포도가 담긴 접시가 각 방마다 놓여 있던 손님용 별관. 나는 누가 그 집을 샀을지 상상해봤다. 그 저택을 물려받지 않아서 잘됐다고 스스로에게 말했다. 아이들의 영혼이 썩고 독립심이 약해지고 노동에 대한 윤리관이 망가질 것이다. 그 집은 내가 지내봤던 곳 중 가장 아름다운 곳이었다. "잠시만요." 내가 말했다.

침대시트를 벗겨서 세탁기로 가져가면서 나는 예수와 엘비스를 생각했다. 사람들은 그들이 살아 돌아오길 간절히 바랐고, 지금도 마찬가지다. 하지만 누가 릴리애너 할머니가 살아 돌아오길 바라겠는가? 하물며 가르보와 채플린도 우아하게 죽은 채로 잠들어 있는 데다, 릴리애너 할머니는 사랑받는 영화도 남기지 않았다. 유대인인 아내는 내가 나치 영화에 출연한 할머니의 전력을 최대한 늦게까지 숨겨가며 자신을 사랑에 빠지게 속였다고 말하는데, 그건 전적으로 사실이다. 나는 바보가 아니다.

침대시트가 세탁기 안에서 돌아가는 동안 할머니는 노란색 의자에 웅크린 채 잠들었다. 할머니의 화장은 내가 기억하던 것보다 단순해져 있었는데, 립스틱은 조금 번졌고 얼굴은 숙면과 의사들의 솜씨 덕분에 매끈했다. 한때 당신의 직업이었던 카바레걸처럼 보였다. 손만큼은 어쩔 수 없었는데, 저승꽃이 피고 굵어진 손마디는 큼직한 반지들로도 감춰지지 않았다. 잠에서 깨어난 할머니가 미소 지으며 기지개를 켰다.

"고양이 잠을 잤구나!" 할머니가 말했다.

나는 자리에 앉아서 조심스럽게 말을 꺼냈다. "그냥 궁금해서 그러는데요." 내가 말했다. "어떤 이탈리아인 변호사가 할머니의 친구 발레리오 피니라면서 프랑스에서 전화를 해서는 할머니가 풀장에서 익사했다고 말했어요."

릴리애너 할머니는 오랜 경멸감으로 얼굴을 찌푸렸다. "집 관리인의 부인이었다." 그녀가 말했다. "내 옷이랑 보석들을 걸치고는 술에 취한 채 수영장에 빠진 거지."

"그러면 관리인은요?"

"그 인간은 내가 자기한테도 유산을 남겼을 거라고 생각했단다. 그래서 하인들을 다 해고하고는 그 멍청한 나라 경찰한테 내가 빠져 죽었다고 말했지. 완전 미친 거지. 그때 나는 모든 연락을 끊고 지내야 하는 발리의 휴양지에 있었는데, 정말 그렇게 되었단다! 다들 자기 자리에서 미친 짓을 하고 있었던 거야."

양말을 신은 작은 발이 복도를 콩콩 걷는 소리가 들려왔다. 네 살 생일 때 베디는 자신이 낮잠을 자기엔 너무 나이가 많다고 결정했다. 베디는 낮잠에서 일찍 깨어나 다섯 살이지만 아직 계속 자고 싶어 하는 마커스를 흔들어 깨웠다. 아이들은 눈을 깜박이고 수줍어하며 터덜터덜 걸어 들어와서는 저희의 커다란 노란 의자에 앉아 있는 검은 옷의 부인을 어리둥절한 눈으로 쳐다봤다.

릴리애너 할머니는 두 팔을 활짝 벌렸다. "안녕, 얘들아." 그녀가 말했다. "릴리애너 할머니란다!"

아이들에게 증조할머니의 죽음에 대해 말해준 적이 있었다. 미나는 아이들이 아직 죽음을 제대로 이해하지 못한다고 말했지만 나는 이런 문제에 대해선 직접적으로 알려주는 게 중요하다고 생각했다. 그래서 사랑하던 고양이가 죽어 묻힌 후 땅속에서 꽃이 자라도록 도와준다는 내용의《바니가 우리에게 해준 열 가지 좋은 일》을 함께 읽기도 했다. 지금 내 아들은 두 손을 꼭 맞잡은 채 마치 오래 생각하면 모든 것이 납득될 거라는 듯 죽은 할머니를 뚫어져라 보고 있었다. 베디는 울음을 터뜨렸다.

"애야." 아이를 안아올리며 내가 말했다. "괜찮아. 그냥 우리를 보러 오신 거야."

"할머니는 돌아……?" 마커스가 물었다.

"사람들이 잘못 안 거야." 내가 말했다. "할머니는 괜찮으셔."

마커스는 거실에 있는 늙은 금발 미녀를 침착한 시선으로 바라보았다. "강아지들은 어디 있어요?" 그가 물었다. 아이들은 파란 수영장 옆에서 하얗고 조그만 파피용 세 마리와 함께 찍은 할머니의 사진을 본 적이 있었다. 강아지들의 유난히 큰 귀가 인상적이었던 모양이다.

릴리애너는 기억을 떠올리고는 역겹다는 듯이 손사래를 쳤다. "오," 그녀가 말했다. "관리인이 자루에 담아 익사시켜버렸단다."

이제는 마커스가 몸을 떨면서 울 차례였다.

"애야!" 릴리애너가 아이에게 팔을 뻗으며 불렀다. "새 강아지를 사주마! 망할 놈의 왕립협회로부터 돈을 돌려받는 즉시 말이다!"

마커스는 그녀로부터 뒷걸음질 쳤고, 나는 겁에 질린 아이들을 품에 안고 소파에 앉았다. 나는 아이들에게 괜찮다고 말했다. 릴리애너 할머니에게는 애들이 아직 잠이 덜 깼다고 말했다. 우리는 미나가 퇴근할 때까지 그렇게 소파에 앉아 있었다. 복도에서 그녀의 목소리가 들렸다. "여보, 너무 피곤해서 저녁은 못……" 그러다가 우리 모두를 보았고 말을 멈췄다. "살아 계시네요." 그녀가 릴리애너 할머니에게 말했다.

"물론이란다."

"그럼 우리 피자는 못 먹겠네요." 미나가 말했다.

"피자!" 아이들이 소리쳤다.

"미나, 얘야." 릴리애너 할머니가 일어나서 아내의 손을 잡으며 말했다. "네가 이런 레즈비언 같은 머리를 한 건 처음 보는구나. 애들이 정말 사랑스럽지 뭐니."

미나의 머리는 아주 짧았는데, 머리를 손질할 시간이 없기 때문이었고, 나는 그 머리가 미소년 같으면서 섹시하다고 생각했다. "고맙습니다." 미나가 말했다. "좋아 보이세요, 특히나 이런 상황에서 뵈니."

"다 착오였단다." 릴리애너 할머니가 말했다.

"그렇군요."

"저녁 먹으러 나가요, 축하해야죠." 아내의 눈을 피하며 내가 말했다. 실직 기간에 우리는 고지서들을 감당하기 위해 '새로운 내핍 생활'이라고 부르는 방침을 세웠는데, 그 방침의 주된 금지 사항이 바로 외식이었다.

"피자!" 아이들이 다시 울부짖었다.

"피자가 좋겠구나." 나의 할머니가 말했다.

사십오 분 후에 우리는 티브이를 앞에 두고 소파에 앉아 저녁을 먹고 있었다. 트레이닝복으로 갈아입은 미나는 먹으면서 채점을 했다. 릴리애너 할머니는 여전히 검정 드레스를 입고 있었다. 혹시 당신 얘기가 나올까 싶어 할머니는 뉴스를 보고 싶어 했다. 내가 할머니를 알았을 때부터 할머니는 언제나 집사, 웨이터, 요리사, 두세 명의 하녀들을 데리고 살았다. 하지만 지금은 누구의 도움도 없이 무릎 위에 놓인 음식을 완전히 편하게 다루고 있었다. 아이들이 할머니에게 피자 먹는 법을 가르쳐주었다.

내 아이들과 할머니가 함께 밥을 먹고 있는 광경을 보니 이상하리만치 흥분됐다. 부모님과 나는 갑작스러운 이사를 자주 다녔고, 늦게 자고 늦게 일어났으며 분수에 넘치는 생활을 했다. 릴리애너 할머니는 소문 속의 인물로, 뜻밖의 선물들이 흘러나오는 원천이었다. 한번은 방과 후 친구의 할머니 집에 갔는데, 그 애 할머니가 오븐의 철제 트레이에 버터를 바른 짭짤한 크래커를 구워줬다. 우리는 뜨거운 크래커를 들고 닳아빠진 초록색 카펫에 앉아 버터가 크래커의 작은 구멍으로 흘러 무릎에 떨어지지 않도록 조심하면서, 당신을 나나라고 부르라고 하는 그 애 할머니와 함께 〈브레이디 번치 쇼〉를 보았다. 그 집은 안정감과 평범함의 보루와도 같았고, 나는 그곳에서 완벽하게 행복했다. 나는 진짜 우리 할머니가 나를 스페인으로 초대해 버터 크래커를 함께 먹는 환상을 꿈꿨었다.

마침내 대학생이 되어 아버지의 반대를 무릅쓰고 유레일패스를 끊어 릴리애너 할머니를 찾아갔을 때, 우리는 격식 있는 정찬 테이블을 사이에 두고 등받이가 꼿꼿한 의자에 마주 앉았다. 하인들이 정적 속에 음식을 날랐고, 양초로 만든 센터피스 때문에 테이블 건너의 할머니가 잘 보이지 않았다. 나는 흥미로운 손님들의 연이은 방문 사이의 소강상태에 그곳에 도착했고 망명한 왕자와 가십 칼럼니스트, 전용 헬기를 산 취리히의 은행가를 볼 기회를 막 놓친 참이었다. 릴리애너 할머니는 피곤한 데다 아부에 취해 있었다. 할머니는 나를 대수롭지 않은 애인처럼 대했다. 독일영화에 대해 물어보자 할머니는 부쩍 경계하면서 나를 기민하게 쳐다봤다.

"내가 맞춰보마." 할머니가 말했다. "고결한 네 아비가 나를 나치 창녀라고 불렀겠지."

나는 웅얼웅얼 애매하게 부정했다.

"그중 한 편은 러브스토리란다." 할머니가 말했다. "다른 하나는 멍청한 뮤지컬이었고. 할 수만 있었다면 더 출연했을 거야. 아주 재미있었단다. 내가 정말 하고 싶었던 코미디영화 역할이 있었는데, 가슴이 멋진 야만인 여자에게 돌아갔지." 할머니는 손짓으로 가슴 크기를 흉내 내어 보였다. "그 여자, 아마 그대로 뚱뚱해졌을걸. 하지만 그때만 해도 그 여자에 비하면 난 작은 영국 생쥐처럼 보였단다. 그래서 난 다시 노래로 돌아갔지. 그리고 전쟁이 터졌어. 그 야만인 여자애는 폭격에 죽었다지."

할머니는 접시에 담긴 초콜릿을 권했고 과묵한 웨이터가 조그만 에스프레소 잔을 가져왔다. 할머니가 말했다. "네 아비는 미국인으로 태어나게 돼서 난 너무 기뻤단다. 항상 미국인들을 동경했지. 그들의 인생이 굉장히 단순해 보였거든. 하지만 바보 같기는 하지. 너를 곤란하게 만들 생각은 없다만, 너무 고리타분하지 않니, 네 아비의 그 도덕이라는 것 말이다."

나는 다시 뭐라고 중얼거렸는데, 이번에는 일종의 사과 같은 것이었다.

"어딘가에 뮤지컬영화가 있을 거다." 할머니가 말했다. "친구가 찾아줬지. 보고 싶으면 봐도 된단다. 내가 썩 연기를 잘한 건 아니야. 자, 얘야, 난 자러 가야겠구나."

할머니는 무심하게 내 입술에 키스했고 우리는 엄청나게 넓고 적막한 집에서 각자의 침실로 갔다. 밖은 어두웠다. 시커먼 나무들, 멀리 떨어져 있는 시커먼 바다. 다음 날 릴리애너 할머니는 베타맥스 테이프를 주었고, 저녁을 먹은 뒤 나는 집 안 깊숙이 있는 티브이로 혼자 영화를 보았다. 대도시에 온 수도원 출신 소녀에 관한 따분한 뮤지컬영화였다. 독일어 영화였고 그런 까닭에 무섭고 불길했다. 영화 중에는 집시가 소녀를 위협하는 장면이 있었다. 아버지한테 얘기를 들었을 땐 마치 〈의지의 승리〉*의 한 장면 같았는데. 아마 말하는 내용을 알아들을 수만 있다면 실제로 그런 걸지도 몰랐다. 릴리애너 할머니는 맑고 상냥한 목소리와 매력적인 미소를 가지고 있었다. 왜 남자들이 할머니의 발밑에 재산을 갖다바쳤는지 이해할 수 있었다.

* 독일 여성감독 레니 리펜슈탈의 나치 전당대회 기록영화.

몇 년 후 아버지가 돌아가셨을 때, 릴리애너 할머니는—이미 이 무렵 네 명의 남편을 묻고 두 명과 이혼한 상태였다—검은 테두리가 쳐진 두꺼운 크림색 종이에 위로 편지를 보내왔다. 장례식에 참석 못 해 미안하다며, 내가 아버지든 할머니든 보고 배우지 않았으면 좋겠다고 편지를 끝맺었다.

티브이 앞에서 버터 바른 크래커를 먹는 이상향을 근거로 해서 만든 나만의 작은 가족은 그렇게 멀리 계시던 할머니와 함께 지금 우리집 중고 소파 위에 엉겨 앉아 있었다. 릴리애너 할머니에 관한 뉴스는 물론 없었다. 하지만 당신은 뉴스 다음에 방송되는 시트콤을 보고 싶어 하는 듯했다. 할머니가 화면을 보며 낄낄거리자 마커스와 베디는 그 곁으로 좀더 가까이 다가갔다. 미나가 프랄린 아이스크림을 꺼내오자 이내 아이들은 끈적거리는 손으로 증조할머니의 양옆에 딱 달라붙었다.

"딱 내가 원했던 거야!" 부엌에서 나는 미나에게 말했다. "평범한 어린 시절, 아이스크림을 먹으면서 티브이를 같이 봐줄 할머니. 정말 얼마나 원했던지."

"어쩌다 살아나신 거야?"

"할머니 옷을 입은 관리인 부인이었대."

미나가 접시를 헹궜다. "내가 덜 피곤할 때 설명해줘야 돼." 그녀가 말했다.

나는 퀸 사이즈 침대에 깨끗한 시트를 다시 씌웠고 미나는 릴리애너 할머니에게 잠옷을 빌려줬다. 모두가 자러 갔고—미나가 아이들 방으로 가자 아이들은 기뻐했다—나는 소파에 누워 천장을 보며 할머니가 소파에 앉아 깔깔거리던 모습, 모차렐라 치즈를 누가 더 길게 늘이나 아이들과 시합하던 모습을 떠올렸다.

아침에 미나가 출근한 후 릴리애너 할머니는 차가 오고 있고, 마커스와 베디를 데리고 비벌리힐스로 쇼핑을 하러 가겠다고 통보했다.

"거기는 다 엄청나게 비싸요." 내가 말했다.

"내가 다니던 곳이다."

"애들은 쇼핑을 오래 못 버텨요." 내가 말했다. "금방 빌빌거릴 거예요."

"그럼," 할머니가 말했다. "이제 버티는 법을 배워야지."

저번에 왔던 차와 다른 번쩍이는 검은 세단에 올라타는 세 사람을 지켜보며 나는 할머니가 택시에 대해 알기나 할까 궁금해졌다.

"애들 잃어버리시면 안 돼요." 내가 그렇게 말하자 할머니는 내 뺨을 톡톡 쳤다.

집 안으로 다시 들어와 나는 흰 수염이 눈에 안 띄도록 공들여 면도를 했다. 사기 진작을 위해서였다. 아침의 자유는 기대만큼 신나지 않았다. 나는 이력서를 재검토하고 사기가 떨어지는 확인 전화를 몇 통 걸었다.

정오가 되자 슬슬 걱정이 되면서 도착하면 전화해달라고 할머니에게 말해둘걸 하는 생각이 들었다. 한 시에는 샌드위치를 만들며 렌터카 번호라도 적어놨어야 했다는 생각이 들었다. 한 시 삼십 분에는 뒷마당의 낙엽을 긁어모으며 정신을 딴 데 쏟으려 했고, 두 시가 되어 안으로 들어와 보니 할머니가 환하게 웃으며 지켜보는 가운데 아이들이 요란하게 짖어대는 하얀 강아지와 소리를 지르며 뒹굴고 있었다.

"이게 뭐죠?" 내가 물었다.

마커스와 베디가 내 목소리의 어조를 알아차리고 얼어붙었다. 강아지는 계속 짖으면서 빙빙 돌다가 어리둥절해하며 멈췄다.

"새 강아지란다!" 릴리애너 할머니가 여전히 환히 웃으며 말했다.

"할머니 거예요?"

"바보 같은 소리, 애들 거란다."

마커스와 베디는 애완견 가게에서는 애써 무시했던 불안한 마음이 들면서 눈물이 그렁그렁해졌다.

나는 목소리를 차분히 가다듬었다. "우리는 강아지를 키울 수가 없어요, 릴리애너 할머니." 내가 말했다. "저도 다시 일해야 하고요. 돌봐줄 사람이 없어요."

"우리가 돌볼게요!" 마커스가 말했다.

"넌 학교에 가잖아." 내가 말했다.

할머니는 개를 좋아하는 하인이 가구 뒤에 숨어 있지는 않은지 거실을 둘러봤다. 그러더니 눈을 동그랗게 뜨고 다시 나를 쳐다보며 말했다. "애들이라면 강아지가 있어야 해."

"맞는 말씀인데요." 내가 말했다. "지금은 여건이 안 돼요."

"하지만 애들이 이렇게 행복해하잖니."

아이들, 나는 생각했다. 이렇게 고통스러워하는 얼굴들은 처음이었다. 여기 할머니가 무덤에서 살아 돌아와, 그들에게 기르지도 못할 애완동물을 안겨준 것이다. 나는 한숨을 쉬었다.

"미나하고 얘기해볼게요." 내가 말했다. "하지만 우리가 강아지를 못 키우는 건 확실해요."

할머니는 불신에 찬 눈으로 나를 노려봤다.

미나가 퇴근할 때쯤에는 이미 결론이 나버렸다. 베디가 알레르기 증상을 보이며 목구멍과 턱, 손목의 피부가 성이 나 벌겋게 부어오른 것이다. 베디는 아직 이름도 짓지 않은 강아지를 위해서라면 온갖 고문에 시달릴 의지가 있을 만큼 용감하고 의연했다. 하지만 그런 아이를 지켜보는 것은 고통스러운 일이었고, 두드러기는 점점 퍼지고 있었다. 아이들이 훌쩍훌쩍 우는 동안 할머니는 강아지를 유럽으로 데려갈 서류를 만들기 위해 변호사에게 전화를 걸었다.

미나는 새로운 내핍 생활을 어기면서 좋은 레스토랑에서 중국음식을 시켰고 우리는 부엌 식탁에서 배달된 음식을 먹었다. 릴리애너 할머니는 베디의 옅은 파란색 리본으로 머리를 뒤로 묶은 채였다. 나와 눈이 마주치자 할머니는 잘 칠해진 눈썹을 치켜세웠다. 마치 낯선 사람이 당신을 쳐다보다 딱 걸리기라도 한 것처럼. 우느라 지친 아이들은 음식을 앞에 두고도 먹지를 못했다. 베디의 목은 두드러기투성이였고 눈가는 분홍색으로 부어올라 있었다.

"혹시," 아이는 눈물을 흘리며 딸꾹질을 하다가 숨을 몰아쉬었다. "내가 기를 수 있는 다른 강아지는 없을까요?"

"베디가 아프지 않을 강아지 없어요?" 마커스가 물었다.

"모르겠구나." 내가 말했다.

베디는 절망에 빠져 닭고기와 완두콩을 노려보았고, 오빠 마커스는 네 탓이라는 억울한 표정으로 아이를 쏘아봤다.

아침에 릴리애너 할머니는 검은 코트를 입고 핸드백을 꾸려서는 렌터카를 기다렸다. 아이들은 뒷마당에서 강아지에게 작별 인사를 하고 있었다. 베디는 양말로 손을, 두건으로 코와 목을 싸맨 채였다.

"더 계시다 가지 그러세요." 내가 릴리애너 할머니에게 말했다. "애들이 이제 막 할머니를 알아가고 있는데요."

"네 딸애 건강을 생각해야지." 할머니가 깐깐하게 말했다.

"애완견 가게에 돌려주면 될 텐데요."

할머니는 놀란 듯했다. "그건 너무 잔인하잖니." 할머니가 말했다. "저 녀석한테는 나랑 집이 생겼어."

"이제 어디로 가세요?"

"변호사가 파리에 있는 아파트를 구해놓았단다." 그녀가 말했다. "깊이 반성하고 있지. 그리고 왕립협회하고도 말이 통하기 시작하고 있고. 난 괜찮을 거다."

나는 고개를 끄덕였다. 그건 의심의 여지가 없었다. 심지어 죽었을 때조차 할머니는 괜찮았다. 이번에도 새로운 검은 차가 길가에 멈췄고 릴리애너 할머니가 일어서서 손뼉을 쳤다. 강아지가 뒷문을 지나 할머니의 발밑으로 달려왔다. 마치 처음부터 할머니의 강아지였던 것처럼.

"이리 오렴, 아가." 할머니가 강아지에게 말했다. "이제 우리 가야지."

아이들과 나는 밖으로 따라 나갔고, 할머니가 강아지를 태운 후 하이힐 신은 다리를 우아하고도 가뿐하게 움직여 차에 오르는 모습을 지켜봤다.

"스페인에 강아지 보러 가도 돼요?" 마커스가 물었다.

할머니가 웃었다. "아직 집도 없단다. 지금은 프랑스로 가는 거야. 이리 와 키스해다오."

아이들이 키스하고 나서 나도 차 안으로 몸을 구부려 할머니에게 키스했다. 할머니의 향수와 모직 코트 냄새, 사흘 연속으로 입은 드레스에서 나는 살짝 쾌쾌한 냄새가 났다. 강아지가 무릎으로 올라가자 할머니는 귀를 만져주며 얼렀다. 그러고는 은막의 스타다운 미소를 지어 보이며 우아하고 메마른 손으로 내 팔을 꽉 잡았다가 단호하게 놓았다. 나는 차문을 막고 할머니가 떠나지 못하도록 잡고 있었다.

"여기 왜 오신 거예요?" 할머니의 짜증을 불러일으킬 위험을 무릅쓰고 내가 물었다.

할머니는 깜짝 놀란 듯하더니 눈을 한 번 깜박였다. "그냥 보고 싶었단다." 할머니가 말했다. "네가 어떻게 자랐는지 보고 싶었어."

"그리고요?"

나를 더 자세히 보려는 듯 할머니는 고개를 옆으로 기울였다. "글쎄, 감사하게도 네 아비를 많이 닮은 것 같지는 않구나." 할머니가 말했다. "하지만 나를 닮은 것도 아니야. 내 생각엔 네 엄마를 닮은 것 같구나."

"엄마요?" 내가 따라 말했다.

"네 엄마가 우리한테 빼먹은 얘기가 있는 게 아니라면 말이다." 릴리애너 할머니가 밝은 웃음을 터뜨리며 말했다. "언제나 가능한 일 아니니."

내 얼굴이 뭔가 어색하게 움직이고 있다는 게 느껴졌다. "지금……" 내가 말을 꺼냈다. "지금 제 아버지가 누군지 의심하시는 거예요?"

"오, 그렇게 따분하게 굴지 말렴." 할머니가 말했다. "농담이란다."

나도 할머니처럼 가볍고 경박할 수 있으면 좋았겠지만 몸속으로 서늘한 한기가 지나가는 게 느껴졌다. 마치 사람들이 유령이 나타났을 때 그렇다고 하는 말처럼. 동물에게 당신이 베푼 선물이 가져온 결과에 환멸을 느낀 할머니는 당신의 생물학적 유산을 확인하러, 내가 적격한 상속자인지 아닌지를 결정하러 온 것이었다. 나는 목소리에서 다급함을 지우려고 애썼지만 그건 다급함이 아니라 필요였다.

"다시 뵐 수 있을까요?" 내가 물었다.

"바보같이 굴지 마라." 할머니가 말했다. "내가 죽기라도 하니." 할머니는 내 뒤쪽의 아이들을 향해 손을 흔들었다. "안녕, 얘들아."

"릴리애너 할머니." 내가 말했다.

"얘야, 비행기 시간에 늦겠다." 할머니가 말했다. "곧 편지하마."

그리고 할머니는 문을 닫았고, 차는 도로를 미끄러져 나아갔다. 나는 옆에 선 아이들과 함께 우리 동네를 천천히 빠져나가는 차를 지켜보며 서 있었다. 새 집이 생긴다 해도 할머니는 우리에게 연락하지 않을 것이다. 새로운 유언장을 쓸 때 내 사회보장번호를 물으러 전화하지도 않을 것이다. 할머니는 나를 두 번째로 무시하려고 우리집 현관에 나타난 것뿐이다. 이번에는 더욱 결정적으로, 면밀히 조사를 하고는 내 안에 당신을 닮은 구석이라고는 하나도 없음을 알아차린 것이고. 미나처럼 속이 시원하다고 말하고 싶었지만 나는 아내만큼 합리적인 사람이 아니었다. 가슴속에 분노가 솟구쳐올랐다. 멀어져가는 강아지에게 손을 흔드는 아이들 역시 분노하고 있다는 게 느껴졌다. 중성화수술을 받지 않은 고양이의 운명처럼 우리는 릴리애너 할머니에게 뚜렷한 존재감을 심어주지 못한 것이었다. 우리는 연장전에서조차 실패했고, 할머니는 떠났다.

아홉 살

밸런타인이 아홉 살이었을 때, 어느 날 밤 엄마의 새 애인은 대학생 꼬마들이 호숫가에 벌인 모닥불 파티에 그들을 데려갔다. 그는 집에서 잠옷을 입은 채로 있는 그녀를 그대로 안아서 그의 낡은 빨간 컨버터블 뒷자리에 자기 아들과 함께 태웠다. 그들은 픽업트럭 두 대 사이에 주차를 하고 어둠 속에서 이글거리는 불빛을 향해 걸어갔다. 공기중에 나무 타는 냄새가 났고 학생들은 둥글게 모여 서서 불빛을 받으며 맥주를 마시고 떠들고 있었다. 카를로는 대학에서 이탈리아어를 가르치는 교수였고, 몇몇 학생들은 "차오(안녕)" 라고 인사하고 웃으며 그와 악수를 하거나 하이파이브를 했다. 열 살인 그의 아들 제이크는 모닥불 너머에서 어슬렁거렸다. 여전히 잠이 덜 깬 밸런타인은 잠옷 바람으로 풀이 난 곳에 앉았다.

"대학생 때가 최고지." 카를로가 엄마의 허리를 감싸안으며 말했다. "이보다 더 좋을 수는 없을 때라니까."

그가 아직 집에서 자고 간 적은 없었다. 밸런타인의 엄마는 그가 위험할 정도로 잘생긴 부류라고, 진짜 이름은 그냥 찰스라고 말해줬다. 대화를 나눌 때면 그는 상대를 진지하게 바라보았다. 마치 그들이 엄청나게 중요한 얘기를 하고 있다는 듯이. 그러다가 흥미를 잃고 대화를 중단해버렸다. 그의 아들 제이콥은 아름다웠다. 모두들 그렇게 말했다.

모닥불 너머, 제이크는 포니테일로 머리를 묶은 여학생과 시시덕거리고 있었다. 둘 다 책상다리를 하고 바닥에 앉아 있었다. 불빛에 그들의 얼굴이 장밋빛 오렌지색으로 물들었고, 그 뒤로 시커먼 호숫물이 있었다. 제이크는 자기보다 나이 많은 여자를 웃게 했고, 그녀는 그의 뺨에 손을 갖다 댔다. 밸런타인은 그들을 지켜봤다. 엄마의 바로 전 남자친구에게는 딸이 하나 있었는데 그 애는 밸런타인에게 엄마를 정말로 좋아하냐고, 왜 그녀의 침실이 그렇게 작은지 물었다. 여자애는 밸런타인이 자기의 그 부분—그 애가 쓴 말이었다—을 뭐라고 부르는지도 물었고 밸런타인이 무슨 뜻인지 못 알아듣자 웃음을 터뜨렸다.

"심심하니?" 엄마가 물었다.

밸런타인은 잠옷을 잡아당겨 무릎을 감싸면서 고개를 저었다.

카를로는 그들을 집까지 데려다줬고, 밸런타인은 뒷자리에서 잠이 들었다. 아침에 방에서 나와 보니 잠에서 깬 제이크가 소파에 담요를 덮은 채 누워 있었다. 엄마 방의 문을 여니 카를로가 엄마 침대에 있었다. 그는 베개에서 고개를 들어 밸런타인을 보았다.

"청바지에 돈이 있는데," 그가 말했다. "에너지바 두 개랑 신문 좀 사다다오. 그렌?"

"내가 아침 만들게." 엄마는 그렇게 말하면서도 일어나지는 않았다. 머리카락은 베게에 흩어져 있었고 어깨는 맨살이었다. 보통 엄마는 머리를 올리고 잠옷을 입고 잤다.

"애들이 아침 사올 거야." 카를로가 말했다. "그리고 다음번엔 노크 좀 하는 게 어떻겠니?"

가게까지 걸어가면서 밸런타인은 제이크를 따라잡느라 종종거리며 뛰어야 했다. 제이크는 패스트리 코너에서 어떻게 주문하는지 알고 있었고 자기가 먹을 애플 프리터도 주문했다. 어떤 신문을 사야 할지도 알았다. 계산을 하는 그를 지켜보면서 밸런타인은 그의 얼굴을 만지던 여학생이 생각났다.

집에 돌아와 그들은 침실 문을 노크했다. 밸런타인의 엄마가 가운을 입고 나와 커피를 만들러 갔다. 제이크와 밸런타인은 에너지바와 신문을 들고 침대커버 위로 올라갔다. 카를로가 밸런타인을 가까이 잡아당겨 어깨를 꼭 끌어안으며 머리카락에 대고 말했다.

"아까 노크하라고 말해서 미안하다." 그가 말했다. "네 엄마도 사생활이 필요하단다. 이 아저씨는 우리가 다 함께 친하게 지냈으면 좋겠구나."

제이크는 그들 쪽을 보지 않았다. 애플 프리터를 한 입 베어 물 때마다 그 안을 들여다볼 뿐이었다.

그들이 떠나고 밸런타인의 엄마는 침대시트를 벗겨냈다. 그녀는 꿈을 꾸는 듯 행복해 보였다. 여미지 않고 열어둔 가운 안에 레이스 속옷을 입고 있었고 머리는 빗질이 되어 있었다.

"나더러 가슴골이 근사하다고 했어." 그녀가 말했다. "가슴골이 뭔지 아니?"

"몰라."

"가슴 사이의 공간이야."

밸런타인은 이 정보에 대해, 그 단어에 대해 생각해보았다. 엄마의 가슴은 다른 여자들에 비해 작았고, 가슴뼈에서 서로 몇 센티미터나 떨어져 있어서 밸런타인의 가슴이라고 해도 믿을 수 있을 정도였다.

"내가 겨드랑이 털을 밀지 않아서 놀랐다고도 말했어." 베개를 잡고 흔들어 베갯잇을 벗기면서 엄마가 말했다. "그래서 면도했지." 그녀가 웃었다. "내 페미니스트 원칙을 저버린 거야. 뭐, 그래도 면도하니까 좋네. 이탈리아 여자들도 면도 안 할 거라고 했더니, 걔네들도 면도한대. 맞는지는 모르겠어. 유럽에서는 더 자연스럽잖니." 그녀가 다른 베게도 잡고 흔들었고 베갯잇이 바닥에 떨어졌다. "제이크는 어떤 거 같니?"

"모르겠어."

"카를로는 좋은 아빠 같아."

밸런타인은 가끔 그러듯이, 아빠가 집에 함께 살던 때를 기억해내려 했다. 아빠는 키가 너무 커서 부엌 천장에 달린 전등에 닿을 정도였는데, 머리를 부딪칠 때마다 욕을 하면서도 절대로 그 전등을 떼지는 않았다. 그녀의 부모는 싸워댔지만 그건 그냥 생활의 일부분이었다. 그러더니 아빠는 집을 떠났고, 지금은 캘리포니아에서 살고 있었다. 밸런타인이 아빠가 왜 멀리 이사가냐고 물었을 때 엄마는 대답해주기 위해 소파에 앉았다. 그녀는 그들이 이혼해서 한동네에 살 수가 없는 것뿐이라고 말했다. 아빠는 엄마에 대한 집착이 너무 강해서 엄마가 새로운 사람을 만나는 걸 못 참을 것이고, 그렇게 되면 두 사람 모두 행복하지 않을 것이었다. 밸런타인이 전화로 아빠에게 똑같은 질문을 했을 때 그는 말했다. "캘리포니아에 중요한 일이 있어서 그렇단다." 그리고 엄마는 뭐라고 대답하더냐고 물었다. 밸런타인은 모르겠다고 말했다. 한동안 밤이면 전화벨이 울렸고 엄마의 울음소리가 들려왔지만, 더이상은 아니었다.

엄마는 시트를 둘둘 말아 들고는 밸런타인을 지나쳐 부엌으로 갔다.

그리고 힘든 시기가 찾아왔다, 그웬이 이혼 조정을 하면서. 그녀는 결혼 기념으로 산 은식기 세트를 감정 받으려고 손질했지만, 갑자기 팔기 싫어져 보석가게에서 울면서 집으로 돌아왔다. 카를로가 자고 간 다음 날이면 엄마는 행복해했다. 하지만 그가 어떤 행동을 하든 그 영향력이 사라져버리자 다시 비참해졌다. 그들은 가장자리에 은으로 소용돌이무늬가 세공된, 혼수로 해온 도자기 그릇에 밥을 먹었는데, 그 접시들밖에 없어서였다. 엄마는 야채를 키워 지역 유기농 카페에 내다 팔았고 남은 건 집에서 먹었다. 밸런타인이 브로콜리에서 익은 흰 애벌레를 발견했을 때 엄마는 말했다. "정원에서 온 거란다."

"애벌레잖아."

"그냥 끄집어내."

"징그러워."

"난 벌써 브로콜리 먹어버렸어." 엄마가 힘없이 웃으며 농담을 했다. "적어도 넌 먹기 전에 벌레를 찾았잖니."

"정원에서 나는 거 더이상 먹기 싫어."

엄마는 멍하니 그녀를 바라보았다. 그리고 일어나 접시를 개수대에 넣고는 침실로 들어가 문을 닫았다.

여름 동안 밸런타인은 시내에 있는 공공도서관에 다녔다. 그녀는 비어 있는 아동 서적 구역에 앉아 만화책을 읽었다. 엄마가 가장 섹시한 만화책들이라고 한《인크레더블 헐크》와《아치와 베로니카》를. 가끔 청재킷을 입은 수염 난 남자가 옆에 와서 앉았고, 한번은 밸런타인이 책상 쪽으로 몸을 기울이자 그녀를 쓰다듬었다. 그리고 사서가 왔고 남자에게 꺼지라고 말했다. 그 후로 밸런타인은 도서관에 갈 때면 그 남자가 있는지 살폈다. 그녀는 어서 가을이 와서 개학하기만을 바랐다.

어느 날 집에 걸어 돌아와보니 카를로가 거실을 왔다갔다 하고 있었고 엄마는 소파에 앉아 있었다. 그는 화가 나 있었다.

"배부른 애새끼들." 그가 말했다. "여름학교는 더하지. 모두 애들이 제멋대로 하게 내버려둔다고."

"애들 중 하나랑 잤어?" 엄마가 물었다.

"아니야." 그가 말했다. "젠장."

"뭘 어쨌는데?"

"당연히 받을 만한 성적을 줬어. 늦게 제출한 리포트는 받지 않았고. 그걸 망할 놈의 학장한테 가서 따진 거야."

"성적 갖고는 해고 못 시켜."

"아마 내가 소리를 좀 질렀던 것 같아."

"이거 무슨 근신 같은 거야?"

"이미 근신 상태였어."

"제이크는 밖에 있단다, 얘야." 엄마가 그녀에게 말했다.

커다란 소나무 건너편에서 무릎에 배구공을 튕기고 있는 제이크가 보였다. 그의 검은 머리칼에 햇살이 비췄고 밸런타인은 그 머리칼을 만져보고 싶어졌다. 그는 정말이지 아름다웠다. 제이크도 위험할 정도로 잘생긴 부류일까, 그래서 가슴속에 이렇게 어쩔 줄 모르는 느낌이 드는 걸까 궁금했다.

"우리 아빠 아직도 화나 있어?" 제이크가 물었다.

그녀가 고개를 끄덕였다.

"아빠가 학생들을 몇 명 불러서 저녁을 먹었는데 사람들이 술에 취했어." 그가 말했다. "여학생 하나가 자기 차로 나무를 들이받았어. 앤지라고. 무사하기는 하지만."

"우리 엄마도 알아?"

"너희 엄만 아무것도 몰라." 제이크가 배구공을 모여 있는 라일락나무들의 안쪽으로 찼고, 밸런타인은 공이 사라지는 것을 바라보았다. "여기서 뭐 할 만한 거 있어?" 그가 물었다.

"지붕 위에 올라갈 수 있어."

오래된 단풍나무는 오르기가 쉬웠고, 밸런타인의 침실 쪽으로 가지들이 뻗어 있었다. 단풍나무 씨앗이 지붕의 편평한 부분에 흩어져 있었고, 그녀는 마른 단풍나무 씨앗을 헬리콥터처럼 돌리며 흩뿌리는 시범을 보여줬다.

"오, 멋진데." 제이크가 지붕 꼭대기를 향해 뛰어 올라가더니 두 손을 치켜든 채 훌쩍 뛰어넘었다. 그러고는 밴스 운동화의 고무창을 이용해 아스팔트 지붕널이 다시 평평해지는 곳까지 미끄러져 내려갔다.

"여기 올라오면 안 되는데." 밸런타인이 말했다. "전기가 흐르는 전선들이 있어."

제이크는 그들 머리 위를 지나는 전선에 대고 말했다. "장군님 그리고 전기 부인, 지붕에 올라가도 된다고 허가해주시기 바랍니다."

밸런타인은 경사면에 발꿈치를 대고 앉아 그가 혼자서 모든 역할을 연기하는 장관을 지켜보았다—고함을 치며 명령하는 장군, 오랜 세월 고생한 전기 부인, 지붕 위에서 놀려고 올라온 소년인 제이크까지. 그리고 자기도 저렇게 무언가를 꾸며낼 수 있으면 좋겠다고 생각했다. 그의 아빠가 아래에서 "제이크!" 하고 소리쳐 부를 때까지 소년은 계속 그러고 있었다.

아버지가 부르는 소리에 제이크의 얼굴이 어두워졌고, 둘은 조용히 나무를 타고 내려왔다.

그웬이 말했다. "위에 전선들이 있다니까." 그러자 제이크는 밸런타인을 흘긋 보았다. 카를로는 아무에게도 말을 걸지 않았다. 그는 제이크를 차에 태우고 자갈이 깔린 골목을 빠르게 운전해 떠나버렸다.

그들은 신문에서 사고 기사를 읽었다. 앤절라 엘버그, 21세, 음주운전으로 기소. 술을 제공한 강사 찰스 그레고리—카를로였다—는 해고되었다. 밸런타인의 엄마는 화가 머리끝까지 나서 얼굴이 빨개져 울었다.

"왜 그가 나한테 말을 안 한 걸까?" 그녀가 따지듯이 물었다.

밸런타인은 엄마가 아무것도 모른다고, 심지어 자기보다도 모른다고 말하던 제이크가 생각났다.

그날 밤 카를로와 제이크는 레드와인 두 병과 한 바구니 장을 봐서 집에 찾아왔다. 그웬은 문에서 그들을 막아섰다. "왜 나한테 말 안 했어?" 그녀가 물었다.

"대학에서 비밀로 해달라고 했어." 카를로가 말했다. "말하지 말라고 했단 말이야."

"그런데 나한테는 성적 얘기를 했고?"

"미안해." 카를로가 말했다. "말했어야 했는데. 들어가도 돼?" 그는 장바구니를 들고 그웬과 밸런타인을 지나쳐 들어왔다. 제이크는 레코드판을 보려고 스테레오 쪽으로 옆걸음질 쳤다. 밸런타인은 엄마와 카를로를 따라 부엌으로 들어갔다.

"어쩔 거야?" 그웬이 물었다.

카를로는 밸런타인을 들어올려 빙글빙글 돌며 말했다. "오 돈나 디 비르투, 베아테 에 벨라, 로아다 디 디오 베라!"

"제발 영어로 말해." 그웬이 말했다.

"단테 대신에?" 그가 말했다. "머리 이렇게 하니까 예쁘구나, 밸런타인."

밸런타인은 땋은 머리채를 만져봤고, 카를로는 그녀를 내려놓고 장봐온 걸 꺼내놓았다.

"소송할 거야." 그가 말했다. "날 자르면 안 되는 거였다고. 그놈들 돈을 다 갈퀴로 긁어와버릴 거야."

엄마는 조리대에 놓인 얇은 비닐봉지들을 보며 얼굴을 찌푸렸고, 밸런타인은 엄마가 이미 집에 있는 직접 키운 양상추와 잘 익은 토마토를 생각하고 있다는 걸 알아차렸다. "무슨 소송?"

"부당 해고에 관한."

"앤절라 엘버그가 누구야?"

"내가 제일 아끼는 학생. 걔가 취했는지 정말 몰랐어."

"당신이 술을 준 거잖아."

"와인 한 잔이었어." 카를로가 말했다. "이탈리아어 중간고사에서 A를 받은 학생은 누구나 이탈리아식 저녁식사에 초대받아. 범죄가 아니야. 나이도 다 찼고. 앤지는 머리에 혹 나고 팔 좀 긁혔을 뿐이고 그것도 걔가 잘못한 거야. 걔들은 그전부터 술을 마시고 있었어."

"나도 초대할 수 있었잖아."

"이런, 세상에." 카를로가 말했다. 그는 조리대 위에 토마토 페이스트 캔을 올려놓고 그녀를 보았다. "그 저녁식사가 마음에 안 들어서 화난 거야? 아니면 초대를 못 받아서 그런 거야?"

밸런타인의 엄마는 아무 말도 하지 않았다.

"당신이 오면 술을 왕창 먹는 그런 자리가 될 것 같았어." 그가 말했다. "나는 그저…… 세상에, 나 좀 봐줘…… 그게 적절한 판단 같았어. 자, 이제 눈 좀 감아봐."

그녀는 잠시 카를로를 노려보다가 눈을 감았고, 그는 주머니에서 조그만 암적색 비즈 목걸이를 꺼내 목에 둘러줬다.

"이봐, 미안해." 그가 말했다. "엉망진창인 상황이 당황스러울 거라는 거, 나도 알아. 목걸이 잘 어울리네."

그녀는 화장실 거울에 비춰보러 갔고, 카를로는 밸런타인에게 겸연쩍은 듯 우스꽝스러운 미소를 지어 보이며 어깨를 으쓱했다. 엄마는 돌아와 그에게 키스했고 그는 와인을 따고 요리하기 시작했다. 그는 낮은 천장이 문제되지 않을 만큼 키가 작았고 전등에 머리를 부딪치는 일도 없었다.

그들은 저녁을 먹기 위해 음식기를 차렸고 카를로는 와인 잔 두 개를 더 꺼내서 제이크와 밸런타인에게도 와인을 따라 줬다.

"제발, 카를로." 그웬이 말했다.

"술이 나쁜 것처럼 구는 건 사절이야." 그가 말했다. "이탈리 애들은 아이들 용으로 마신다니까. 아주 조금만 따랐어. 자, 앉으시고 만자, 만자(먹어, 먹어). 음식들 어떠니?"

"토마토는 빼고 물어보는 거지?"

"당신은 아직 맛도 안 봤잖아. 밸런타인, 어떠니?"

밸런타인은 엄마를 흘긋 보았다. 이 토마토에는 벌레가 없었다. 어떤 음식에도 벌레는 없었다. "좋아요." 그녀가 말했다.

엄마는 배신감이 드는 듯했지만, 잠시 후 그녀는 카를로의 말에 웃고 있었다.

밤에 잘 시간이 되자 제이크는 소파는 울퉁불퉁하고 카펫이 깔린 곳은 밸런타인의 방밖에 없다며 밸런타인의 침실 바닥에 침낭을 깔았다. 카펫은 샘플 조각들을 이어 초록, 빨강, 파랑 바둑판무늬로 만든 것이었다.

"만약 내가 밤에 꿈을 꾸다가 깨는 거야." 제이크가 말했다. "그러고는 앉아서 머리를 쪼개서 마룻바닥에 꺼내놓으면 어쩔래?"

그는 머리를 쪼개는 시늉을 하더니 머리가 쪼개진 표정을 지어 보였고, 밸런타인은 베개를 벤 채 그를 바라보았다. 아까 와인을 마시고 아무 느낌도 없었다. 그냥 몸만 좀 따뜻해졌을 뿐이었다.

"앤절라 엘버그 예뻐?" 물어보는 자기 목소리가 들렸다.

"앤지?" 그가 물었다. "그럼. 왜?"

"너희 아빠가 그 여자 사랑해?"

그는 잠깐 생각해봤다. "그런 것 같지는 않아." 그가 말했다.

"너는?" 그녀는 숨을 참았다.

"아니." 그가 웃긴다는 듯이 말했다.

침대 옆의 전등 불빛 속에 그들은 잠시 말없이 누워 있었다. 갑자기 그가 한 팔로 몸을 지탱하며 일어나 앉았다. 그의 눈은 어둡고 진지했다.

"키스해도 돼?" 그가 물었다.

대답하는 데 잠시 시간이 걸렸다. 놀란 건 아니었다, 단지 준비가 안 되어 있었을 뿐. "왜?"

"하고 싶으니까."

밸런타인은 눈을 감았고, 키스는 차갑고 건조했다. 그것은 오래도록 그녀의 입술을 눌러왔고, 그녀는 모닥불의 이글거리는 불빛이 보이면서 그의 품안으로 굴러떨어지고 싶었다. 그리고 키스는 끝나버렸다. 얼굴 앞이 아무것도 없이 서늘했다. 제이크는 도로 누워 머리 밑에 양손을 깍지 낀 채 천장을 보았다. 그러다가 그녀를 보며 고개를 끄덕였다. 이게 바로 그가 원하던 것이었다는 듯이.

9월이 됐고 엄마는 관공서에 새 일자리를 구했고, 제이크는 학기 중에 엄마와 함께 지내러 갔다. 어느 날, 밸런타인은 도서관에서 집으로 걸어오다가 시내에서 그를 보았다. 그는 친구들과 함께 있었고 밸런타인은 수줍어 계속 걷기만 했는데, 그가 그녀를 알아본 것 같지는 않았다. 그녀는 제일 괜찮은 청바지를 입고 있는지 확인하려고 아래를 내려다봤다. 입고 있었다. 하지만 상점 창문에 비춰 보니 키가 크지도 쿨하지도 않은, 어린 여자애들이나 입는 분홍색 코트를 걸친 키 작은 자신이 있었다.

그 주말, 생일파티에서 다른 여자애들이 남자애랑 키스해본 적이 있냐고 물었다. 얼굴이 달아오른 그녀는 대답하기를 거부했고, 여자애들은 즐거워하며 꺅꺅 소리를 질러댔다.

카를로는 더 자주 들르기 시작했는데, 지금은 혼자 지내기 때문이었다. 대학과 소송에 대해 합의를 봤고 그것으로 자신이 옳았음을 증명해서 행복했지만, 그렇다고 복직이 되진 않았다. 어느 날 학교에서 돌아온 밸런타인은 부엌에서 신문을 읽고 있는 그를 보고 갑자기 대담해졌다.

"아저씨 여기서 살 거예요?" 그녀가 물었다.

그는 대답하기 전에 잠시 생각해보는 듯했다. "내가 가진 패를 잘 쓰면, 아마도." 그가 말했다.

"우리 엄마한테 물어봤어요?"

"그렇진 않아." 그가 말했다. "아직은 말이야."

밸런타인은 자기 방으로 갔다. 그날 밤 엄마는 전화도 없이 늦게 들어왔다. 밸런타인은 카를로와 함께 그릴 치즈 샌드위치를 먹었고, 그는 이탈리아어로 문장 몇 개를 가르쳐줬다. 보나 세라! 미 키아모 발렌티나. 몰토 피아체레.*

"이런, 일이 정말 그립구나." 그가 불쑥 말했다. 손으로 눈을 비볐다. "전처가 그리웠던 것처럼 일이 그리워."

앞문으로 그웬이 들어오는 소리가 들렸고 카를로의 얼굴이 일그러졌다. 그녀가 부엌으로 들어오자 카를로가 일어섰다.

"젠장, 여태 어디 있다 오는 거야?" 그가 물었다.

"저녁 먹었어." 그녀가 근사한 재킷을 스르르 벗으며 말했다.

"누구랑?"

"친구." 그녀가 말했다. "직장에서 만난 친구야."

"밸런타인을 혼자 둔 거야? 전화도 안 하고?"

"당신이 있을 줄 알았으니까." 그녀가 말했다. "항상 여기 있잖아." 그녀가 침실로 들어가 문을 닫았다.

카를로가 밸런타인을 보며 한숨을 쉬었다. "그래, 내가 꼬치꼬치 물을 입장은 아니지." 그가 말했다. 잠시 후 그는 침실 문을 노크했고, 잠시 얘기를 하더니 안으로 들어갔다.

---

* 안녕하세요? 나는 밸런타인입니다. 만나서 정말 반갑습니다.

다음 날 아침은 토요일이었다. 밸런타인이 일어나 잠옷 바람으로 나가보니 부엌에서 팬케이크 냄새가 났다. 엄마는 가스레인지 앞에 서 있었고 카를로는 식탁에 앉아 자기 팬케이크에 산벚나무 시럽을 붓고 있었다.

"잠에선 깨어난 베아트리체." 그녀에게 의자를 뒤로 빼주며 그가 말했다. "그녀의 맑은 눈은 모든 것을 본다네."

"안녕, 우리 아가." 엄마의 목소리가 불행하게 들렸다.

긴 정적이 흘렀다.

"내 생각에 우리가 너무 집에 처박혀 있는 것 같아." 잠시 후 카를로가 말했다. "다 같이 캠핑 가자. 제이크도 같이."

"우린 여행 갈 계획인데." 그웬이 말했다.

"좋네, 어디?"

"부모님이 밸런타인을 보고 싶어 하셔. 우리 둘만."

카를로는 접시를 노려보다가 오렌지주스 잔을 쓰러뜨렸고, 그 바람에 주스가 바닥으로 쏟아졌다. 그는 벌떡 일어나 청바지가 젖지 않도록 피했고 그웬은 짜증 어린 침묵 속에 식탁을 닦았다.

아침식사 후에도 그들은 여행 문제로 계속 다퉜고, 닫힌 침실 문 밖으로도 싸우는 소리가 다 들렸다. "내 전처랑 다 겪어본 일이야." 카를로가 말하고 있었다. "똑같은 일을 다시 겪긴 싫어."

밸런타인은 나무를 타고 지붕으로 올라가 가장자리에 쭈그리고 앉아 단풍나무 씨앗을 돌리며 흩뿌렸다. 발가락이 지붕 밖으로 나와 거의 허공에 떠 있었다. 마지막으로 제이크랑 지붕에 올라왔을 때 자기 부모에 대해 얘기하다가 그가 말했다. "둘이 막 혀로 키스해."

밸런타인은 그 얘기에 깜짝 놀랐는데, 그건 그가 너무 당연한 말을 해서였다. 그녀는 그들이 그러는 걸 백만 번도 더 봤다. 하지만 제이크는 쭉 엄마랑 살았고 어쩌면 걔네 엄마는 그러지 않을지도 몰랐다.

"징그러워." 적절한 대꾸이기를 바라며 밸런타인이 머뭇머뭇 말했다.

제이크가 말했다. "징그러운 것 같지는 않은데." 하지만 그도 확신하는 말투는 아니었다. 그는 엄지로 다른 손가락을 튀겨 단풍나무 씨앗을 뿌렸고, 씨앗은 긴 곡선을 그리며 돌다가 땅으로 떨어졌다.

그도 혀로 키스해보고 싶을까 밸런타인은 궁금해하며 그를 곁눈질했다. 갑자기 해보고 싶어졌다. 어떤 느낌인지 알고 싶었다. 그리고, 원하지도 않으면서 그가 그 얘기를 꺼냈겠는가? 그때 현관 문이 쾅 열렸고—그웬과 카를로가 지금처럼 싸우고 있었다—카를로가 소리쳤다. "제이크!"

"가야겠다." 제이크는 나무를 타고 내려가더니 떠나버렸다.

지금, 홀로 지붕에 올라가 있는 밸런타인은 신발을 보며 빌었다. 사람들이 아예 가버리던가, 아니면 계속 머물러줬으면 좋겠다고. 왔다가 다시 가버리는 게 반복되지 말고. 여기서

'사람들'은 제이크를 가리킨다고 생각했다. 아빠는 오랜 시간이 지났는데도 돌아오지 않았다.

문이 쾅 열렸고, 카를로는 위를 올려다보지도 않고 그녀를 지나쳐 진입로에 세워진 차를 타고 가버렸다.

그녀는 밑으로 내려가 집 안으로 들어갔다. 엄마는 침실 바닥에 책상다리로 앉아 양손에 얼굴을 묻고 있었다.

"우리 여행 가?" 밸런타인이 물었다.

"지금 갈 거야." 엄마가 말했다.

더운 날씨 속의 장시간 운전이었고, 그들은 창문을 열어둔 채 테이프를 들었다. 그웬은 가늘고 맑은 목소리로 조앤 아머트레이딩의 노래를 따라 불렀다. "나는 운이 좋지, 나는 운이 좋아, 난 사다리 아래를 걸어가도 끄덕없어……" 밸런타인은 스쳐 지나가는 나무와 들판, 전봇대를 바라보았다. 외조부모의 집은 크고 단정했으며 계곡을 내려다보고 있었다. 외할아버지는 키가 크고 은발이었으며 외할머니는 금발이었고, 두 사람 다 걸음걸이와 목소리가 활기찼다. 밸런타인과 엄마는 싱글 침대 두 개가 놓인 방을 같이 썼고 그웬은 가끔 예고도 없이 울음을 터뜨렸다. 침대 옆 탁자에는 정원에서 가져온 스위트피 꽃이 꽂혀 있었다. 그들은 다 함께 맑고 차가운 호수까지 하이킹을 다녀왔다. 그런 다음 작별 인사를 나눴다. 한참을 운전해 집으로 돌아오는 길에 밸런타인은 카를로를 계속 보는 거냐고 물어봤다.

"아마 안 볼 거야, 아가." 엄마가 말했다.

밸런타인은 창밖을 내다보았다.

"그러니까 내 말은, 안 봐." 엄마가 말했다. "우린 더이상 그를 안 볼 거라고 말했어. 끝이야."

밸런타인은 뭐라고 말해야 할지 알 수 없었다. 이제는 카를로가 익숙하게 느껴졌고 제이크도 보고 싶었다.

그들은 한밤중에 집에 도착했고, 밸런타인은 잠에서 깨어 앞유리 밖으로, 골목에서 들어오는 희미한 불빛에 드러난 길게 늘어진 친근한 단풍나무 가지를 보았다. 그녀는 계속 잠든 척했다.

"얼른." 엄마가 말했다. "너무 피곤해서 너 못 들고 가."

그래서 밸런타인은 배낭을 어깨에 메고 집 안으로 들어갔다. 그녀가 처음 알아차린 건 집 안이 너무 덥다는 것이었다. 충격적일 정도로 더웠다. 얼굴과 폐로 기이한 열기를 느끼며 그녀는 문가에 서 있었다. 집에서 뜨거운 장작 냄새가 났다. 엄마가 황급히 달려가 어둠 속에서 파란 불꽃을 빛내며 활활 타고 있는 가스 난방기를 잠갔다. 쉿쉿 숨 쉬는 것 같은 소리가 멈췄다.

"떠나기 전에 밸브를 잠갔는데." 밸런타인을 보며 그녀가 말했다. "너도 잠그는 거 봤잖아."

비난하는 것처럼 들렸다. 밸런타인은 기억나지 않았다. "밖에 나가도 돼?" 그녀가 물었다. 너무 덥고 너무 피곤했다.

"문 열어놔." 엄마가 집 안의 불을 켜면서 말했다.

밸런타인은 공기가 시원한 현관 계단에 앉아 엄마가 창문

여는 소리를 들었고 다시 어둠에 눈이 적응되기를 기다렸다. 집 안에서 엄마의 작은 비명이 들려왔다. 밸런타인은 빨랫줄 너머의 정원을 살펴보았는데, 왜 그런지 모르게 어둠 속에서도 어딘가 이상해 보였다.

엄마가 밖으로 나와 목이 멘 소리로 간신히 말했다. "카를로가 여기 왔다 갔어." 그녀가 말했다. "물건들을 가져갔어. 나한테 준 목걸이랑 사진 몇 장을."

밸런타인은 목걸이는 안타까웠지만 어떤 사진들을 가져갔는지 궁금했다.

"밸브를 켜놓은 것도 그 사람일 거야." 원래 목소리로 되돌아오며 엄마가 말했다. "하지만 믿을 수가 없어."

밸런타인은 대꾸하기엔 너무 졸렸고 사실 밸브에 대해선 이해가 잘 안 갔다. 그녀는 여전히 정원을 보고 있었고, 형태들이 또렷하게 보이기 시작했다. 엄마도 그쪽을 보았다.

"아……" 그웬이 빨랫줄 아래로 주저앉으며 말했다. 그녀는 흙바닥에 무릎을 꿇었다.

밸런타인은 따라갔다. 깔끔하게 줄을 맞춰 심겨 있던 양상추는 한 포기 한 포기 다 뽑혀 그대로 버려져 있었다. 시간에 맞춰 물이 뿌려져 땅은 차갑고 축축했고, 양상추들은 여전히 파랬다. 짓이겨지고 시들었을 뿐. 뿌리채소들도 나동그라져 있고 당근들은 뽑혀 부러지고 딸기는 뭉개져 있었다. 정원 위로 가지가 뻗어 있던 라즈베리나무는 가지들이 잘려서 땅바닥에 널브러진 채 열매들은 으깨져 있었다. 젖은 흙과 달콤한

베리, 초록 잎사귀 냄새에 썩는 냄새까지. 밸런타인은 엉망이 된 양상추들 사이에 앉았고 엄마는 작은 신음을 흘리며 딸의 무릎을 베고 누웠다.

부드러운 엄마의 머리카락이 손에 느껴지면서 밸런타인은 카를로가 문을 따고 들어와 난방기를 켜는 모습을 상상해보았다. 아빠도 한동네에 계속 살았으면 이렇게 굴었을까 궁금했다. 그래서 떠날 수밖에 없었던 걸까. 아빠는 그러지 않았을 거라고 생각했지만 확신할 순 없었다. 제이크도 함께 왔을지, 카를로와 함께 식물들을 짓밟고 웃으며 양상추를 축구공처럼 차댔을지 궁금했다.

이대로 바깥의 마당에서 자도 괜찮을 것 같았다. 밖은 굉장히 시원하고 조용하고 어두운데 집 안은 너무 더웠다. 엉망이 된 정원이나 없어진 물건보다 제이크를 전처럼 다시 보지 못할 거라는 생각이 더 슬펐다. 그녀는 침실 바닥에 한 팔로 몸을 지탱하며 자신에게 키스하던 그를 떠올렸다. 얼마나 부드럽고 멋있었는지, 그리고 이제는 끝나버렸다.

아구스틴

아침 햇살에 그는 행복했다. 이 빛이야말로 지금 그를 행복하게 해주는 얼마 안 되는 것들 중 하나였다. 파블로가 들어와 덧문을 열어젖히면 성가시지 않도록 적당히 걸러진 빛이 쏟아져들어와 어두운 구석을 밝혔고, 그 빛에 침대 발치에 놓인 19세기 의자의 자수 색깔이 바랬다.

아구스틴은 자수 따위에 신경 쓰지 않았다. 딸들은 아니었다. 점점 색이 바래진다고 말했다. 그 의자는 어느 유산 처분 경매에서 구입한 물건이었다. 누군가의 자식들이 모든 것을 팔아치워 돈을 나누기로, 그렇게 해서 싸우지 않기로 결정한 모양이었다. 그가 죽어도 딸들은 경매를 하지 않을 것이다. 그들은 싸우기를 좋아하니, 오로지 가구를 막 다루던 그의 태도를 비난하는 데나 의견의 일치를 볼 것이다. 장군들이 모든 것을, 가장 좋은 저택들을 몰수하던 시절에 아구스틴은 다듬지 않아 무성한 나무들 뒤로 땅을 숨기고, 건물들은 엉망으로 방치하고, 호수는 악취가 진동하는 늪이 될 때까지 물을 빼버렸다. 군장성들은 아무것도 요구하지 않았다. 군사정부가 축출되자 다른 가문들은 저택의 문을 활짝 열고 무도회와 만찬을 열었지만 아구스틴은 그러지 않았다. 그는 정원사를 고용하고 호수에 물을 다시 채웠지만 홀로 지냈다, 나무들 뒤에서. 하지만 오늘 딸이 점심을 먹으러 오고 있었다. 딸들보다 장군들한테서 숨는 게 훨씬 쉬웠다.

큰딸 알마는 머릿속이 버릇없는 십대 자식들 생각으로 꽉 차 있었지만 별일 아닌 것으로 그에게 전화를 거는 시간은 용케 냈다. 둘째 딸인 루차는 깡말랐고 최근에는 머리색을 금발로 바꿨는데, 머리에 과일을 얹고 잡지에 나와서 고모들의 성질을 돋웠다. 가수를 한다던가 했고 서른이 넘었는데 자식은 없었다. 이따금 아구스틴은 아내가 살아 있었으면 딸들을 훨씬 잘 참아낼 수 있었을지 생각해봤다. 아무도 알아차리지 못한 채 아내가 흑색종에 걸려 죽었을 때 딸들은 각각 열세 살, 열다섯 살이었고, 그 후로 딸들은 그때의 이기적인 나이에 갇혀버린 듯했다.

아구스틴은 침대에서 신문을 읽으며 쟁반에 담긴 오렌지주스와 크루아상을 먹었고 남은 잼을 커피 스푼으로 떠먹었다. 그러고 나서 일어나 밖으로 나왔다. 파블리노의 영어 수업을 준비하거나 막 도착한 트라팔가르 해전에 대한 새 책을 읽을 생각이었다. 하지만 뭐가 됐든 그가 시작하려는 일은 루차가 들이닥쳐 중단될 터였다.

그는 마구간으로 걸어갔고, 마부는 새로 들어온 쿼터 종種 말의 다리에 붕대를 감고 있었다. 아구스틴이 붕대를 감은 부분이 청결한지 살펴보자 말은 땀과 약 냄새를 풍기며 무거운 머리를 그의 어깨에 비벼댔다. 이 몸짓의 단순함에 그는 가슴이 저릿해졌고 외로움의 날선 신경이 그대로 드러나버렸다.

그는 외로워서 찰스 왕세자가 부에노스아이레스에서 연 파티에 간 적이 있었다. 그리고 거기서 진주로 치장한 백발의 여자들과 야회복 재킷을 입은 남자들, 영국의 말비나스 제도* 점령에 격분하더니 이제는 왕자에게 가까이 다가가려 서로 밀쳐대는 사람들을 지켜보았다. 북새통 속에 한 여자는 목걸이가 끊어져 흩어진 진주알들을 찾느라 바닥을 기어다녔다. 또 다른 여자는 하이힐로 아구스틴의 발을 찍었다. 강인하고 인정사정없는 사람들, 그들은 그의 동세대이자 모든 것을 견디고 살아남은 이들이었다.

엉망인 길을 운전해 집에 데려다주는 파블리노에게 그가 영어를 가르쳐주겠노라 제안한 건 파티가 끝난 그날 밤이었다. 인디언인 파블리노는 작고 민첩했고, 높이 솟은 광대뼈 아래에는 곰보 자국이 있었다. 그는 고아이기도 했는데 아버지는

---

* 포클랜드 제도의 스페인어 이름. 남아메리카의 동남단에 위치한 섬으로, 1982년 영국과 아르헨티나가 영유권을 두고 전쟁을 벌여 영국이 승리했다.

비참한 전쟁으로, 어머니는 이름 모를 병으로 여의었다. 나이를 물으면 그는 자신 없이 대답했다. 스물여덟인가 스물아홉 살이었다. 제 나이보다 어려 보이기도, 더 들어 보이기도 했다. 자신의 과거에 대해 좀처럼 입을 열지는 않았지만, 어릴 때 할아버지 밭에서 목화를 땄고 학교는 거의 다니지 않았다는 걸 아구스틴은 알고 있었다. 미래에 대해선 관심이 없어 보였는데, 아구스틴으로서는 제대로 알기 힘든 부분이었다. 하지만 그가 어떤 계획에 대해서 말한 적은 한 번도 없었다.

"영어를 배우기엔 너무 늙었습니다." 그가 말했다.

"말도 안 돼." 아구스틴이 말했다. "자넨 아직 아이야."

다음 날 그들은 간단한 인삿말을 배우는 것으로 수업을 시작했다. 굿모닝, 헬로, 하우 아 유. 파블리노는 공손하게 수업에 관심이 있는 듯 굴었지만 진심 어린 반응은 아니었다. 만약 고용주가 그의 머리 위에 사과를 올려놓고 쏘겠다고 해도 공손히 괜찮은 듯 굴 거라고 아구스틴은 생각했다.

루차와 그녀의 남편은 티끌 하나 없는 금색 차를 몰아 자갈이 깔린 진입로로 들어서며 점심식사 시간에 맞춰 도착했다. 차에서 내린 마른 딸은 금색 샌들을 신었지만 거의 맨발이나 다름없었고 발목까지 헐렁하게 떨어지는 바지 정장 차림이었다. 그녀의 남편은 모든 미국인들처럼 배불뚝이에 선글라스를 쓰고 반바지를 입고 있었다. 그의 스페인어 실력은 관광객 수준이었는데 더 배워보려는 노력을 전혀 하지 않았다. 이 남자의 고집에는 아구스틴도 내키지는 않지만 존경스러움이 느껴졌다. 함께 있을 때 그들은 영어를 썼다.

"보여줄 새 총이 있다네." 아구스틴이 그에게 말했다. "코끼리 사냥총이지."

"아, 그 총들이요!" 루차가 말했다. 그녀가 그의 뺨에 키스했다. 제 엄마가 무슨 병으로 죽었는지 모르는 양 피부를 심하게 태웠다. "왜 도시로는 한 번도 안 나오세요, 아빠? 보고 싶단 말이에요."

그는 딸의 아양에 넘어가지 않았다. 얼마 전 렌터카를 타다가 사고가 났는데, 그가 여전히 살아서 그녀의 것이어야 할 돈을 쓰고 있다는 사실에 루차는 실망감을 숨기지 못했다. 그는 행복했던 시간을 떠올리려 애썼다. 그의 무릎 위에 앉은 동글동글한 어린 두 딸, 아직 살아 있는 사랑스러운 부인. 하지만 그건 더이상 그의 모습이 아니었다. 자식들은 실험이었고, 그는 그 실험에 실패했다.

음료를 마시기 위해 그는 손님들을 파티오로 데려갔다. 루차는 파블리노에게 코카콜라 라이트를, 사위는 위스키를 부탁했다. 점심 전에 저런 걸 마시다니.

"그 프랑스 여자한테 여름별장 세놓지 말지 그러셨어요." 딸이 말문을 열었다.

"좋은 세입자다."

"사람들이 애인들을 데려와서는 부인이나 남편이 없는 것처럼 행세한다고요."

"오, 루차야." 그가 말했다. "그게 뭐 새로운 얘깃거리냐?"

"수영장에서 홀딱 벗고 수영한다고요."

"그래서?"

"그래서 창피하죠! 우리 관리인들이 거기에 가 있잖아요."

"불륜 커플들은 팁이 후하지."

"아빠, 아무것도 신경 안 쓰는 거예요? 엄마가 살아 계셨으면 신경 쓰셨을 거예요."

엄마가 살아 있다면. 항상 그게 문제였다. "오래된 수영장에 늙은 몸뚱이들일 뿐이다." 그가 말했다. "뭐가 문제냐?"

루차가 입을 삐죽이며 물러앉았다. "그래도," 그녀가 말했다. "누가 일하겠다고 왔는지 들으면 아빠 안 믿을걸요. 이네스 마르틴이요."

아구스틴은 가슴으로 밀려드는 감정에 숨을 골랐다. 그는 의자에서 몸을 살짝 움직이면서 이 소식을 받아들이려 애써 보았다.

"마르틴 집안 기억나요?" 루차가 물었다. "메넴이 집권하면서 떠났잖아요. 모든 걸 잃었죠."

"이탈리아에 있는 줄 알았는데."

"돌아왔어요." 루차가 말했다. "여기서 일하고 있었대요. 가정부 조수가 필요했는데 오펠리아가 그녀를 데려왔어요. 믿기지가 않더라고요. 한때 내 우상이었는데. 나보다 나이가 많았죠. 굉장히 매력적인 데다 아름다운 옷들까지. 그런데 우리 집 소파에 그녀가 있는 거예요, 면 원피스에 싸구려 신발을 신고. 나를 보고 놀라지도 않더라고요. 누구네 집 일인지 알고 있었던 거예요."

아구스틴은 나머지 이야기를 기다렸다. 작고 검은 강아지, 가정부가 버릇을 망치고 요리사가 과하게 먹인 강아지가 테이블로 다가왔고 루차가 머리를 어루만지기 시작했다. 그녀는 의자 팔걸이 위에서 작게 쪽쪽 소리를 냈고 강아지는 기분이 좋아서 꼬리를 흔들었다.

"남편은?" 아구스틴이 겨우 물었다.

"심근경색증을 앓았대요, 그런 거 같아요." 그녀가 말했다. "그런데 죽지는 않았어요."

아구스틴은 침착하려고 애썼다. 이네스 마르틴! 그녀는 말 그대로 그의 인생을 무너뜨렸다. 그들이 만난 것은 한 친구의 집에서였다. 저녁식사 자리에서 그녀는 아주 매력적으로 이야기했고, 그를 부추기듯 팔을 슬쩍 건드렸다. 백만 년도 전의 일이었다. 적어도 이십 년 전. 그녀는 그보다 훨씬 어렸다. 그는 정원에서 자기를 만나달라고 애원했었다. 그녀의 끔찍한 남편은 집에서 자고 있었다. 아구스틴은 아내와 사별했고 이네스는 그를 다시 세상 속으로 데려왔다. 그녀의 따스한 숨결과 그녀의 맛, 그들이 앉아 있던 차가운 돌 의자도 그는 기억하고 있었다. 자신이 구원받았다고 생각했었다. 다른 사람들의 집으로 그녀를 쫓아다니며 사람들이 없는 빈 방에서 만났다. 둘이 눈이 마주치고 몰래 빠져나오는 기회야말로 그가 사는 이유였었다. 그는 정복감에 들떠 어쩔 줄 몰라했었다. 그러다 불편한 존재였던 남편이 작위와 재산을 잃게 됐고, 이네스는 새 출발을 하기 위해 남편을 따라 그의 가족이 사는 이탈리아로 가버렸다. 아구스틴은 남아달라고 애원했지만 그녀는 떠났고, 그 후 아무 소식도 듣지 못했다.

"당연히 고용할 수 없었죠." 루차가 말했다. "나랑 동급이잖아요. 내 속옷을 빨게 할 순 없다고요. 그래서 그 미친 프랑스 여자한테 보냈어요. 아무것도 모르고 신경도 안 쓰니까요. 가여운 이네스."

"여름별장에 있다고?"

"그런 것 같아요." 루차가 말했다. "상상해보세요, 그 홀딱 벗은 손님들이랑!"

긴 침묵이 흘렀다. 작은 강아지가 관심을 못 받자 낑낑거렸고 루차는 양손으로 강아지의 귀를 잡아줘었다. "왜 그래?" 그녀가 묻자 강아지는 기뻐서 숨을 헐떡였다. "무슨 일 있니, 내 사랑?"

"코끼리 사냥총 좀 보여주시죠?" 미국인 사위가 부탁했다.

"정말 돈 낭비라니까." 루차가 말했다.

"그것도 다 투자다." 아구스틴이 습관적으로 말했다. "그리고 난 아프리카에 갈 거야."

엄마를 빼다박은 커다란 눈으로 루차가 그를 쳐다봤다. "뭐라고요?" 그녀가 물었다.

이 계획은 바로 그 자리에서 결정된 것이었다. 그는 오래전에 코뿔소와 곰을 잡은 적이 있고 그 박제들을 벽에 걸어놓았지만, 지금은 늙었다. 그 코뿔소와 곰도 어디까지나 큰 동물을 사냥하는 게 어렵지 않은 상황에서 쏜 것들이었다. 코끼리 사냥총을 산 건 컬렉션에 근사한 총기를 더할 요량에서였다. 하지만 지금 그는 아프리카에서라면 실력 발휘를 할지도 모른다는 생각이 들었다.

"코끼리를 죽이지는 않을 걸세." 그가 말했다. 그랬다가 망신을 당했다는 어느 영국인 이야기를 들었지만 정확하게 기억나지는 않았다. 왜 코끼리를 쏘면 안 된단 말인가?

세 사람은 서재로 갔고 파블리노가 최고의 총들이 진열된 유리장의 자물쇠를 열었다.

루차는 책상에 걸터앉았다. "파블리노가 있어서 아빠는 좋겠어요." 그녀가 영어로 말했다. "오펠리아는 정말 구제불능이에요. 이네스는 그래도 똑똑하기라도 하죠. 언젠가는 내가 파블리노를 훔쳐갈 거예요." 그녀는 소년에게 유혹적인 미소를 환하게 지어 보였다.

파블리노는 그녀를 못 본 척하며 아구스틴에게 총을 건네줬다. 소년은 그녀의 영어를 못 알아들었을 수도 있다. 하지만 그는 루차라면 아주 잘 알고 있었다. 총은 무거운 6구경 라이플로, 코끼리 두개골도 관통할 수 있는 것이었다. 아구스틴이 미국인에게 총을 건네자 그는 낮게 휘파람을 불었다.

"반동이 꽤 있겠는데요." 그가 말했다.

"그럴 걸세."

"해봐요!" 루차가 책상에서 튀어오르며 말했다.

아구스틴은 이 총을 쏘아보려는 생각은 해본 적도 없었다.

탄약은 비쌌고 반동도 두려웠다. 하지만 그는 아이들에게 말려들고 있음을 느꼈다. 루차는 어디로 가면 될지 알고 있었고, 그들은 모두 아구스틴의 작은 르노 자동차에 올라탔다. 루차가 운전을 하고 아구스틴이 총을 들고 조수석에 앉았다. 미국인은 긴 다리를 접고 뒷좌석에 앉았다. 초원과 소떼를 지나쳐 운전해갔고 아구스틴은 매번 소유지의 문을 열고 닫느라 차에서 내렸다. 하늘은 드넓고 푸르렀으며 그는 자신의 소유지가 얼마나 광활한지 새삼 깨달았다. 그는 이네스를 생각했다. 그녀는 이 땅을 본 적이 없었다. 다른 사람들의 집에서 그녀를 쫓아다니고 있을 때 이곳은 여전히 나무와 잡초가 마구 자란 늪지대였고, 독재자 같은 두 딸에게도 그녀를 숨기고 있을 때였다. 하지만 그녀도 그가 광활한 땅의 소유주라는 걸 몰랐을 리 없었다.

"여기요." 마침내 루차가 예전에 물을 뺐다가 다시 채운 호수 옆 길 끝에 르노를 세우면서 말했다. "어렸을 때 종종 여기에 왔어요." 그녀는 걸으면서 나무들을 올려다보았다. 바짓자락이 발목 근처에서 살랑거렸다. "저기," 그녀가 말하면서 가리켰다. 머리 위쪽의 높은 가지에 거대한 말벌집 같은 것이 매달려 있었는데, 나뭇가지 따위를 엮은 갈색 전구 모양이었다. 파파가요 새의 둥지였다.

"코끼리 사냥총으로 앵무새 둥지를 쏘지는 않을 거다." 아구스틴이 말했다.

"아프리카에 가시기 전에 제대로 작동하는지 봐야죠." 그녀는 놀리듯 도발하고 있었다.

"집에 돌아가고 싶구나."

"그냥 아무거나 한번 쏴보세요." 루차가 말했다. 그녀가 아직 나뭇잎이 달려 있는 떨어진 가지를 주워들었다. "울타리 말뚝 위에 올려놓을 테니까 맞혀보세요." 그녀는 나뭇가지를 조심스럽게 말뚝 위에 올려놓고는 손을 털고 뒤로 물러섰다.

아구스틴은 울타리에 올려놓은 나뭇가지를 살펴보았다. 그곳까지의 거리는 6미터가 안 됐다. 이런 나뭇가지밖에 맞힐 수 없다면, 코끼리를 쏠 때는 저 애들이 코끼리를 줄로 묶어 잡고 있어줘야 할 것이다. 그는 안전장치를 풀고 총을 들어올려 발사했다. 반동이 생각보다 엄청나서 그는 움찔했다. 말뚝은 빗맞았지만 위쪽에 감겨 있는 철조망은 부숴다. 머리 위쪽에서 앵무새들이 놀라 소리를 지르며 둥지에서 날아올랐다. 어깨가 빠졌을지도 모른다는 생각이 들 정도로 통증이 엄청났다. 팔을 돌려 괜찮은지 확인했다. 나뭇가지는 그대로 놓여 있었고 새들의 비명 소리는 잦아들었다.

"조심하셔야죠." 루차가 가볍게 말했다. "코끼리가 화나서 쫓아오겠어요."

"어쨌거나 넌 내가 죽었으면 하잖니."

"당연히 그럴 리 없죠!"

"집으로 가자." 어깨는 욱신거리고 손은 떨렸다. 그는 총을 들고 차에 탔고 미국인에게 첫 번째 문을 열게 시켰다.

겨울 사료용 알팔파가 자라는 들판을 지나면서 아구스틴

은 창밖으로 토끼 한 마리를 보았다. 길 앞쪽을 흘깃 보고 그는 토끼를 맞힐 수 있겠다는 생각이 들었다. 지금은 그도 반동에 준비가 되어 괜찮을 것이다. 차를 세우라고 루차에게 소리를 지르고는 토끼를 계속 주시하며 무릎에 놓인 총을 들었다. 그러자 차 안에 그가 이제껏 들어본 가장 커다란 소리가 울렸다. 폭탄 소리만큼 시끄러웠다. 루차가 브레이크를 밟아 급정거하자 차가 덜컹거렸다. 화약의 알싸한 냄새가 공기중에 진동했다. 그는 다리 사이의 차 바닥을 내려다보았다. 차 바닥에 정찬용 접시만 한 구멍이 뻥 뚫려 있었고 그 가장자리는 너덜너덜했다. 차 밑으로 길바닥에 깔린 자갈이 보였다. 엔진은 여전히 덜덜거리고 있었다.

루차는 큰 소리로 욕을 빽 내질렀다. "내 머리였으면 어쩔 뻔했어요?" 그녀가 울부짖었다.

아구스틴의 발이었을 가능성이 더 컸다. 그는 딸도, 뒷자리의 사위도 보지 않았다. 혹시라도 그가 맞힐 뻔했던 토끼는 흔적도 없이 사라져버렸다. 그는 뜨거운 약실 근처를 여전히 양손으로 잡고 있었다. 루차가 액셀러레이터를 세게 밟자 차가 흔들리며 앞으로 나아갔다. 아구스틴은 바닥의 구멍으로 회색 갈색 줄무늬를 그리며 획획 지나가는 길을 내려다보았다. 창피했지만 딸에게 티를 내지는 않았다.

그들은 방풍림을 따라 달려 잔디밭을 지나 집까지 왔다. 파블리노가 놀란 얼굴로 맞으러 나왔고, 뭔지 모를 따뜻한 태도로 아구스틴을 집 안으로 데려갔다.

세 사람은 어색한 분위기 속에 점심을 들었고, 파블리노는 접시를 내오고 또 치웠다. 소년은 조용히 움직이며 아무것도 놓치지 않았다. 딸의 남편이 떨어진 포크를 주우려 하자 파블리노가 나타나 접시에 새 포크를 놓아주었다. 아구스틴은 계속 총의 반동이 느껴졌고 귀가 울렸다.

"그 여자애 얘기를 좀더 해다오." 디저트가 나왔을 때, 그가 결국 말했다. "이네스 마르틴."

"더이상 애가 아니죠." 루차가 말했다. "나보다도 나이가 많은데요."

"몇 살이지?"

"오, 글쎄요, 아마 마흔다섯? 젊지 않죠."

상상하기 힘들었다. 그의 마음속에서 이네스는 이십대의 젊은 부인이었고, 그는 그녀와 몰래 달아날 작정이었다. 처음에 그녀는 남편을 떠날 수 없다고 말했다. 모든 걸 잃을 테니까. 나중에는 남편이 너무 많은 걸 잃어서 떠날 수 없다고 했다. 그리고 지금 그녀는 변덕스러운 프랑스 여자의 하녀로 일하고 있다. 어떤 선택을 하건 인생은 당신의 턱에 주먹을 날릴 수 있다.

딸의 남편이 두 팔을 스트레칭하며 불룩한 배와 넓은 가슴팍을 내보였다. "토요일에 요트 클럽에 가서 보트 보실래요?" 그가 물었다. "시합이 있어서 좋은 보트들이 나올 거예요."

"차를 고쳐야 한다." 아구스틴이 말했다. "아프리카에 갈 계획도 세워야 하고."

"오, 아빠!" 루차가 말했다. "아프리카라니. 아빠가 내 머리를 날려버릴 뻔했다고요."

그녀는 떠나면서 형식적인 키스를 했다. 딸에게서 꽃향기가 났다. 이네스에게서는 어떤 냄새가 날까 궁금했다. 세제, 혹은 부엌 냄새, 아니면 예전에 그녀가 누리던 시절의 향수 냄새. 루차는 금색 샌들을 신은 발을 들어 남편 차 안으로 우아하게 올렸고 그들은 가버렸다.

프랑스 여자가 그의 어머니의 여름별장 문 앞에서 사람을 내보내지 않고 직접 그를 맞았다. 머리는 밤색이고 얼굴은 팽팽했지만 그는 속지 않았다. 그 나이 또래였다. 그녀는 목둘레에 자수가 놓인 긴 초록색 실크 가운 차림이었고 팔은 잘 그을려 있었다. 그는 이네스와 얘기를 하고 싶다고 미리 전화를 해놓았다.

"만나뵙게 되어 반가워요." 프랑스 여자가 말했다. "당신 집에서 아주 잘 지내고 있어요."

그는 알았다는 뜻의 말을 웅얼거렸다.

"이네스는 좋은 하녀예요." 그녀가 말했다. "일해줄 사람을 구하고 있나보죠? 지금 당장은 그녀를 보내드릴 수 없지만 어쨌든 내가 프랑스로 가면 가능하겠죠. 내가 데려온 하인만 다시 데려갈 거니까요."

"그렇겠죠."

"저쪽에 응접실이 있어요." 프랑스 여자가 말했다. "물론 이 집을 잘 아시겠지만요. 점심 드시고 가겠어요?"

"감사하지만 괜찮습니다." 그가 말했다. "점심 약속이 있어서요."

믿을 수 없다는 듯이 그녀가 여전히 미소를 띤 채 프랑스식으로 어깨를 으쓱했다. "들여보낼게요."

방은 붉게 칠해져 있었다. 어릴 적 어머니는 저녁식사 전에 이곳에서 그에게 책을 읽어주었다. 따뜻하고 안락했던, 가슴 설레는 삼십 분. 담요를 덮은 그는 엄마의 향수 냄새에 감싸여 있었고 발치에는 강아지들이 앉아 있었다. 당시 벽은 옅은 노란색이었다. 지금은 구석에 티브이가 놓이고 바퀴 달린 술병 카트가 있었다. 이네스 마르틴이 분홍색 하녀복과 흰색 앞치마 차림으로 나타났을 때도 그는 여전히 방의 변화들을 골똘히 살피고 있었다. 어두운 색 머리를 뒤로 묶은 그녀는 가죽 소파 끝에 앉아 양손은 좁은 무릎에 올려놓았다. 그가 사랑했던 검은 눈 주위에는 주름이 생겼고 관자놀이 피부는 너무 얇고 창백해서 푸른색 정맥이 비쳐 보였지만, 뾰족한 턱도 영리해 보이는 입매도 여전했다. 그의 가슴이 맹렬히 뛰고 있었다. 지나간 감정들이 온전히 전속력으로 돌아오리라곤 미처 예상하지 못했다. 시간이 흐르면서 사그라졌으리라 생각했었다.

"이탈리아에 있는 줄 알았는데." 그가 조심스럽게 물었다.

"돌아왔어요."

"남편은? 심장은?"

"회복 중이에요."

그가 고개를 끄덕였다. 맨살의 매끈한 그녀의 정강이에는 작고 검은 삼각형 모양의 흉터가 있었다. 손가락에 낀 결혼반지가 헐거워 보였다. 이탈리아에서 보낸 세월 때문에 억양이 약간 남아 있었다. 그는 정신을 차리려고 했다. "내 딸을 만났다고, 루차를." 그가 말했다.

"만났어요."

"그 아이는 내가 자랑스러워할 만한 업적은 아니지."

이네스가 웃었다. 그는 그녀의 웃음을 기억하고 있었다. 처음 만난 저녁식사에서 그를 사로잡았던 웃음이었다. "면접 보러 가자니 삐딱해지더라고요." 그녀가 말했다. "자존심을 죽이려고 애쓰고 있었어요, 더이상 나 자신을 괴롭히지 않게요. 상처를 불로 지지는 셈치고 갔던 거죠. 잘되진 않았어요. 하지만 어쨌든 일자리는 구하게 됐죠."

"다시 보게 되어 기쁘군."

"난 당신을 다시 봐서 기쁜지 모르겠어요. 나의 과거, 데카당트한 인생." 그녀는 팔꿈치를 의자 팔걸이에 기댔다. "새로운 소식은 뭐가 있나요? 내가 기억하는 대로 화려한가요, 아니면 이곳처럼 지저분한가요?"

"그렇게 화려하지는 않지."

"여기는 당신이 상상할 수 있는 가장 추잡한 곳이에요." 그녀가 말했다. "모든 걸 가진 사람들, 모든 걸 당연하게 여기는 사람들."

"미안하오."

"몇몇은 당신 친구들이죠."

"한때는 친구였지." 그가 말했다. "요새는 거의 혼자 지내."

그녀는 곰곰이 생각하는 듯 보였다. "내가 그리운 게 뭔지 알아요?" 그녀가 물었다. "아침에 침대에서 마시던 오렌지주스요. 창문을 열어주고, 쟁반에 오렌지주스를 담아 가져오던 누군가가 그리워요."

너무나 쉽게 이런 것들을 해줄 수 있다는 생각에 아구스틴은 고통스러운 설렘을 느꼈다.

"바보 같죠? 그렇죠?" 그녀가 물었다.

아구스틴은 전혀 그런 생각 안 한다고 대답했다. 그의 심장이 위험하리만치 부풀어올랐다. 몇 년 만에 처음으로, 낡고 말라버린 그 장기가 갑자기 사랑으로 붉어졌다. 그가 죽을 수도 있었다.

"그래도 바보 같은 거죠." 그녀가 말했다. "돈을 다 잃었는데 남편은 그 생각밖에 안 해요. 아들이 기숙학교에 다녀요. 그래서 번 돈은 다 거기로 가죠. 그리고 의사한테도."

그는 그녀의 말을 따라잡으려 애썼다. "아들이 있어?"

"그럼요." 그녀가 미소를 지었고 그러자 훨씬 젊어 보였다. 그가 기억하던 모습처럼. "열세 살이에요." 그녀가 말했다. "몸도 빼빼 마르고 다루기도 힘든 나이죠. 하지만 그 아이는 여전히 아름다워요. 세상에서 가장 아름다운 아이죠. 그 애한테 바라는 게 있다면 나를 부끄러워하지 않았으면 하는 거예요."

그는 아들에 대해 알았더라면 좋았겠다고 생각했다. 의도적으로 가십을 무시하긴 했지만 어째서 아이에 대한 소문이 그에게 전해지지 않았을까? 왜 루차는 말해주지 않았을까?

"나랑 결혼합시다." 그가 불쑥 내뱉었다. 대놓고 말할 생각은 없었지만 그녀가 그렇듯이 직설적인 게 최선인 듯했다. 그는 자기 패를 다 펼쳐 보여야 했다.

잠시 정적이 흘렀다. "난 유부녀예요." 그녀는 놀라지도 분개하지도 않으며 말했다.

"하지만 행복한가? 그가 잘 대해줘?"

그녀는 그의 얼굴을 살펴봤다. "당신, 딸들을 괴롭히고 싶군요."

"아니야." 그가 고개를 저었다. 그는 다시 어두운 정원에서 그녀에게 키스하고 싶었지만, 그 꿈은 어둠 속에서 그녀 옆에 앉아 노려보는 삐쩍 마른 사춘기 소년의 존재로 복잡해져버렸다. "아들을 도와줄 수 있어." 그가 말했다. "학비를 댈 수 있다고."

"당신은 여기 올 때만 해도 아이 이야기는 생각도 못 했죠."

"몰랐소."

"그렇지만 진심이군요."

"나는 항상 그랬어." 완전히 진실은 아니었다. 그는 그때 사춘기 딸들이 너무 두려워서 그녀에게 결혼하자고 할 수 없었다. 그는 바보였다.

그녀는 곰곰이 생각해보는 듯, 다시 뜸을 들였다. "하녀 신세로 몰락한 여자가 아이와 병든 남편을 버리고 돈을 따라간

다." 그녀가 말했다. "상상해봐요. 당신 하인들이 나를 미워할 거고, 당신 딸들이 나를 미워할 거고, 내 아들도 분명히 나를 미워할 거예요. 나는 이런 일을 할 만큼은 강인하지만 미움을 받으며 혼자가 될 만큼 강하지는 않아요."

아구스틴은 그녀에게 혼자가 아니라고 말하고 싶었지만 그녀가 동의하지 않으리란 걸 알았다. "프랑스 여자가 떠나면 어디로 갈 거요?" 부끄러움과 실망으로 정신이 혼미한 가운데 그가 물었다.

"다른 일자리를 찾아야죠."

"젊지 않잖소." 비참한 상황에서 그가 떠올린 말은 바로 루차가 했던 말이었다. 그에 비하면 이네스는 젊어 보였기 때문이었다.

그녀는 잠자코 있다가 말했다. "그래요, 젊지 않죠. 그 얘기하러 온 건가요?"

그는 그녀를 기분 상하게 한 자신을 책망했다. "일이 고될 거라는 말을 하고 싶었을 뿐이야." 그가 말했다. "당신은 위안이 필요해."

"내 일이 얼마나 힘든지는 잘 알고 있어요."

"내가 당신 아들을 도와줄 수 있어." 그가 말했다. "익명으로, 대가 없이. 학비, 책값, 그 애가 필요한 건 뭐든지. 휴가 가는 것도. 돕고 싶소."

두 번째로 그녀가 웃었다. "루차가 좋아하겠군요."

"걔 돈이 아니야."

그녀는 오랫동안 제안을 생각해봤다. "혹하네요." 그녀가 말했다. "하지만 싫어요. 유혹은 위험한 거죠. 우린 필요한 건 다 있어요. 이런 제안을 해주다니 당신, 친절한 사람이네요."

"제발." 혼자 집으로 돌아가야 한다는 생각에 그의 목소리는 허둥대고 있었다. 거기까지 앞서 생각하지 않으려고, 패배를 예상하지 않으려고 했건만 이제 그것이 흐릿하게 보이고 있었다. 혼자 돌아간다는 절망. 몇 달, 몇 년이고 지속될 절망. "당신 아들을 위해서라도." 그가 말했다.

"이렇게 찾아와주다니, 친절하시네요." 그녀가 말했다. "점심을 차려야 돼서요." 그가 그토록 간절히 원했던 여자, 그녀가 자리에서 일어나 방에서 나가기 전에 분홍색 하녀복의 치마를 매만졌다.

정문에서 우스꽝스러우리만치 팽팽한 얼굴의 프랑스 여자가 그의 팔을 슬쩍 건드렸다. 그녀는 이네스가 약간 거만하게 느껴질 수도 있지만 정직하고 일을 잘한다고 자신 있게 말했다. 이네스가 더 빨리 필요하다면 그렇게 해볼 수도 있다고 했다. 알려만 달라고. 아구스틴은 대답을 하지도, 자신의 불행을 숨기지도 못했다. 파블리노가 각별히 신경을 쓰는 것 같은 태도로 차문을 열어주었다. 아구스틴은 떨리는 손을 진정시키려 애썼다. 두 손을 꽉 잡아쥐면 떨리지 않을 거라 생각했지만, 소용없었다. 프랑스 여자는 차를 운전해 떠나가는 그들을 바라보았다. 작은 르노는 바닥의 구멍을 판자로 막아놓아서 운전은 할 만했다. 그는 혼자 점심을 먹으러 집으로 돌아가고 있었다. 그는 결국 아프리카에 갈 수 있을 것이다. 누군가에게 노쇠한 코끼리를 찾아내도록 시켜서 코끼리가 쓰러질 때까지 총을 쏘아댈 수 있을 것이다. 파블리노는 망가진 자동차를 조심스럽게 운전해서 주도로를 달렸다. 아구스틴은 파블리노가 기다리는 동안 프랑스 여자의 하녀가 커피를 대접했는지, 그래서 소년이 그 집의 소문을 들은 게 없는지 문득 생각났다.

"부엌에서 이네스에 대해 뭐라고 하더냐?" 그가 물었다.

파블리노는 머뭇거리다 아무 말도 하지 않았다.

"말해도 돼." 그가 말했다.

"그 여자가 아름답다고요."

"그 밖에는?"

"예전에는 부자였다고요."

"그녀가 겉돌고 있구나."

"네."

아구스틴은 고개를 끄덕였다. 그러니까 이미 이네스는 혼자이고 미움받고 있었다. 그녀가 무엇이든 다 해줄 아들을 위해 그렇게 살고 있는 것이었다. 딸들이 부끄럽지 않도록 하인으로 일하는 자신을 상상해보려 했다. 말도 안 되는 일이었다. 하인 노릇을 한다는 것만으로도 딸들은 부끄러워할 것이었다. 속 좁고 못난 그의 한 부분은 이네스가 그의 제안보다 하녀 노릇을 선택했다는 이유로 그녀의 아들이 엄마를 멀리하기를 바랐다. 하지만 그녀의 아들은 아구스틴이 그러하듯 그녀를 사랑할 것이다. 그녀를 위해서라면 소년은 무엇이든 해볼 만하다고 생각할 것이다. 너무 겁쟁이였던 탓에 자신의 사랑을 위해 딸들에게 맞서지 못했던 자신을 생각해보면, 그 아들은 감사한 존재였다.

"오늘 오후에 뭐가 있나?" 그가 파블리노에게 물었다.

"아무것도요." 파블리노가 말했다.

"운전해줘서 고맙네."

파블리노가 놀라서 그를 흘긋 봤다. 운전은 파블리노의 일이었다. 무슨 심각한 일이 생겼다는 걸 파블리노에게 명백하게 들켜 그는 마음이 불편했다.

"고맙게 생각한다네." 아구스틴이 어색하게 말했다. "운전을 잘하잖나."

망가진 차가 길을 따라서 흔들렸다. 그는 집에 가서 점심을 먹을 것이고 파블리노가 상을 치울 것이다. 그들은 영어 수업을 할 수도 있을 것이다. 하라고 시킨다면 소년은 동사 활용을 배울 것이다. 읽기 시작해야 할 트라팔가르에 관한 책도 있었다. 큰딸이 전화해서 불평을 늘어놓고 아이들 자랑을 할 것이다. 아이들, 그에게 유산 상속인들이 존재한다는 것을 일깨워주기 위해서다. 루차는 차를 고쳤는지, 진짜로 아프리카에 갈 건지 물어보러 전화할 것이다.

그는 지금 앉아 있는 조수석에서 총이 발사될 때 나던 엄청난 소리를 떠올렸고, 다시 반동이 느껴졌다. 어깨의 보라색 멍이 커졌다. 만약 루차가 점심때 오지 않았더라면 이렇게 다양한 방식으로 스스로를 바보로 만들지는 않았을 것이다. 절대 총을 쏘지 않았을 것이고, 차 바닥을 쏘지도 않았을 것이다. 이네스 마르틴이 어머니의 집에 다시 나타났다는 것도 몰랐을 것이고, 멍청하고 허영심 많은 프랑스 여자를 찾아가지도 않았을 것이고, 이네스 앞에 납작 엎드리지도 않았을 것이다. 그는 멍도 들지 않고, 책과 말과 저택과 함께 조용하고 무사안일한 삶을 살아갈 것이었다. 지금 심장을 갉아먹고 있는 고통으로부터 나무들이 그를 지켜줄 수만 있다면 제멋대로 거대하게 자라도록 내버려두겠지만, 나무는 아무것도 할 수 없다. 그는 울고 싶었지만 파블리노가 당황할 것이었고, 그래서 스스로를 다독였다. 그는 손을 꽉 맞잡았고 이 끔찍한 세상을 알려준 딸을 저주하며 모욕감과 열망으로 가득 차 그의 문으로 돌아갔다.

아이들

아내보다 먼저 호숫가 별장에 도착한 필딩은 진입로에 주차되어 있는 녹슨 볼보 스테이션왜건을 발견했다. 그가 아는 차였다. 햇볕에 바래고 갈라진 좌석시트와 룸미러에 매달린 자수가 놓인 중국식 행운의 부적도 눈에 익었다. 아내는 일이 끝나면 그와 저녁을 먹으러 오겠지만 그녀의 차는 거기 없었다. 여름이었다. 아직 햇빛이 비치는 수면은 반짝였고 집 안에는 불이 켜져 있지 않았다. 필딩은 아무것도 없는 창문을 보며 무슨 일인지 기다리다가 장봐온 것을 들고 안으로 들어갔다.

청바지와 스웨터를 입은 제니 테일러가 부엌 식탁에 다리를 꼬고 앉아 있었다. 그녀의 어두운 색 머리칼은 매끈하고 부드럽게 빗질되어 있었다. 건강한 분위기와 엄마를 빼닮은 얼굴은 그녀를 더욱 돋보이게 했다. 상자처럼 각이 잡힌 스테이션왜건은 제니가 몰기 전부터 그녀 부모의 소유였고, 필딩은 그 차가 아직도 굴러간다는 게 신기하기만 했다.

"알아서 들어왔어요." 제니가 말했다.

"잘했네." 그는 종이봉투를 조리대에 올려놓으며 냉장고에 집어넣을 물건은 없다고 생각했다. 이 집에서 지낸 적이 많아서 제니는 열쇠가 어디에 숨겨져 있는지 알고 있었다. 이 집에 단둘이 있기는 이번이 두 번째였고, 첫 번째는 지금도 그의 마음속에 후회로 가득 남겨져 있었다. 그녀는 그의 가족과 함께 보낸 주말 내내 그에게 추파를 던졌고 그가 방심한 순간을 놓치지 않았다. 그녀는 더이상 머리를 땋아내린 친구의 어린 딸이 아니었다. 대학에서 돌아온 그녀는 호수를 향해 난 덱에서 비키니 차림으로 일광욕을 하는, 자기 확신에 찬 젊은 여자로 변해 있었다. 주말이 끝나갈 무렵, 그가 문단속을 할 때도 제니는 남아 있었다. 그가 한 행동에 대한 책임을 줄여보려는 것은 아니지만, 그녀가 남아 있었던 것이다. 그리고 그의 품속으로 걸어들어왔다. 기분 좋게 햇볕을 머금어 따스하고 탄탄한 그녀가. 멈추기 전까지 그는 꽤 길게 그녀에게 키스했다. 죄라는 게 으레 그렇듯이 지금은 희미해졌지만 당시에는 지옥에 떨어진 것 같은 고통으로 괴로워했었다.

"메그 만나러 왔니?" 그가 물었다. 그냥 해본 소리였다. 딸이 시내에 있다는 걸 그는 알고 있었다. 아들 개빈은 언제나 그렇듯 어디 있는지 알 수 없었다.

"아니요." 제니가 말했다.

"아내도 나갔는데."

"그럴 줄 알았어요." 그녀가 말했다.

"누구 올 사람 있니?"

제니가 어깨를 으쓱했다.

만약 누가 올 경우를 대비해서 그는 부엌 불을 켰지만 희미한 전구 불빛은 비스듬히 쏟아져들어오는 햇살에 속수무책이었다. 그는 찬장을 열어 온수 히터를 켰다. 감히 용기를 내서 아내에게 털어놓는다면 자신이 앞으로 몇 번이나 더 히터를 켤 수 있을지, 호숫가 별장—그들이 샀을 때만 해도 겨울용 오두막이었던, 지금은 이것저것 덧붙여져 미로 같은—은 어떻게 될지 생각해보았다. 아내는 변호사였고 그보다 유리할 것이다.

"레이 아줌마랑 헤어질 건가봐요." 제니가 말했다.

아드레날린이 솟구치면서 그는 찬장 문 앞에서 몸을 가눴다. "그렇게 보이니?" 그가 물었다.

제니가 미소 지었다. "난 태어날 때부터 아저씨를 알았잖아요." 그녀가 말했다. "그래서 아저씨가 나를 속속들이 안다고 생각하겠지만 사실 그 말은 나도 아저씨를 잘 안다는 뜻이기도 하죠."

그는 제니의 말을 바로잡아주고 싶었다. 그는 제니를 태어나기 전부터 알았다고. 그는 엄청나게 배가 불러 행복해하는 그녀의 엄마가 호수에서 배를 물 위로 드러내놓고 둥둥 떠 있는 모습을 보았었다. 그녀의 아빠는 세상에 자기 말고는 저렇게 예쁜 여자를 임신시킨 남자는 없는 것처럼 더없이 뿌듯해했다. 제니가 엇나가기 전까지 두 가족은 모든 것을 함께했다. 제니는 그의 딸과 동갑이었고 아들보다는 두 살 어렸다. 그는 제니가 여섯 살 때 비키니 아랫도리만 입고 물에 풍덩 뛰어들어갔다가 나오던 모습을 기억하고 있었다. 또는 겨울에 방한복으로 둘둘 싸매고 플라스틱 썰매에 엎드려 얼음을 지치던 모습을 기억하고 있었다. 제니가 열두 살 때 결국 결혼 생활은 파국을 맞았고, 그녀의 아버지는 여기 호수 별장 부엌에서 술에 취해 노래를 불렀다. "평생 행복하게 살고 싶다면 예쁜 여자를 아내로 얻지 말아야 해." 그러고는 이혼으로 인해 제니가 어떻게 될지 걱정하며 목놓아 울었다.

"우리 식구들도 아니?" 지금 그가 제니에게 물었다.

"그런 것 같지는 않아요." 그녀가 말했다. "아저씨를 본 건 우리 엄마였어요. 차 안에 어떤 젊은 여자랑 있는 걸요. 엄마가 레이 아줌마한테 말해야 할지 어떨지 나한테 물어봤죠. 난 그러지 말라고 했어요."

"고맙다." 그가 말했다.

"그 여자 우리 수영 강사였다고 엄마가 계속 그러던데…… 정말 열 받아하시더라고요."

"수영 강사를 오래 한 건 아니었지."

"그런 식으로 혼자 짜맞추는 거예요?" 그녀가 물었다. "그럼 마음이 좀 편해져요?"

"가볍게 이러는 거 아니다." 그가 말했다.

어떻게 될지 그는 잘 알고 있었다. 그는 온 동네의 비난을 감수하느니 평생 살아온 이 곳에서 엘라를 데리고 떠나려고 생각했었다. 엘라는 이곳의 모든 아이들에게 수영을 가르쳤었다. 십대였을 때도 그녀는 가르치는 데 재능이 있었다. 엘라가 아이들을 자기 쪽으로 헤엄쳐오도록 달래고 팔을 뻗어 당기고, 숨을 들이쉬고 내뱉도록 가르치는 동안 그들은 철망 울타리로 둘러친 수영장 바깥의 공원 벤치에 앉아 그녀를 지켜보았다. 수영장 표백제로 인해 그녀의 머리는 천사처럼 빛났고, 빨간 수영복을 입은 그녀의 가슴은 사랑스러웠다. 그녀에게선 격려와 따스함이 흘러넘쳤다. 이제 그녀는 고향 집으로 돌아왔고, 그때 수영 강습을 지켜보았던 부모들, 아이들을 바닥에 재우고 마약에 취하거나 다른 사람의 부인과 놀아나던 옛날 옛적 막 나가던 시절 모두 알고 지냈던 부모들은 그를 비난할 것이다.

"엘라를 택한 게 이상하다고 생각하는구나."

"옛날에도 같이 잤던 거예요?"

"당연히 아니지."

"왜 당연히 아닌데요?" 그녀가 물었다. "왜 그렇게 생각하면 안 되는 거죠?"

"왜냐면 그때는 아직 아이였으니까. 열일곱 살이었다고."

제니가 눈을 굴렸다.

"몇 달 전에 철물점에서 만났어." 그가 말했다. "야간등을 사고 있더라고. 그전까지 몇 년 동안 생각도 안 했고 이름도 잊어버리고 있었는데."

"레이 아줌마한테는 어떻게 털어놓을 거예요?"

"아직 거기까지는 생각 못 해봤다."

"기겁할걸요."

"잘 헤쳐나갈 거야." 그가 말했다. 사실이었다. 어두운 숲속에 혼자 떨어뜨려놓아도 그의 아내는 별것 아닌 것으로도 도구를 만들고 피신처를 만들고 곰을 조련시킬 사람이었다.

"우리 일은 알아요?" 제니가 물었다.

그들 사이에 아내가 알아야 할 만한 일은 없었다고 말하고 싶었지만 정작 그는 이렇게 말해버렸다. "아니. 그런 유용한 정보를 알고 있었다면 가만 놔두지는 않았겠지."

"우리 아빠한테는 말했어요?"

"당연히 안 했다."

"최근에 못 봤잖아요."

필딩은 덱에서 피우던 두툼한 마리화나를, 그리고 스카치 잔을 들고 장황하게 떠들던 프랭크 테일러를 떠올렸다. 백만 년도 전의 일이었다. 아이들은 나무다리와 호숫가, 노를 젓는 작은 보트를 총동원하는 고난이도의 술래잡기를 하며 놀았다. 개빈은 매그와 제니를 쫓아 전속력으로 달렸다. 여자아이들이 더 어렸지만 압도적으로 놀이를 주도했다. 아이들의 머리카락은 언덕의 마른 풀 같았고, 맨발로 여름을 지내 발바닥은 딱딱해져 있었다. 마치 들판에서처럼 그들은 아무렇지도 않게 보트 안으로 들어가 한쪽 노를 열심히 저으며 나무다리 주위를 빙빙 돌고 호수를 가로질렀다. 수륙 양용 아이들. "우리는 꼬맹이 쾌락주의자들을 만들어놓은 거야." 종종 프랭크는 그렇게 말했다. "재네들 인생에서 지금 이것만큼 즐거운 일은 없을 거야. 이만큼 즐거운 일을 찾아 어디든 헤집고 다니겠지만, 그런 건 없겠지."

"아저씨가 헤어진다는 소식을 들으면 아빠가 연락할 거예요." 제니가 지금 말하고 있었다. "아빠는 이혼이 자기 인생을 망쳤다고 생각해요."

"그랬니?"

"그럼요." 제니가 말했다. "그러니까, 아빠가 자기 인생이었다고 생각한 것을 망쳐놓은 거죠." 제니가 그를 찬찬히 살펴보았다. "왜 이러는 거예요?"

"다른 건 상상할 수 없으니까."

"내가 전문가 같다고 생각하는데요." 그녀가 말했다. "아저씨가 어린 여자와의 섹스에 얼마나 오래 흥미를 가질 수 있을까 생각해봤거든요. 그리고 얼마나 빨리 지겨워질까. 아는 모든 사람들을 경악시키고, 알고 보니 어린애나 다름없는 여자와 함께 남겨지면 어떻게 될까요? 누가 그녀와 아이를 가지겠어요? 엘라가 아이를 원하게 될 거라는 건 알죠, 그렇죠?"

"잘 모르겠다."

"나도 가끔 이런 공상을 했어요." 그녀가 말했다. "정말 멍청하죠. 지금은 아저씨한테 말할 수 있어요. 나 때문에 아저씨가 레이 아줌마와 헤어지는 거죠. 엄청난 스캔들이 되지만, 우린 아빠한테 같이 가서 설명을 해요. 아빠한테도 충격이지만 견뎌내고, 아저씨는 아빠랑 다시 친구가 되는 거예요. 정신 나간 공상이지만 난 그러고 싶었어요."

필딩은 밖에서 차가 멈추는 소리를 들었다.

"하지만 난 절대 아저씨에게 그러자고 하지 않았을 거예요." 그녀가 다급하게 속삭였다. "난 미치지 않았으니까요. 그리고 우리 엄마가 차에 있던 아저씨를 본 거죠. 세상에, 개빈이 왔네요."

스크린도어가 세게 닫혔고, 축구 코치를 하러 갈 때 입는 운동복 바지에 야구 모자를 쓴 그의 아들이 방에 들어와 있었다. 아들이 얼마나 자기와 닮았는지 필딩은 새삼 놀랐다. 넓은 얼굴, 코믹하게 각이 진 눈썹. 최근 어른의 풍모가 느껴지는 아이들의 모습에 그는 부쩍 자신이 늙어버린 것 같았다.

"어이!" 제니를 만나 기쁜 마음을 감추지 못하며 개빈이 말했고, 필딩은 아들이 사랑에 빠졌음을 알아차렸다. 응답 없는 사랑에. 제니는 여왕처럼 자리에 앉은 채 헌사를 받아들였다.

"엄마랑 메그도 와요?" 개빈이 물었다. "멋지겠는데."

필딩은 제니를 보았고, 제니도 그를 보았다. 그는 아들 앞에서 아무렇지도 않게, 자연스럽게 행동하는 게 옳다는 걸 알았지만, 더이상 옳은 행동을 할 수 있을 것 같지 않았다. 제니의 눈에 담긴 표정이, 그녀가 무슨 말을 할지 그는 두려웠다. 제니는 개빈에게 그의 아버지가 그들의 어린 시절 수영 강사와 놀아나고 있으며, 엄마는 곧 혼자가 될 거라고 말할지도 몰랐다. 그는 마음의 준비를 했지만, 한편으로는 삐딱하게도 그녀가 그래주길 바랐다. 제니가 말하지 않는다 해도 본인이 곧 이야기해야만 할 것이다.

"별일 없는 거죠?" 개빈이 물었다. 그는 찬장 쪽으로 갔다. "온수가 켜져 있네요." 그가 말해줬다.

제니는 거의 눈에 띄지 않게 살짝 필딩에게 고개를 저었지만, 그는 무슨 의미인지 알지 못했다. 아무 말도 하지 마라? 난 아무 말 안 할 거다? 지금 할 거예요?

개빈은 어릴 때 두통이 일어나면 얼굴을 잔뜩 찡그렸던 것처럼 그들을 향해 인상을 쓰고 있었다. 안경을 쓰게 되기 전엔 늘 그랬는데, 그는 얼굴을 찡그리고 있으면 두통이 좀 나아진다고 말하곤 했다. 그 애 말로는 얼굴을 찡그리는 건 다리를 저는 것이나 마찬가지였다. 미개척지인, 신선한 개빈의 헌신적 사랑에 제니가 끌렸을 수도 있다는 생각이 언뜻 들었다. 침대에 누워 부드러운 무릎을 개빈의 단단한 다리에 올려놓은 채 그녀는 자신의 비밀들을 그에게 말할 것이다. 그의 아버지에게 키스한 것도 그중 하나가 될 것이었다. 제니는 너무 어렸고 죄의식에 괴로워하지 않았다. 그녀는 모든 것을 말하고 용서받을 수 있었다.

또다른 차의 엔진이 밖에서 멈췄고, 단호하게 차문이 닫혔다. 저녁을 먹기 위해 도착한 그의 아내. 그녀는 이곳에서 아이들을 발견하겠지만 그건 평범한, 대수롭지 않은 일일 것이다.

집으로 들어온 레이는 가냘픈 몸을 드러내는 허리가 없는 긴 드레스를 입고 있었다. 주근깨로 덮인 어깨, 반항적인 흰머리칼이 가닥가닥 섞인 갈색의 풍성한 머리를 한 그녀는 와인병을 들고 있었다. 그녀는 최대한 친절하고 따뜻한 미소를 제니에게 지어 보였다. 예전에는 아름다웠던 여자가 자기 나이의 반밖에 안 되는 어린 여자를 보고 놀랐을 때 짓는 미소였다.

"제니, 얘야." 그녀가 말했다. "그리고 개빈. 파티를 하는지 몰랐네."

아무도 입을 열지 않았고, 어리둥절한 레이의 얼굴이 흐려졌다.

"왜 다들 날 그렇게 보는 거야?" 그녀는 제니를 보다가 개빈을 보았다. "이런 젠장," 그녀가 말했다. "너희 둘……"

제니가 고개를 저었다. "아니에요."

개빈은 얼굴을 붉히는 듯했다.

"오, 하느님 감사합니다." 레이가 안도감에 웃으며 말했다. "난 너희가 임신이라도 했다고 말하려는 줄 알았잖니. 그런 소식을 들으려면 와인 한잔 갖고는 안 되지." 진짜로 무슨 일인지 누군가 말해주길 기다리며 그녀는 미소를 띤 채 모두를 바라보았다.

여전히, 아무도 말하지 않았다. 필딩은 자신이 말하는 능력을 잃어버린 것 같았다.

"와인 딸게." 와인병을 휘둘러 보이며 레이가 말했다.

"아빠, 제니랑 자는 거죠." 두려워하며 개빈이 말했다.

"아니야." 필딩이 말했다.

"뭐?" 레이가 물었다.

"그렇다면 둘이 왜 이런 식으로 구는 거예요?" 아들이 물었다.

"내가 뭘 어떻게 굴었다고."

"왜 제니가 여기 있죠?" 개빈이 물었다.

필딩은 뭐라고 해야 할지 생각했다. 엘라에 대해서는 말할 준비가 안 됐다. 그는 설명할 방법을 찾으려 이리저리 머리를 굴렸다.

"너 보러 온 거야." 제니가 개빈에게 말했다.

"나?" 개빈이 우쭐해졌다.

"그런데 너희 아빠가 있어서 우리 아빠 얘기를 시작한 거고."

"너희 아버지, 딱하기도 하지." 레이가 말했다. "어떻게 지내시니?"

필딩은 제니 쪽으로 가까이 다가서는 그들을 지켜보았다. 모든 의혹은 사라졌고, 그는 놀라울 뿐이었다. 제니는 타고난 불륜녀였다.

"항상 네 아버지 생각을 한단다." 레이가 부엌 의자 중 하나에 털썩 앉으며 말했다. "이혼하고 너희 엄마한테 우리가 더 필요한 것 같았거든. 그리고 어쩌다보니 연락이 끊어졌지."

"아빠가 같이 어울리기 쉬운 사람은 아니죠." 제니가 말했다.

괜찮다는 확인을 받고 싶으면서도 그녀만의 흥미진진한 죄의식을 버리고 싶지도 않아하며 레이는 고개를 끄덕였다. 필딩은 코르크 따개를 찾아 와인병을 땄다. 그는 제니와 레이, 아들에게 와인을 조금씩 따라주었다. 그들은 와인 잔을 채워주는 웨이터라도 되는 양 필딩은 안중에도 없었다. 그는 부엌에서의 상황이 진정됐다는 안도감에 춤이라도 추고 싶었지만 대신 양상추를 씻고 스테이크용 고기에 소금과 후추를 뿌렸다.

"바비큐그릴 켜놓을게요." 개빈이 말했다.

"전 이만 가볼게요." 제니가 말했다.

"안 돼!" 개빈이 애원했다.

"오, 저녁은 먹고 가렴." 레이가 말했다. "먹고 가라고 해요, 여보."

소용없다며 필딩은 두 손을 들어 보였다.

"아빠가 기다리세요." 제니가 말했다. "가야 해요."

그녀는 레이와 개빈을 안으며 작별 인사를 했다. 그러고는 지극히 자연스러운 방식으로 필딩을 껴안으며 그에게 자기 가슴을 지긋이 눌렀다. "아빠한테 안부 인사 전할게요." 제니가 말했다.

만약 필딩이 제니만큼 노련했다면, 레이와 개빈에게 들리는 것과 다른, 제니에게 또다른 의미를 띠는 말로 대꾸했을 것이다. 대신 그는 말했다. "고맙구나." 목에 뭐라도 걸린 것처럼. 그리고 기침을 했다.

제니가 떠나고 그들은 자동적으로 평상시 가족 저녁식사 때 하던 대로 알아서들 척척 움직였다. 레이는 식탁을 차리고 개빈은 그릴로 스테이크 고기를 내가고 필딩은 샐러드를 버무리고. 그러는 동안에도 필딩은 가슴과 귓속에서 윙윙대는 불안을 느꼈다. 점점 고조되는 의식과 다음에 어떤 일이 일어날지에 대한 두려움 속에서. 아무 일도 일어나지 않을 수도 있다. 제니의 충고를 받아들여 엘라를 놓아주는 방법을 찾을 수도 있을 것이다. 제니는 자기 엄마에게 차에서 본 건 별일 아니라고, 누구나 그럴 수 있는 일이라고 믿게 할 수 있을 것이다. 필딩은 지금 자기에게 빵이 든 바구니를 건네며 와인을 따라주는 아내와 계속 함께할 수 있을 것이다.

지금껏 결혼 생활을 해오면서 그들은 상담을 받은 적이 두 번 있었다. 당시 필딩은 쓸데없는 짓이라고 생각했지만, 요즘 들어 전문가들이 무슨 말을 할지 생각해보게 됐다. 태생적으로 보수적이고 누덕누덕 기워서라도 안정을 유지하는 데만 관심이 있는 상담가들이니, 결혼 생활을 유지하라고 말할 것이다. 마음속으로도 스스로가 옳은 일을 하는 거라고 그들을 확신시킬 수 없으리라는 것에 대해서는 논쟁의 여지가 없었다. 그는 가운데는 알맞은 분홍빛이고 겉은 갈색으로 익어 육즙이 흐르는 스테이크를 썰었다. 그는 개빈을 잘 가르쳤다. 그의 자식들은 안전한 종착역으로서의 결혼에 대한 믿음이 있었고, 그가 떠나지 않는다면 아이들은 그런 확신을 온전히 유지한 채 사랑을 찾아 떠날 수 있을 것이다.

하지만 엘라가 있었다. 그녀의 맨 어깨에 기대어 누워 있는 그 달콤함. 모든 것이 부드러운 그녀. 아내가 총알도 막아낼 듯 단단하다면, 그녀는 너무 나긋나긋하고 연약하며 순종적이었다. 그날 철물점에서 엘라는 동작 센서가 달린 야간등을 사고 있었고, 그는 이유를 물었다. 그녀는 밤에 잠을 깬다고 말했다.

"걱정되는 일이라도 있어?" 그가 물었다.

"오, 가끔은요." 그녀가 말했다.

"잠이 깨면 뭘 하는데?" 그는 밤중의 그녀가 지금 같은 얼굴일 거라고 생각했다. 화장기 없는 얼굴, 가늘고 부드러운 머리카락이 더 헝클어져 있는. 그녀가 잠옷을 입고 자는지 궁금했다.

"그냥 생각하면서 누워 있어요." 그녀가 말했다.

"무슨 생각?"

"오…… 모든 것에 대해서요."

그녀가 대답하기 전에 "오" 하면서 머뭇거리는 것이 너무 좋았다. 그저 습관적인 버릇이겠지만, 신중하게 들렸다.

"항상 걱정이 많았어?" 그가 물었다. "수영장에서는 언제나 쾌활해 보였는데."

"오, 수영장이요." 그녀가 분노하며 말했다. "사람들은 다 내가 그렇다고 생각하죠. 난 열입곱이었고 아무것도 몰랐어요."

"지금은 굉장히 차분해 보이는데."

"무서운 게 없는 것처럼 행동하면 덜 무서워요."

"뭐가 두려운데?"

"너무 많은 것들이요. 당신은 두렵지 않아요?"

"가끔은." 그가 말했다.

"옐로스톤 공원은 거대한 화산이에요." 그녀가 말했다. "언제라도 폭발할 수 있다고요."

"전체가 다?"

"전부 다요. 서부의 모든 주들이랑 중서부 전체를 파괴할 수도 있어요."

터무니없는 위험과 그녀의 진지한 얼굴에 그는 웃었다. 그녀는 귀 근처까지 내려오는 가는 금발 머리에 콧등을 가로지르며 주근깨가 퍼져 있었다. 그는 그녀를 번쩍 들어 품에 안고 지켜주고 싶었다. "왜 그 얘길 나한테 하는 거지?" 그가 물었다. "나한테 말하면 나는 어쩌라고? 내가 밤에 못 자고 깨면 너한테 전화해서 투덜거릴 거야. 또 뭐가 걱정이니?"

그녀가 미소 지었다. "일상적인 것들이요. 전쟁, 날씨. 살 파먹는 박테리아. 부모님 건강. 멍청한 것들에 대해서도 생각해요, 그러니까 바보 같은 생각들이요. 아마 당신한테 이런 얘기하는 걸 후회할 거예요. 당신 아이들도 거의 기억이 안나요. 개빈이랑 메그라고 했죠?"

그들은 둘을 알아볼 사람이 없는 시내 동쪽 끄트머리 너머에 있는 트럭 휴게소 커피숍에서 두 번째로 만났고, 엘라는 테이블에 앉아 창피해하며 머리를 숙이고 있었다. 그는 그곳까지 온 게 얼마나 대담하고 용감한지 그녀에게 말해주었다.

"안 그래요." 그녀가 고개를 저으며 말했다.

"하지만 여기 왔잖아." 그가 말했다. "오지 않았으면 했니?"

그녀는 고개를 끄덕였다. 네.

그녀의 부끄러움은 웨이트리스가 올 때마다, 커다란 유리문이 몇 분에 한 번씩 열릴 때마다 더해져갔고, 그녀는 말 그대로 불안으로 덜덜 떨고 있었다. 그는 조용한 호숫가 별장이 비어 있다고, 그곳에서 둘이 한잔할 수도 있다고 말했다. 그들은 별장으로 갔고, 단둘이 되자 그녀의 불안감은 사라졌다. 알몸으로 자기 품 안에 안전하게 누워 있는 그녀와 함께 그는 더없이 행복했다. 그 느낌, 단둘이 있다는 그 감정을 유지하고 싶을 뿐이었고, 모든 장애물을 사라지게 하고 싶었다.

레이는 지금 식탁을 치우고 개빈은 접시를 씻고 있었다. 아까 메그에게서 늦게 들어온다는 전화가 왔었다. 딸이 전화를 끊기 전에 "아빠, 사랑해요"라고 말하자 필딩은 가슴이 죄어들었다. 엘라는 두려움에도 불구하고 자기 아이를 원하게 될 것이다. 그녀는 서른둘이었고, 많은 것을 바라는 나이였다. 지금껏 필딩은 그 생각을 제대로 해본 적이 없었다. 그가 충분히 생각해보지 않았다는 제니의 말이 옳았다. 기저귀, 잠 못 자는 밤, 기운 팔팔한 독재자 같은 두 살배기들, 학부모 모임, 춤 수업과 축구 게임. 피로에 나가떨어져 섹스는 잊어버리게 되고 아이들을 키우느라 생겨난 사업상의 파트너 관계. 개빈은 아이들에게 축구 동작을 가르쳐줄 것이다. 하지만 개빈이 그러고 싶어 할까? 심지어 필딩은 아이들이 다 자란 후 자신에게 분노하는 상상도 했었다. 하지만 그럴 때조차 그 적개심이 그리 오래가지는 않을 거라고 생각했다. 또한 그 상상에는 자신들을 못마땅해하는 나이 많은 이복 형제들의 존재를 알게 될 새로운 아이들은 애당초 포함되어 있지 않았다. 개빈과 메그가 그것보다는 훨씬 관대할 거라고 생각했지만 확신할 수 없었다. 그들은 한 번도 시험에 들어본 적이 없었다.

개빈이 아버지의 어깨를 꽉 잡으며 시내로 돌아간다고 알렸다. 제니를 찾으러? 그는 문밖으로 나갔다. 레이가 소파에서 담요를 집어 들며 말했다. "밖으로 안 나올래요? 여기 정말 좋아."

필딩은 아내에게 뭐라고 말할지 생각하면서 마치 대사도 모른 채 무대로 걸어나가는 것 같은 기분으로 밖으로 나갔다. 그래서 그들은 호숫가 덱에서, 덱에 놓을 가구를 살 돈도 없는 빈털터리 젊은 시절에 함께 산, 쿠션을 댄 낡은 긴 의자에 앉았다. 별들이 아주 밝았다. 박쥐 한 마리가 곤충들을 쫓으며 머리 위로 휙 지나갔다. 레이는 담요의 반을 그에게 주었고, 그는 담요를 가슴께로 끌어올리면서 대학 시절 둘이 이렇게 누워 있었던 밤들, 일이 분 정도 별을 보는 척하다가 그녀의 바지 속으로 파고들었던 그 밤들을 떠올렸다. A컵 사이즈에 브래지어도 하지 않았던, 세상을 구하겠다며 도전적이었던 레이. 만약 그때로 다시 돌아간다 해도 그는 레이를 거부할 수 없을 것이다.

"제니가 개빈을 좋아하는 것 같아요?" 레이가 지금 그에게 묻고 있었다. "개빈 보러 온 거라고 했잖아."

"나는 개빈이 개를 좋아하는 거라고 생각했는데."

"그래?" 그녀가 물었다.

"제니는 매력적인 아이지." 그가 말했다. "그리고 똑똑하고."

"둘은 남매나 마찬가지잖아." 레이가 말했다. "정말 이상할 거야. 개빈한테는 진짜로 불꽃이 튀는 그런 사람이 필요해요."

제니의 매력을 극구 칭찬해봤자 그에게 득이 될 건 아무것도 없어서 그는 가만히 있었다. 레이가 덱체어 위에서 옆으로 돌아누웠고, 담요 속에서 그녀의 몸이 그에게 감겨왔다.

"오늘 오후에 내가 누구 봤는지 알아?" 그녀가 물었다. "엘라 랜싱이라고 시립 수영장에서 수영 가르치던 애 기억해?"

그의 심장이 얼어붙었다. "엘라 랜싱." 그가 따라 말했다.

"다부진 금발 여자애 말이야." 그녀가 말했다. "모든 아빠들이 그 애와 사랑에 빠져 있었잖아, 수영장 울타리 밖에서. 당신도 마찬가지였을걸. 그냥 잊어버린 거겠지. 그 아이가 여기로 다시 살러 왔어. 부모 곁으로."

"허……" 그가 마음속으로 사실을 확인하며 휘청거렸다. 엘라는 왜 아내와의 대화에서 도망쳐나오자마자 그에게 전화하지 않았을까? 레이와 대면한 것이 너무 부담스러운 현실이었을까, 레이의 남편을 훔치려는 것에 대해 다시 생각해보게 된 건 아니었을까, 그는 궁금했다. 아니면 그가 이야기를 듣게 되기를 기다리고 있었던 걸까? 그는 덱체어에서 벌떡 일어나 지금 당장 엘라에게 전화를 하고 싶었다. 그냥 가만히 있기에는 너무나 고통스러웠다.

"그애는 불꽃이 있었지." 레이가 생각에 잠겨 말했다. "그러니까, 물론 걔는 개빈한테는 나이가 너무 많지. 가슴은 엄청났고. 세상에."

"지금은 아니고?" 그가 물었다. 지금 내뱉는 거의 모든 말들이 나중에 그에게 불리하게 작용할 것이다. 엘라를 만난 적이 없음을 암시하는 어떤 말도 노골적인 거짓말로 간주될 것이다. 그는 엘라의 젖통에 대해 말하게 되리라고는 생각지도 못했다.

"아니, 아직도 가슴은 죽여주는 것 같아." 그녀가 말했다. "난 그저 그 애를 수영복 입은 소녀로만 생각하고 있었거든. 내가 아직도 십오 년은 더 젊은 것처럼 느끼는 거랑 같지. 거울 속의 나를 보면 이런 생각이 드는 거야. 이게 대체 누구야? 어쩌다 내가 이렇게 늙었지? 당신은 안 그래?"

"물론 그렇지." 전에도 이런 대화를 한 적이 있었고, 그는 중년에 이른 그녀라는 배에서 뛰어내려 더 젊은 보트로 헤엄쳐 가려 하는 자신에 대해 양심의 가책을 느꼈다.

"엘라의 부모는 공화당원인가 그렇대." 그녀가 말했다. "우린 그 부모들 모르잖아."

그저 루터교도일 뿐이라고 말할 수도 있었지만 그는 잠자코 있었다. 공화당원이기도 할 것이다.

"다시 돌아온 게 좀 웃겨." 레이가 말했다. "개빈이랑 메그가 떠나고 십오 년이 지난 다음 돌아오면, 우린 진짜 늙어 있을 거야."

"걔들은 하고 싶은 걸 해야지."

"하지만 애들이 여기 있으면 좋지 않겠어?"

"애들이 여기서 행복하다면야."

"어," 레이가 말했다. "당신은 나처럼 좀더 이기적이어야 해."

필딩은 아무 말도 하지 않았다. 담요 속에서 레이의 손이 그에게 다가왔다. 그는 두꺼운 코르덴 바지를 입고 있었고, 그녀는 얇은 면 주머니 안으로 손을 찔러넣었다. 마치 손 안에 양말을 잡아쥐듯이. 오늘 하루 벌어진 일들로도 사그러들지 않는, 정상적인 자극이 느껴졌다. 분명 그는 아내를 버리고 엘라에게 가는 상상을 했었다. 하지만 엘라에 대해 모르는 척한 지 몇 분 뒤에 아내와 섹스를 하고, 그러고는 그녀를 떠난다? 그럴 수 있을 거라는 생각이 들지 않았다. 그러면 지금 레이에게 말해야 하나? 어떤 식으로든 그에게는 기회가 있었다. 아내가 이야기를 꺼냈다. 하지만, 지금 당장 이야기를 시작해야만 할 텐데 그럴 수가 없었다. 그런 까닭에 상처에 모욕감을 더하지 않기 위해 그가 아내와 하지 않을 수 있을까? 그녀는 그저 어떤 세기로 눌러와야 할지 잘 알고 있을 뿐이고, 지금 벨트를 풀고 차가운 손이 그의 살갗 위로 미끄러져 들어오고 있었다. 자기도 모르는 사이에 신음 소리가 비어져나왔다.

그리고 그는 생각해봤다. 레이가 알고 있나? 이 모든 것이 전략적인 건가? 그는 확인해보려 눈을 떴고, 레이는 그를 보고 있었지만 뭘 알기 때문은 아니었다. 그녀는 공모하듯 그를 향해 미소 지었고, 어둠 속에서 잠깐 그녀는 삼십 년 전 레이처럼 보였다. 바싹 마르고 상냥한 여대생, 빈민들의 무조건적인 대변자. 그는 여기 머물러 행복할 수 있을까? 삼 분 전, 그는 엘라에게 전화해서 아내와의 대화를 분석하려 필사적이었는데, 지금 그는 익숙한 결혼 생활, 두런두런 익숙하게 어둠 속에서 나누는 아이들 이야기, 전문가다운 아내의 손놀림의 익숙함에 다시 젖어들고 있었다. 우유부단함으로 인한 마비인 건지, 아니면 그저 편안함이라는 진흙탕에 빠져 있는 건지 그는 알아내려고 애썼다. 자신이 떠나려는 이유를 재구성해보려 했지만 그건 마치 따뜻한 침대에 무거운 몸을 누인 채, 추위를 무릅쓰고 일어나려는 이유를 생각해내려는 시도나 마찬가지였다.

"내 말 듣고 있어?" 레이가 말했다.

"응."

그녀의 손이 가슴께로 올라왔고 셔츠 속에서 손바닥이 느껴졌다. "뭘 하려는 생각이야?" 그녀가 물었다.

"무슨 말이야?"

"잘 모르겠어. 그래서 물어보는 거야." 그녀가 말했다. "그냥 반쯤은 당신이 저기 어디 딴 곳에 가 있는 것처럼 느껴져. 막 뛰쳐나가려는 것처럼."

"그래?"

"내가 물어보니까 심장이 미친 듯이 뛰네." 그녀가 말했다. "느껴져."

그는 의식적으로 심장박동을 늦추려고 노력했다.

"무슨 일이 일어난 건지 모르겠어." 그녀가 말했다. "그리고 여기서 바보가 되기도 싫고. 그냥 내 생각일 뿐이지만, 당신이 떠나지 않았으면 좋겠어."

또다른 박쥐 한 마리가 머리 위로 검은 그림자를 드리우며

획 지나갔다. 필딩의 목구멍이 죄여왔다. 그렇게 수없이 계획을 세웠는데도 그는 말을 꺼낼 준비가 되어 있지 않았다.

"여보?" 그녀가 말했다.

"아무 데도 안 가." 이것이 그가 할 수 있는, 모든 것을 바꾸지 않을 유일한 말이었고, 그는 자기가 시간을 벌고 있는 건지 사실을 말하고 있는 건지 알 수 없었다.

"안 떠나는 거지?" 그녀가 물었다.

그가 머뭇거렸다. "안 가."

레이가 그를 쳐다보았다. 지적으로 탁월한 그의 아내. 빤히 보지 못하게 하려고 그는 그녀를 가까이 끌어당겼고, 어깨에 닿은 그녀의 머리에 안심이 되었다. 그는 양면성과 욕망으로 저주받았다. 조금 더 용감한 남자였다면, 아니 조금만 더 겁쟁이였다면 간단하게 떠났을 것이다. 더 행복한 남자였다면, 또는 현실에 좀더 안주하는 사람이었다면 그대로 머무르며 익숙한 것들 사이에서 흥청거렸을 것이다. 마치 낡은 목욕가운처럼 그 익숙함으로 몸을 감싼 채로. 그는 이도 저도 아닌 듯이 보였다. 그리고 그가 사랑하는 사람들을 기만하고 있을 뿐이었고, 그들이 그의 실체를 알게 되었을 때 실망시키고 걱정시키게 될 뿐이었다. 대학에 다닐 때 메그가 시를 써서 집에 가져온 적이 있었고, 그 시는 이렇게 시작되었다. "두 가지 모두가 내가 원하는 유일한 길이다." 두 가지 모두를 원하는 자기 안의 강력한 힘에 그는 이를 악물었다. 어떤 바보가 오직 한 가지 길만을 원하겠는가?

덱이 추워지기 시작했다. 별들은 불가능할 정도로 맑았다. 박쥐들이 떼로 몰려나왔다. 그는 아내를 안았고, 안전하고 확실한 것들에 자신이 정박하고 있음을 느꼈다. 그리고 그가 얼마나 빨리 이 모든 것들을 버리고 자유롭게 떠돌 수 있는지는 혼자만 알고 있기로 했다.

오 타넨바움

좋은 나무였다. 에버렛의 딸도 동의했다. 아내는 가지들이 한쪽으로 치우쳐져 있고 관목처럼 생겼다고 말했다. 하지만 그게 좋은 점 중 하나였다. 크고 가지들이 한쪽만 나 있는 미송은 이웃한 나무와 부대끼던 쪽이 가지 없이 비어 있었다. 가지가 없는 쪽은 거실 벽을 향해 놓고 무성한 쪽에 장식을 하면 될 터였다. 이제 숲속에서 옆에 있던 나무에게도 자라날 공간이 생긴 것이었다. 에버렛은 나무둥치를 잡고 눈 위로 나무를 끌었고, 네 살인 앤 메리는 위쪽 가지들을 잡고 나무에 엎드려 타고 소리쳤다. "아빠, 더 빨리!"

아내 팸은 소나무와 향나무 잔가지를 한아름 안고 따라왔다. 그녀는 나무에 대해 더는 이러쿵저러쿵 말하지 않기로 마음먹은 듯했고, 에버렛은 괜찮았다.

지미*는 벌목도로에서 갈라져나온 오솔길에 주차되어 있었고, 에버렛은 뒷문을 열어 장비와 큰 나뭇가지들을 실은 다음 나무는 지붕에 나일론 줄로 묶었다. 팸은 앤 메리의 방한복을 털어주고 차멀미가 있는 아이를 앞자리에 앉히고 안전벨트를 매줬다. 산에서 운전해 내려오는 동안 차 안에 소나무와 향나무의 냄새가 가득 퍼졌다.

"난로에서는 밤이 구워지고 있고." 에버렛은 호텔 라운지 가수처럼 낮고 부드럽게 흥얼거렸다. "잭 프로스트가 코를 꼬집어요." 이 부분에서 그가 앤 메리에게 몸을 구부려 코를 꼬집자 아이는 좋아서 소리를 질렀다. 그가 가사를 까먹어서 멈췄다.

"크리스마스 캐럴을," 반쯤 노래 부르듯이, 자기 목소리에 쑥스러워하면서 팸이 그다음을 알려줬다.

"합창단이 불러요……" 그의 목소리가 고음으로 올라갔다.

길 한쪽에 서 있는 커플을 본 것은 그때였다. 그들은 에스키모처럼 입고 있었다. 순간 에버렛은 자기가 노래로 그들을 불러낸 건지도 모른다고 생각했다. 두 사람은 커다란 로지폴 소나무의 가지 아래 눈밭에 서 있었다. 남자는 파란색 파카를 입고 부서진 크로스컨트리 스키를 들고 있었다. 여자는 모직 바지에 빨간 게이터를 착용하고 남자용 피코트를 입고 모피 모자를 썼다. 그들이 손을 흔들었고, 에버렛은 속도를 늦춰 차를

* GM의 중형 SUV 차량.

세우고 창문을 내렸다.

"스키 타기 좋은 날씨네요." 그가 말했다.

"그랬었죠." 남자가 씁쓸하게 말했다. 에버렛 또래에 키도 비슷했다. 아직 마흔이 다 되려면 멀었고, 하루이틀 면도를 안 해 까끌까끌한 수염이 자라 있었다.

"스키가 부서지고 길을 잃었……" 여자가 말을 시작했다.

"길을 잃진 않았어." 남자가 말했다.

"우린 완전히 길을 잃었어." 여자가 말했다.

추위 때문에 높은 광대뼈가 발그레해진 여자는 남자보다 어렸다. 나무와 노래 덕분에 에버렛은 따뜻하고 상냥한 기분이 들었다.

"차가 근처에 있겠네요." 그가 말했다. "길에 나와 있는 걸 보니."

"차가 다른 길에 있어요." 여자가 말했다.

"음, 찾으면 되죠." 에버렛이 말했다.

룸미러를 보니 뒷자리에 앉은 팸이 휘둥그레진 눈으로 그를 보고 있었다. 아담한 몸매에 검은 머리인 팸은, 그가 여대생 동아리의 세차 행사에 동원될 것 같은 금발 여자라서 친절을 베푸는 거라고 몰아세웠다. 농담이었다, 부분적으로는 사실이었지만. 양동이와 스펀지만 있다면 이 여자는 딱 그 상황에 들어맞게 생겼다. 하지만 태워주느냐 마느냐를 갖고 말다툼을 해봤자 모두를 불편하게 만들 뿐이어서 결국 팸은 동의했다. 에버렛은 차에서 내려 나일론 줄을 풀고 뒤 트렁크를 열었다.

팸은 재킷과 썰매를 자기가 앉은 뒷자리로 옮겼는데, 에버렛은 그녀가 가족과 히치하이커 사이에 구획을 나누고 싶어 하는 거라고 생각했다. 그녀는 쳐다보지도 않았다.

"나뭇가지들과 함께 앉아야 할 거예요." 그가 커플에게 말했다.

"눈더미 속에서 얼어죽는 것보다야 낫죠." 금발 여자가 차에 뒤로 올라앉으며 말했다. 모직 바지를 입었는데도 기분 좋은 몸매가 드러났다. 차에 비누 거품을 칠하는 부류의 몸매였다.

"정말 감사합니다." 남자가 말했다.

에버렛은 그들을 다 태운 뒤 문을 닫고 스키와 나무를 단단히 묶었다. 팸이 화내는 건 말도 안 됐다. 사람들을 눈 속에 버려두고 갈 그런 동네가 아니었다. 남자는 건장하지만 별로 힘세 보이진 않았다. 여차하면 에버렛이 제압할 수 있을 것이다. 에버렛이 운전석으로 돌아와 차를 도로로 빼자 커플이 서 있던 자리로 커다란 소나무에서 눈덩이가 떨어졌다.

그의 딸은 안전벨트를 맨 상태에서 최대한 좌석에서 몸을 돌려 새로운 승객들에게 알렸다. "우리 CB 무전기* 있어요."

아이의 경고하는 듯한 어조는 팸에게서 온 것이었다. 팸이 우리 늦겠어요나 다시 말 안 할 거예요라고 말할 때랑 기술적 음악적 면에서 똑같았다.

---

* 주로 차량에 설치하는 양방향 라디오로, 사람의 목소리를 공공 주파수 영역 내에서 예약된 주파수로 예약한다. '시민밴드 라디오'라고도 한다.

"무전 암호명이 뭐니?" 파카 입은 남자가 물었다.

앤 메리는 무슨 말인지 못 알아들은 듯했다.

"이름 말이야." 에버렛 설명해주었다. "무전에서."

"배트걸이요." 빰이 빨개진 앤 메리가 낯선 사람들에게 말했다. 아, 그는 앤 메리를 사랑했다! 딸아이가 얼굴을 붉힐 때마다 사랑스러웠다. 팸이 임신 중이었을 때 그들은 힘든 시기를 겪었다. 아직 어린 데다 당황하고 답답한 마음에 아내의 친구와 자버린 것이었다. 딱 한 번이었고, 그것도 1974년 독립기념일에 있었던 남녀 공학의 소프트볼 게임에서 맥주를 너무 많이 마시고 그런 거였지만, 여자는 팸에게 가서 말해버렸다. 그녀는 양심상 고백을 해야 한다고 했고, 에버렛은 도무지 이해할 수가 없었다. 둘이 소리를 지르며 싸우다가 팸이 그에게 신발을 집어던졌고, 복부에 쏘는 듯한 통증을 느껴 결국 그가 응급실로 데려가야 했다. 의사는 걱정했다. 팸은 빈혈기가 있어서 아이를 잃는다면 출혈로 죽게 될지도 몰랐다. 에버렛은 슬픔으로 얼어붙어 밤새 병실을 지켰다. 아이는 그대로 있기로 결심한 듯했고, 두 달 뒤 순조롭게 나왔지만 병원에서의 하룻밤으로 그는 겁을 먹었다. 다시는 아내와 아이를 위험에 빠뜨리지 않을 것이다. 그는 지금 그들을 위험에 빠뜨린 게 아니었다. 그런데도 눈을 부릅뜨고 그가 그러고 있다는 암시를 보내는 팸이 그는 못마땅했다.

"그쪽들 이름은 뭐죠?" 그가 뒤쪽의 히치하이커에게 물었다.

"클라이드입니다." 남자가 말했다.

"보니요." 여자가 말했다.

모두가 잠시 침묵했다.

"정말 재미있군요." 어깨죽지 사이가 몰려드는 걱정으로 따끔거렸지만, 그가 겨우 말했다. "우리처럼 CB를 쓰나보군요."

"아닙니다. 우리 진짜 이름이에요." 남자가 말했다.

CB 무전기가 치직거렸다. "이 대륙 분수령이라는 게 뭡니까?" 남자 목소리가 물었다.

에버렛은 여전히 보니와 클라이드에 대해 생각하며 무전기를 들었다. "무슨 뜻이냐고요?"

"네." 목소리가 말했다.

그래서 에버렛은 로키산맥 서쪽에 내린 눈과 비는 태평양으로 흘러들고 동쪽의 눈과 비는 멕시코만으로 흘러가는 현상이라고 말해주었다.

"그런 건 처음 들어봐요." 목소리가 말했다.

"그게 그 뜻이에요." 에버렛이 말했다. 그는 증인을 확보해 놔야겠다는 생각이 들었다. "우린 방금 보니와 클라이드라는 히치하이커를 태웠습니다." 그가 말했다. "이건 어때요?"

천식에 걸린 것처럼 씩씩거리는 웃음소리가 무전으로 들려왔다. "장난해요?" 목소리가 물었다. "그럼 조심하쇼. 안녕."

에버렛이 무전기를 내려놓았다. "그래서," 그들이 두려워서 그런 게 아닌 척하며 그가 승객들에게 말했다. "훔친 고물차는 어디 있습니까?"

"파이어 크릭 쪽에 세워뒀어요."

"그리 멀리 오지는 않았군요."

"네." 보니가 말했다.

"스키는 어쩌다 부서졌나요?"

보니와 클라이드 둘 다 잠자코 있었다.

에버렛은 운전했다. 사람들의 입김으로 창문에 얼음이 맺혀서 그는 성에 제거 버튼을 눌렀다. 팬이 돌아가는 소리가 제법 시끄러웠다. 그는 파이어 크릭으로 이어지는 눈 덮인 비포장 도로로 들어섰다.

"여기네요." 차를 세우며 그가 말했다.

길머리에 주차할 만한 장소가 있었지만 차는 한 대도 없었다. 그저 눈과 나무, 얼음으로 덮인 개울뿐이었다. 에버렛은 아내를 돌아보지 않았다. 텅 빈 장소를 둘러보면서 그는 지금이 나중에 돌이켜봤을 때 그러지 말았어야 했다고 후회하는 그런 순간이 아니기를 바랐다. 설령 당시에는 지극히 당연한 행동으로 여겨졌을지라도.

"차가 어딨지?" 보니가 물었다.

"여기에 주차했는데." 클라이드가 말했다.

그들은 정말로 놀라고 있었고 에버렛은 안도감으로 하마터면 웃을 뻔했다. 속임수도 복병도 없었다. 그가 줄을 풀자 커플은 차에서 내려 차가 있었던 자리로 걸어갔다. 여자가 에버렛을 지나치면서 서로 팔이 스쳤지만, 그는 그녀가 일부러 그랬다고는 생각하지 않았다. 그녀는 사라진 차에 대해 생각하고 있었다. 그는 그들이 상의하도록 다시 차 안에 올라탔다.

팸은 뒤쪽으로 팔을 뻗어 보니와 클라이드가 깔고 앉았던 나뭇가지 아래에서 톱과 도끼를 꺼내 자기 발밑에 두었다.

"저 사람들을 우리 차에 태워서 뭐 하자는 거야?" 그녀가 물었다.

"눈 속에 사람들을 버려두고 갈 수는 없잖아."

"우린 아이가 있어, 에버렛."

"그리고," 막 자신감을 회복한 그가 말했다. "지금 우리는 아이에게 눈 속에 사람들을 버려두고 가면 안 된다고 보여주는 거야. 그렇지, 앤 메리?"

"맞아요." 말은 그렇게 했지만 앤 메리는 두 사람 모두를 빤히 쳐다보고 있었다.

무섭게, 용서할 수 없다는 듯이 팸이 그를 노려보았다. 그는 좌석에서 몸을 돌려 앞유리를 통해 다투고 있는 히치하이커들을 보았다. 보니는 맨손으로 주먹을 쥔 채 땅에 발을 굴렀다. 그녀의 피코트와 모피 모자의 조합이 아주 마음에 들었다. 팸도 알아차렸을 것이다. 하지만 그렇다고 노려보는 건 마음에 안 들었다.

"그냥 걱정이 되네." 그는 짐짓 혼잣말하는 투로 말했다. "언젠가 내가 당신 물건들을 죄다 시궁창에 내다 버리거나 당신 여동생이랑 놀아나도 그때 써먹을 화난 얼굴이 없을 거 아냐. 지금 다 써버렸으니."

팸은 말없이 창밖만 보았다.

한번은 에버렛이 그의 외도—술 취한 하룻밤이라고 불러야

맞겠지만—가 결혼 생활을 살린 거라고 우긴 적이 있었다. 그는 결혼 생활을 끝내고 싶었지만 자신이 잘못 생각했음을 깨달았고 완전히 돌아왔다고 생각했다. 팸은 그런 주장을 믿지 않았다. 그와 잤던 여자는 여전히 파티에서 눈짓을, 다시 시작할 수 있다는 암시의 눈짓을 보냈다. 심지어 그녀는 양심의 가책을 느껴 팸에게는 고백을 하면서도 남편에게는 털어놓아야 할 의무를 느끼지 못했는데, 어쨌든 에버렛은 그녀의 남편을 피했고 우정은 끝나버렸다.

눈 쌓인 밖에서는 보니와 클라이드가 언성을 높이고 있었다.

"당신이 열쇠를 놓고 가도 괜찮다고 말했잖아!" 보니가 말했다. "몬태나에서는 사람들이 다 그런다며!"

"원래 다 그래." 클라이드가 말했다.

"씨팔, 그럼 도대체 누가 차를 훔친 거야?"

나무에서 떨어진 눈이 그들 위로 흩날렸고 둘은 가만히 서서 잠시 서로 노려봤다. 그러다가 보니가 웃기 시작했다. 그녀는 영화배우처럼 목청껏 웃더니 계속 새어나오는 웃음을 참지 못해 킥킥댔다. 그녀의 남편은 화가 치밀어 고개를 절레절레 저었다. 에버렛은 반대였다. 그는 그녀가 더 좋아졌다. 차가 도난당했는데도 웃을 수 있는 여자, 그것도 저렇게 웃을 수 있는 여자. 차로 돌아오기 시작할 때도 그녀는 여전히 키들거리고 있었다.

"당신이 태워달라고 부탁해봐." 남편에게 말하는 그녀의 목소리가 충분히 낮지 않아 다 들렸다.

에버렛은 뒷자리의 팸을 바라봤다. 팸은 인상을 쓰더니 고개를 끄덕였다. 그는 트럭에서 내렸고 이번에는 여자가 의도적으로 그의 팔을 쓰다듬었다. 그는 확신했다. 그녀와 클라이드가 아까처럼 비좁은 뒤로 올라탔고, 에버렛은 나무를 단단히 묶은 다음 무전으로 차량 도난 사실을 알렸다.

"경찰을 기다려야 할까요?" 클라이드가 물었다.

"난 더이상 추위 속에서 기다리지 않을 거야." 보니가 말했다. "젠장, 누가 크리스마스에 차를 훔쳐가냐고?"

"사람들이 크리스마스에는 별짓을 다 하지." 클라이드가 말했다. 아무도 그 말에 대꾸하지 않았다.

길은 텅 비어 있었고 하늘은 맑았다. 길옆으로 가시철망을 이은 울타리가 이어졌고 운전해 가는 동안 나무 말뚝들이 규칙적으로 지나쳐갔다. 그 너머 눈 덮인 벌판에 군데군데 누런 시든 겨울풀이 보였다. 에버렛은 앞유리를 통해 나무 끝을 올려다봤는데 나무는 지붕에 잘 고정되어 있는 듯했다. 팸이라면 차를 도난당했어도 웃었을지 그는 궁금했다. 그도 그럴 수 있을까. 몇 년 전, 팸이 아직 학교에 다닐 때 그들은 파산했고 기찻길 근처의 아파트 다락방에서 쫓겨나 오갈 데 없는 신세가 됐었다. 그들은 시끄럽고 냄새나는 기차로부터 벗어난 걸 축하하기 위해 햄버거를 먹으러 갔다. 지금도 그럴 수 있을지는 알 수 없었다.

"다 함께 노래 불러요." 앤 메리가 말했다.

"흰 눈 사이로," 에버렛이 시작했고, 보니가 뒤에서 따라 불렸다. 하지만 에버렛은 거울에 비친 팸의 표정을 보고는 노래를 멈췄고, 앤 메리도 쑥스러워하며 끝을 흐렸다. 보니는 꿋꿋하게 맑은 목소리로 "기쁜 노래 부르면서 빨리 달리자"까지 다 불렀고, 그러고는 그녀도 멈췄다. 에버렛은 눈 속에서 영양을 찾아봤다. 그들은 울타리의 말뚝들을 계속 일정하게 지나쳐갔다.

잠시 후 보니가 물었다. "나뭇가지로 뭐 할 거예요?"

"리스를 만들려고요." 팸이 대답했다.

"우리 때문에 부러지면 안 될 텐데."

"괜찮아요."

두 여자는 에버렛도 느낄 수 있을 만큼 적대적인 침묵 속으로 다시 가라앉아버렸다. 영양은 없는 듯했다. 여름에는 몇백 마리나 있었다. 노란 언덕들 너머 동쪽에 자리한, 꼭대기에 눈 덮인 산들이 구름 사이로 비쳐드는 석양빛에 물들었고, 그가 막 앤 메리에게 그쪽을 가리켜 보이려던 참이었다.

"내가 스키를 부러뜨렸어요." 뜬금없이 보니가 말했다.

에버렛은 아까 물어봤었다는 사실을 잊고 있었다.

"내가 추워해서," 그녀가 말했다. "그래서 우린 쓰러진 나무들 사이로 난 눈 덮인 지름길로 가려고 했어요. 클라이드는 스키를 벗었지만, 눈이 너무 깊어서 나는 통나무 위로 넘어가려고 했어요. 그러다가 스키가 반으로 딱 쪼개진 거죠. 클라이드, 졸라 미안해."

"보니, 아이가 있잖아." 그가 말했다.

"미안." 그녀가 말했다. "그런데 클라이드, 진짜 미안해."
"알았어."
햇빛이 다시 산 쪽으로 저물고 있었고, 에버렛은 도로를 보았다.
"이 사람, 자기 자신을 찾겠다고 여기 온 거예요." 보니가 말했다. "애리조나, 우린 거기 살거든요. 그리고 이이가 여기서 여자를 만난 거죠. 그 여자는 사실 당신을 좀 닮았어요."
팸이 놀라서 여자를 흘깃 보았다.
"당신 완전 이 사람 스타일이거든요." 보니가 말했다.
"보니." 클라이드가 말했다.
긴 정적이 흘렀고 에버렛은 팸이 그 말을 듣고 정말 놀랐는지, 무슨 생각을 하고 있을지 궁금했다.
"어쨌든," 보니가 계속 말했다. "그 여자는 스키를 타고 빙하호로 다이빙을 하고 급류 타기를 하고 안 하는 게 없어요. 이이가 나한테 편지를 써서 여기는 지대가 높고 공기가 맑아서 그런지 세상 모든 게 이해된다고, 자기는 소울메이트를 만났다고 했죠."
"보니, 입 좀 닥쳐." 클라이드가 말했다.
"하지만 우린 결혼했다고요." 마치 웃긴 농담을 하듯이 보니가 말했다. "애도 하나 있고요. 그래서 난 내가 그 소울메이트겠거니 하는 미친 생각을 하고 있었던 거죠. 그래서 우리 아들을 부모님께 맡기고 여기 온 거예요. 그리고 뜨거운 노천탕에서 다 벗고 있다가 눈밭을 구르는 파티에 갔고요. 그리고 그 여자, 이이의 완벽한 그녀를 만난 거죠. 그 여자가 나한테 처음 한 말이 같이 하자는 거였어요."

에버렛은 혹시 아이가 무슨 말인지 알아들었나 싶어서 딸을 흘깃 보았다. 알 수가 없었다. 딸아이는 앞유리 밖을 똑바로 보고 있었다. 노천탕에서 사람들이 벌거벗고 있는 것을 본 적이 있기 때문에 무슨 말인지 알아들었을지도 몰랐다. 그는 다시 길을 내다보았다.

"그래서 클라이드에게 그 얘기를 했죠." 보니가 말했다. "내 편을 들어줄 거라고 생각하면서요. 그랬더니 이이가 좋은 생각이라고 말하는 거예요. 우리가 자기 소울메이트의 방갈로로 같이 들어가서 잘 지낼 수 있을 거라고 생각한 거죠." 그녀는 어디까지 이야기해도 괜찮을지 잠시 생각해보는 듯했다. "그래서 우리는 마음을 비우러 스키를 타기로 했어요." 마침내 그녀가 말했다. "그리고 운명의 신이 망할 놈의 우리 차를 훔쳐간 거죠." 그녀는 다시 웃기 시작했다. 목청껏 웃다가 이내 킥킥거리는 웃음.

아무도 그녀의 말에 대꾸하지 않았다. 차 안에는 웃음을 참으려고 하는 그녀의 소리만 들렸다. 에버렛은 트럭에 다는 검은 고무타이어 조각을 피하려고 재빨리 길 한가운데로 차를 틀었다.

무전이 치직거리면서 켜졌다. "대륙 분수령?" 목소리가 물었다.

에버렛은 채널 수신한다고 응답했다.

"총알받이가 된 겁니까?" 남자가 물었다.

"아니요." 에버렛이 말했다.

"도난 차량 신고했습니까?"

"차 봤어요?"

"예." 목소리가 말했다. "방금 '베이비 페이스' 넬슨이 길을 따라 차를 몰고 가는 걸 봤는데. 하. 아니, 못 봤어요. 잘 살펴볼게요."

에버렛이 감사 인사를 하고 수화기를 내려놓았다.

"'베이비 페이스'가 뭐예요?" 앤 메리가 물었다.

"〈우리에게 내일은 없다〉라는 영화의 주인공이 보니와 클라이드이거든." 에버렛이 아이에게 말했다. "뒤에 있는 분들 말고, 은행 강도. 그리고 베이비 페이스 넬슨도 은행 강도야. 하지만 그는 베이비 페이스라고 불리는 걸 싫어했단다."

뒤쪽에서 보니가 말했다. "내 첫 번째 실수는 클라이드라는 이름을 가진 남자랑 결혼한 거였죠."

"마지못해 했다는 기억은 없는데." 클라이드가 말했다.

"지금 꼭 이런 얘기를 여기서 해야겠어요?" 팸이 버럭 소리를 질렀고 에버렛은 깜짝 놀랐다. 버럭 성을 내는 건 팸답지 않았다. 특히 낯선 사람들 앞에서.

"언젠가는 할 얘기예요." 여자가 말했다. "여기 와서 얘기했어야 했는데, 그러다가 길을 잃고 스키가 부서지고 클라이드는 꼭지가 돌고………"

"그런 거 아니거든?"

"그런 거야." 보니가 말했다. "내가 이런 일에 익숙지 않은 거지. 그리고 지금 우린 아들의 인생을 위험하게 만들고 있는 거라고. 중요한 시기야, 세 살이잖아."

"난 네 살이에요." 앤 메리가 말했다.

에버렛은 딸의 머리를 헝클어뜨렸다. 아내는 가슴 앞에 팔짱을 낀 채 창밖을 노려보고 있었다. 그는 다시 길로 들어섰다. 팸은 다시 입을 열지 않을 것이다. 그는 알 수 있었다. 무슨 생각을 하고 있건 간에 그것이 부글부글 끓어올라 점점 커질 테지만 밖으로 터뜨리지는 않을 것이다. 그게 아니라면, 그럴 리 없다고 생각하는 순간, 가장 말이 안 되는 순간에 터져나올 터였다.

그들은 시내 초입에 다다랐다. 집들이 보이기 시작했다. 몇몇 집들은 장식이 되어 있었다. 산타와 눈사람. 어둑어둑한 오후라 창문에 두른 빨간색 초록색 전구들에 벌써 불이 들어와 있었다.

"경찰서로 데려다드릴까요?" 달리 뭐라고 해야 할지 몰라서 에버렛이 물었다.

"그래주시면 좋겠네요." 클라이드가 말했다.

"죄송해요." 보니가 말했다. "난처하게 해드려서."

긴 정적이 흘렀다.

"우리 작은 아가씨 이름이 뭐니?" 보니가 물었다.

딸은 안전벨트를 한 채로 몸을 돌렸다. "앤 메리."

"나무에 매달 장식은 있니?" 보니가 물었다.

"네." 앤 메리가 말했다.

"어떤 거?"

"천사랑 호두 껍데기 안에서 자고 있는 쥐 두 마리." 그녀가 말했다. "또 물고기랑 구유 속 아기 예수님."

"예쁘겠구나." 부러운 목소리로 보니가 말했다. "우린 트리를 가져본 적이 없단다. 클라이드는 집 안에 들여놓으려고 나무를 잘라서는 안 된다고 생각해."

"보니." 클라이드가 말했다.

앤 메리가 말했다. "우리 나무는 다른 나무를 막 누르고 있었어요. 그래서 우리가 다른 나무한테 공간을 만들어준 거예요."

"그건 당신 기준에 괜찮은 건가요, 클라이드?" 보니가 물었다.

클라이드는 아무 말 하지 않았다.

앤 메리는 차멀미를 예방하기 위해 배운 대로 다시 창밖을 보았다. "아줌마랑 아저씨도 우리 트리 장식하는 거 도와줄 수 있을 텐데." 그녀가 말했다.

"이분들은 차를 찾고 싶을 거야." 에버렛이 말했다.

앤 메리가 자리에서 뒤를 돌아봤다. "트리 장식하는 거 같이 하고 싶어요?"

"얘야, 이분들은 바빠." 팸이 말했다.

"세상에서 가장 하고 싶은 일이란다." 보니가 말했다.

"안 돼." 그녀의 남편이 말했다

"여보, 제발." 보니가 말했다. "우린 한 번도 트리 장식을 해본 적이 없잖아."

"이분들 좀 그냥 내버려둬." 클라이드가 말했다.

에버렛이 브로드웨이에서 방향을 꺾어 경찰서 앞에 멈췄다. 그는 줄을 풀고 승객들을 위해 트렁크를 열었다. 클라이드는 바로 내리지 않았다. 그가 팸에게 낮은 목소리로 말했다. "정말 미안합니다. 태워줘서 고맙고요." 그리고 차에서 내려 에버렛을 지나쳐서는 품위 비슷한 것을 유지하며 경찰서로 걸어갔다.

보니는 나뭇가지 위에 앉아 다리를 쭉 펴고는 에버렛에게 쓸쓸한 표정을 지어 보였다. 모피 모자를 쓴 그녀는 러시아 인형 같았다. 그녀는 침묵이 낫다는 것을, 그가 침묵에 익숙한 사람이라는 것을 아는 듯 아무 말이 없었다. 팸은 앞으로 몸을 기울여 앞에 타고 있는 앤 메리에게 조용히 뭐라고 말하고 있었다.

"가서 신고하세요." 에버렛이 보니에게 말했다. "경찰이 뭘 해줄 수 있는지 알아봐요. 난 집에 가서 짐을 내리고 두 사람을 데리러 다시 올게요."

마치 영화에서처럼 동시에 두 가지 일이 벌어졌다. 하나는 클로즈업, 하나는 딥포커스. 보니는 눈물이 맺히며 환한 미소를 지었고, 팸은 앞으로 기울인 몸이 뻣뻣해지며 고개를 반쯤 돌렸다. 그러다가 다시 고개를 돌리고는 더욱 맹렬한 기세로 앤 메리를 챙겼다. 보니는 뒤에서 기어내려와 에버렛의 입가에 키스했고 모직에 감싸인 그녀의 가슴이 오랫동안 그를 눌러왔다. "고마워요." 그녀가 말했다.

당황한 에버렛은 뒷걸음질 쳤고 스키와 폴을 지붕에서 내렸다. 그는 보니에게 그것들을 건네주었고, 차가 떠나는 동안 그녀는 양팔에 뾰족뾰족한 짐들을 안고 서 있었다.

차를 타고 오는 동안 팸은 아무 말도 하지 않았다. 딸은 차 안의 긴장된 분위기를 감지한 게 틀림없었다. 마땅히 할 만한 게 없어서 에버렛은 "난로에서는 밤이 구워지고 있고"를 휘파람으로 불었다.

집에 돌아와 그는 차를 주차하고 나무를 묶은 줄을 풀기 시작했다. 팸은 뒤에서 나뭇가지들을 내려 현관 덱에 던져두고 앤 메리를 데리고 안으로 들어갔다. 에버렛은 나무를 들고 미닫이 유리문 쪽으로 돌아가서 손잡이를 잡아당겼다. 문이 열리지 않았다. 얼어붙은 것 같아서 다시 잡아당겼다. 그들은 문을 잠그고 다니지 않았다. 그는 덱의 모퉁이를 돌아 부엌으로 나 있는 다른 미닫이 유리문을 잡아당겼다. 역시 잠겨 있었다. 그는 문을 두드렸고 유리 너머로 팸이 나타났다.

"문이 잠겼어." 그가 손잡이를 가리키며 말했다.

"그 사람들 데리러 가지 않을 거라고 말해." 유리창 때문에 그녀의 목소리가 뭉개져서 들렸다.

어깨에 걸친 나무가 무거워서 그는 가지들 안쪽의 얇은 몸통을 잡아 덱에 나무를 세워두었다. 찬찬히 살펴보았다. 좋은 나무였다. 그는 아내 쪽을 돌아보았다. "크리스마스잖아." 그가 말했다.

"그 사람들이 여기 오는 거 싫어." 그녀가 유리를 통해 말했다. "안 간다고 말해."

"문 다 잠근 거야?"

"말해." 그녀가 말했다.

그는 한숨을 쉬었다. 해가 지면서 기온이 뚝 떨어져 밖은 추웠다. "안 갈게." 그가 말했다. "거기에 불행하게 버려둘게. 크리스마스에 트리도 없이. 이제 됐어?"

"그 사람들 미친 사람들이야." 그녀가 말했다.

"물론 그 사람들 미쳤지. 자, 들여보내줘."

그녀가 문을 열었다. 그는 부엌을 통해 나무를 들고 들어가서 거실 구석에 세워놓았다. 그리고 가지가 없는 쪽이 벽을 향하게 돌려놓았다. 마치 한쪽으로 치우친 관목처럼 보였다. 앤 메리는 좋다고 손뼉을 쳤다. 그는 나무를 꽂아둔 스탠드 안쪽의 통에 어떻게 물을 채우는지 보여주었다. 그러고는 신문지를 구겨서 불쏘시개로 만들어 벽난로 안에 넣고 불을 지폈다.

팸은 초대 약속을 취소하러 경찰서에 전화해서 차를 도난당한 사람들에게 메시지를 전해달라고 부탁했다. 에버렛은 트리에 전구를 매달고, 꼭대기에 천사를 꽂을 수 있도록 앤 메리를 들어올려주었다. 사실 트리에는 꼭대기라고 할 만한 부분이 없었지만, 아이가 한 군데 고르도록 도와줬다. 팸은 저녁을 짓느라 부엌에서 이리저리 움직였다.

모르는 사람이 본다면 완벽하게 평범한 12월의 밤이라고 생각할 법했고, 그들이 평소보다 말이 없는 것도 사실이었다. 앤 메리는 흡사 전문가처럼 맹렬한 속도로 말을 내뱉고 있었다. 파티가 잘못됐다는 것을, 손님들이 불행하다는 것을 아는 여주인처럼. 아이는 장식을 매달았다. 호두 껍데기 안에서 자고 있는 쥐 두 마리, 물고기, 구유 속의 아기 예수. 벽난로와 부엌 사이에 놓인 큰 의자에 앉은 에버렛은 나무를 베고 끌고 오느라 몸이 쑤셔대기 시작하는 것을 느꼈다 . 그는 더이상 스물다섯 살이 아니었다. 앤 메리는 혼자 크리스마스 캐럴을, 〈그 맑고 환한 밤에〉와 〈마리아는 아기를〉을 부르고 있었다.

불에 수프 냄비를 올려놓고 팸은 향나무 가지로 벽난로 선반을 꾸밀 장식을 만들고 있었다. 청바지를 입은 날씬한 몸이 벽난로 불빛에 한층 돋보였다. 그녀는 매해 집을 장식했던 것처럼, 그 전에는 그녀의 어머니가 매해 그랬던 것처럼 가지를 자르고 배열했다. 아내를 보면서 에버렛은 그녀가 클라이드의 타입이라는 사실을 떠올리며, 왜 아직도 그 무법자들을 데리고 와 스스로를 유혹의 한복판으로 밀어넣고 싶은 건지 생각했다.

팸은 벽난로 선반에서 종이 성냥갑을 집으며 몸을 돌렸다. 이따금 자신을 보고 있는 그와 시선이 마주칠 때면 그녀의 얼굴에 떠오르는 우스꽝스러우면서도 아이러니한 미소가 있다. 어른의 미소, 자신감 넘치는 동시에 자기 비하적인. 하지만 지금 그녀는 젊고 반항적으로 보였다. 그건 앤 메리가 잠을 자러 갈 때의 얼굴이었다. 점점 줄어들고 있는 시간을 어떻게 보낼까 선택해야 하는 상황에서 보이는 표정. 이 책을 볼까, 아니면 저 책을? 불가에 앉아 있을까, 아니면 인형이랑 십 분 더 놀까? 앤 메리는 항상 질질 끌며 미루다가 가장 긴 책을, 가장 복잡한 놀이를 골랐다.

팸이 말했다. "이봐, 가서 데려오고 싶으면 그냥 가."

"지금쯤 가버렸을 거야." 뭔가 있는 듯한 목소리로 그가 말했다.

팸은 타오르는 성냥을 불 속에 던지고 종이 성냥갑을 부엌 서랍에 넣었다. 그러고는 에버렛이 말려주기를 바라는 듯 그를 보며 수화기를 들어 다이얼을 돌렸다.

"차 도난당한 부부 때문에 아까 전화를 했는데요." 사무적인 전화 목소리로 그녀가 말했다. "그 사람들 아직도 거기 있나요?" 아까 그를 밖에 두고 잠가버렸던 유리문 밖 어둠을 내다보며 그녀는 기다렸다.

"아, 안녕하세요, 보니?" 그녀가 전화기에 대고 말했다. "아까 차에서 봤던 팸이에요. 차를 태워줬던. 안녕하세요?" 그녀의 웃음소리는 사교적으로 들렸지만 에버렛은 그 안에 초조함을 느낄 수 있었다. "아니요, 내가 이름을 말 안 했던 것 같네요. 아직도 트리 장식하는 거 도와주고 싶으세요? 에버렛이 달려가서 데려올 수 있을 것 같은데요."

그녀가 상대방의 말을 듣느라 잠시 멈췄다.

"클라이드 좀 바꿔주세요." 그녀는 말하면서 에버렛을 외면했다. 그녀가 부엌 조리대에 몸을 기대고 오른발을 들어 신경질적으로 엄지발가락을 바닥에 두들기는 동안 그는 아내의 둥그런 엉덩이를 바라보았다. "클라이드." 그녀가 말했다. "저녁 먹으러 오세요. 앤 메리가 트리를 자랑하고 싶어 해요." 다시 멈춤. "정말이요, 저희도 그랬으면 좋겠네요." 그녀가 말했다. 그러고는 "좋아요. 그이가 바로 갈 거예요."

그녀가 전화를 끊고 에버렛을 돌아보았다. "메리 크리스마스." 그녀가 말했다.

그는 어떻게 행동해야 할지 확신이 서지 않았다. 앤 메리는 〈동방의 세 박사〉를 부르며 여전히 트리의 낮은 가지에 장식을 하고 있었다. 보니가 장식할 가지들이 아직 많이 남아 있었다.

"그러면," 팸이 말했다. 그녀는 나무 숟가락으로 불 위에 올려놓은 냄비 속을 젓다가 숟가락을 가장자리에 탁탁 치고는 조리대에 내려놓았다. "당신이 가서 데려올래?"

에버렛이 의자에서 벌떡 일어났다. "같이 갈래, 앤 메리?" 그가 물었다.

딸이 그를 쳐다보았다. "그 아줌마 아저씨 데리러 가는 거야?"

"응." 그가 말했다. "트리 장식하러 올 거야."

앤 메리는 조그만 우쿨렐레에 연결된 끈의 고리를 풀면서 고개를 저었다. "여기 있을래." 그녀가 말했다.

그는 팸의 정수리에 키스했다. 그녀가 클라이드한테 끌린 건가? 그는 그녀의 옷을 벗기고 지금 바로 확인해보고 싶었다. 그는 자신의 숨소리가 신경 쓰였고, 그녀가 불안정한 상태라는 걸 알 수 있었다.

"크리스마스야." 그가 말했다. "바로 갔다 올게."

그는 바깥의 찬 공기 속으로 나갔다. 차는 금방 시동이 걸렸고 그는 기어를 저속으로 놓고 언덕을 내려가 시내로 향했다.

운전을 하면서 그들이 뭘 하고 있는 건지 정리하고 싶어졌다. 착한 사마리아인이 되고픈 충동과 입가에 받은 키스는 별개로 생각하고 싶었다. 단언컨대, 보니는 트리에 천사를 장식하는 것만을 원하는 게 아니었다. 정부와 함께 지내자는 클라이드의 부탁이 그녀를 들뜬 심리 상태로 몰아갔고, 에버렛은 그 혜택을 보는 것이었다. 그는 클라이드가 팸에게 낮고 진중하게 사과하던 모습을 생각하지 않을 것이다. 혹은 팸이 전화로 클라이드에게 집으로 오라고 할 때 그의 시선을 피하던 모습도 생각하지 않을 것이다. 아주 많이 생각해보고 싶다는 걸 알았지만.

대신 그는 앤 메리를 생각하며 아이에게 이 저녁시간이 어떤 식으로 흘러갈지 따져보았다. 사람들을 버려두면 안 된다는 교훈은 좋은 것이다. 침묵 속에 가라앉은 불행한 저녁이 아이에게 좋을 리 없고, 이제 그 불행한 저녁은 끝났다. 팸의 전화 덕분에 불안한 흥분 속으로 녹아든 것이었다.

거리는 어둡고 비어 있었고 불 밝힌 집들은 따스해 보였다. 그는 계속 생각해보고 싶었지만 미처 생각을 정리하기도 전에 경찰서에 도착했고, 보니가 길가에서 기다리고 있었다. 그녀는 앞자리에 올라타 부츠의 눈을 털었다.

"안녕하세요." 그녀는 인사하고 양손으로 무릎을 꽉 잡았다. 추워서인지 초조해서인지 그녀는 몸을 한 번 떨었다. "클라이드는 곧 올 거예요." 그녀가 말했다. "차 관련해서 사인하고 있어요."

"알았어요." 그가 말했다.

그녀가 에버렛을 쳐다보았고 할 말이 있는 것처럼 보였다. 그리고 그녀는 그의 품속으로 들어왔다. 두꺼운 코트와 불편한 자세에도 불구하고 그는 있는 힘껏 그녀를 끌어안고 그 달콤한 얼굴에 키스했다. 그녀의 뺨은 차가웠지만 입술은 따뜻했고, 그녀는 떨고 있었다. 피코트는 단추가 풀려 있었고 그는 손을 뻗어 스웨터 안의 굴곡진 가슴을 만졌다.

그들은 바로 떨어졌다. 서류에 사인하는 시간이란 게 기껏 얼마나 될지 두 사람의 머릿속에 번쩍 떠오른 것이다. 그리고 보니는 머리를 매만졌다. 불 밝힌 경찰서의 유리문이 열리고, 클라이드가 그들을 향해 성큼성큼 걸어와 뒷자리에 탔다.

에버렛은 차 안에서 키스의 냄새, 뭔가 타오른 전기의 냄새가 날 거라고 생각했다. 하지만 남편은 아무 말이 없었고 에버렛은 무법자들을 태우고 집으로 돌아갔다. 그들은 도난당한 차와 추위, 트리에 대해 말했다. 그러는 동안 에버렛은 무질서의 위험과 더불어 그가 원하는 모든 것을 한꺼번에 가질 수 있다는 확고하고도 실오라기 같은 희망을 동시에 느꼈다.

마일리 멜로이

1972년 미국 몬태나 주 헬레나에서 태어났다. 하버드 대학교와 캘리포니아 대학교(어바인)에서 문학과 소설 창작을 공부했다. 2002년 첫 책이자 단편집인《반쯤 사랑에 빠진》을 출간하고 펜/말라무드 상을 수상했다. 2007년《그란타》선정 '미국 문단을 이끌 최고의 젊은 작가'에 선정됐다. 2009년에 출간한《지금 두 가지 길을 다 갈 수만 있다면》은 작가 최고작으로 꼽히는 책으로, 그해《뉴욕 타임스》선정 올해의 책,《로스앤젤레스 타임스》선정 올해의 소설 등에 꼽히는 등 커다란 반향을 불러일으켰다. 2011년에 동화《약제상》을 발표해 E. B. 화이트 상을 수상했다.

옮긴이 강정우

이화여자대학교 정치외교학과를 졸업하고, 미국 뉴욕 컬럼비아 대학교에서 예술석사 학위(MFA)를 받았다.

지금 두 가지 길을 다 갈 수만 있다면

펴낸날 초판 1쇄 2013년 11월 11일
초판 3쇄 2017년 11월 10일

지은이 마일리 멜로이
옮긴이 강정우
펴낸이 김현태

펴낸곳 책세상
주소 서울시 마포구 잔다리로 62-1, 3층(04031)
전화 02-704-1251(영업부), 02-3273-1334(편집부)
팩스 02-719-1258
이메일 bkworld11@gmail.com
홈페이지 chaeksesang.com
등록 1975. 5. 21. 제1-517호

ISBN 978-89-7013-856-5 03840

* 잘못되거나 파손된 책은 구입하신 서점에서 교환해드립니다.
* 책값은 뒤표지에 있습니다.

이 도서의 국립중앙도서관 출판시도서목록(CIP)은 서지정보유통지원시스템 홈페이지(http://seoji.nl.go.kr)와 국가자료공동목록시스템(http://www.nl.go.kr/kolisnet)에서 이용하실 수 있습니다.(CIP제어번호 : CIP2013022826)